WO HAI HUO ZHE

李浩铭 ◎著

最原始
最真切的感受

他用真情的笔触告诉我们"生死之外无大事"
旨在帮助和鼓舞一部分人重燃对生活的渴望
给人传递出莫大的生命能量,值得一读

广东人民出版社
·广州·

图书在版编目（CIP）数据

我，还活着/李浩铭著 . —广州：广东人民出版社，2023.4
　　ISBN 978-7-218-16500-4

Ⅰ.①我… Ⅱ.①李… Ⅲ.①纪实文学—中国—当代 Ⅳ.①I25

中国国家版本馆CIP数据核字（2023）第053485号

WO HAI HUO ZHE
我，还活着
李浩铭　著

版权所有·翻印必究

出 版 人：肖风华

责任编辑：周汉飞
责任技编：吴彦斌　周星奎
装帧设计：成都现当代文化传播有限公司

出版发行：广东人民出版社
地　　址：广东省广州市越秀区大沙头四马路10号（邮政编码：510199）
电　　话：（020）85716809（总编室）
传　　真：（020）83289585
网　　址：http://www.gdpph.com
印　　刷：北京建宏印刷有限公司
开　　本：880mm×1230mm　1/32
印　　张：8　　字　　数：179千
版　　次：2023年4月第1版
印　　次：2023年4月第1次印刷
定　　价：69.80元

如发现印装质量问题，影响阅读，请与出版社（020-85716849）联系调换。
售书热线：（020）85716833

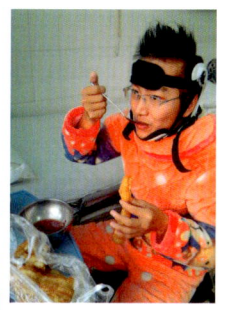

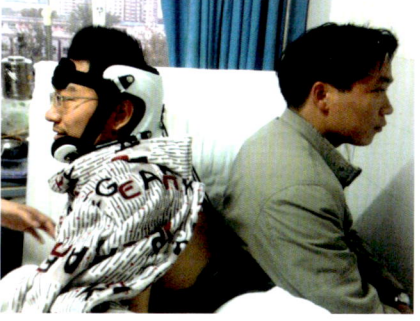

1

他，是一名患者

他，是一名癌症患者

他，有一个梦

他，写了一本书

《我，还活着》

他想告诉这个世界

他，还活着

他想告诉病友

只要有信念

只要积极配合治疗

就能好好活着

他想感染在逆境中奋斗的朋友

只要心怀梦想

只要坚持不懈

生命当中总会出现奇迹

如果您理解他

请帮他实现梦想

如果他感动了您

请让您的朋友支持他

他

在遥远的地方

会心存感恩

感恩生命中帮过他的每一位朋友

——题记

自　序

我认识太多的病友，看着他们一个个离开这个世界，心中有无限的恐惧和悲伤。当我走出医院，回头看着医院大门时，鼻子酸酸的。人的生命就是这样脆弱，活下来的我仿佛承载了他们所有的期望，我应该给这个世界留下点什么。

"有些事，发生在别人身上，是故事；发生在自己身上，就是事故。""癌症"，和这个词语第一次认识是在初中生物课本上。虽然每年我国的癌症发病人数高达300多万，但作为13亿中国人中的一分子，我从来没有想过它会降临在我的头上，至少不该来得这么快。谁知"天有不测风云，人有旦夕祸福"，这一天在我28岁那年来到。用"以毒攻毒"的策略，毒药用尽，我历经九死终得以活下来。我想写本书，我想把自己这一段不寻常的经历写出来，去鼓舞帮助一部分人燃起对生活的渴望。也希望将来孩子看到这本书时，能从书里读懂活着的意义。

这个念头已经在脑海里盘桓了两年时间。每当我躺在床上，脑海里就会浮现出生病时的情形，原以为只是简单打乒乓球时拉伤了胳膊。后来，手指稀里糊涂开始麻木疼痛，按摩、针灸、推拿、输液均无效果。在我疼得死去活来的时候被检查出恶性肿瘤，俗称癌症。更可恨的是肿瘤居然长在了颈椎的椎管里，与脊髓只有一膜之隔。医生们束手无策，手术风险太大，以至于北京的专家都不愿"接活儿"。医生给家人们的结论就是做好办后事的心理准备，因为即使做了手术，也无法抑制恶性肿瘤的疯长。随着起不来病床、浑身麻木、手指无法屈伸、神经被压迫而无法大小便、一天二十四小时疼痛完全无法入睡时，家人被迫接受了医生的忠告。最后只有坚信"命运把握在自己手里"的我，想为自己的命运赌一把，主动强烈要求医生做手术。皇天不负有心人，我成功地下了手术台。

病情在短暂的缓解之后急剧恶化，妻子和家人四处求医，在我奄奄一息之际抓住了最后一根救命稻草——找到了靶向治疗药物。手术后第九天强行拆线转科，紧接着大强度化疗放疗，浑身针灸通电刺激神经恢复。尿管不得不在我身上插了四十四天，在插了四次、拔了四次尿管之后终于能够自行排尿。八个月的抗战，病友一个个因癌而去，我却在经过八个周期化疗、二十二天放疗之后走出了医院……这一幕就像播放电影一样，在我的脑海中一遍又一遍浮现。

出书之事一直没有付诸行动的原因有两点：一是感觉自己的文学功底不深，毕竟学的不是文学专业，怕写不好，浪费读者的时间；二是不愿意再回想起这段往事，因为每次回想起来心如刀割，实在"不堪回首"。如若重演一次的话，我都不知道自己能不能挺过来。如今我遇到过好多人，他们总是在抱怨命运，抱怨自己的不幸。我失业了、我分手了、我创业失败了、我离婚了……为什么上天这么不公？为什么我这么不幸？但当他们听完我的故事，才知道我原来比他们还不幸。"生死之外无大事",这句话恐怕是闯过鬼门关的人才最有资格说的,但他们在我的身上没有看到一点负面消极的情绪,因为我一直在努力让自己活得更好,活得更精彩!

  疼痛难忍时,不是我不想放弃,只是我还太年轻,不愿就这样过早的倒下。我坚信:再穷无非要饭,不死总会出头!他们建议我把这段经历写出来,这样可以让更多的人看到,可以感染更多的人,让他们也能好好地生活,甚至生活得更好!朋友的一句话给了我写书的信心,也打消了我的顾虑。其实真正能打动人心的并不是华丽的辞藻和大肆渲染的篇章,而是那种最原始、最真实的感受!今天,我终于鼓起勇气,用自己稚嫩的文字,向大家讲述这一段不寻常的经历……

李浩铭
2022 年 12 月

妻子的话

醉过方知酒浓，爱过才知情重！

这段经历一直让我无法释怀。说起它，就像经历过一次西天取经饱受九九八十一难般的凶险，心中燃烧着一团烈火，久久不能消散。

晴天响霹雳。天地之间似乎只剩下我和浩铭，以及能帮助我们、让我们生活在同一世界里的人。那一刻，我才真正意识到浩铭在我心中的分量。我不能没有他，他善良、温和，有一颗纯真的心。对长辈尊敬、对朋友和善、对孩子体贴；我们于天地间对拜，婚礼隆重，我一直把浩铭当作上天赐给我今生最好的礼物。人生在世，不如意之事十有八九。我一直认为上天把浩铭赐给我，是对我不如意人生的最大恩赐。而现在却要生生地把他夺走，我绝不答应！我想那时我是疯魔了，气势逼人，不惜一切代价也要把浩铭从鬼门关拉回来，留在我身边。我从小受父亲讲述红色传统文化的熏陶，两万五千里长征最终取得胜利，星星之火，可以燎原。我想我也要走一趟两万五千里长征，打着"攻无不克、战无不胜"的精神旗帜，抢夺一切生机，誓要生还。

壮士出征，泰山崩于前而色不改。我们的路：战，必胜！"活不过一星期"是医生最初的诊断，我记不清自己曾经一个人躲到卫生间哭过多少次、记不清曾经找过多少位医生会诊、记不清曾经多少次被噩梦惊醒……记不清太多太多。眼看大厦将倾，我顾不得任何情绪，也顾不得任何惧怕。医生的意见也只是仅仅作为参考，我甚至和浩铭摇卦占卜，赌这场生死手术。作为浩铭的精神支柱，我始终告诉自己：无论浩铭的状况如何糟糕，一定能治好，始终是我心中的信念！只有这样才能做好浩铭的精神支柱、灯塔、战魂，争取存活，哪怕只有一丝希望。我告诉浩铭，相信我，一定要相信我，我们一定能够走出这个暗黑之夜。

漫长无际黑夜中的一点光。初次找到鲁一医生，当他提到靶向治疗，提到美罗华可以控制肿瘤时，我迅速做了决定，通知家人长辈赶来医院帮忙转科。经过艰苦的被动应战，终于迎来了转机。在医生的全力治疗、家人的全心支持、朋友的精神鼓舞下，浩铭的病情得到了有效控制。

曙光现，天边鱼肚白。浩铭终于能够靠着病床坐起来了，浩铭能走路了，浩铭会扭头了，浩铭举起胳膊了，浩铭的眼睛不重影了，浩铭能够自行排尿了……我的浩铭终于完整地回来了。我太高兴了，但仍不敢过于激动。七十天精神的高度紧张，加上身体长时间的劳累，内心已是冰火两重天，经不起大喜大悲。

当看到他写的书稿时，我内心有种说不出的感受。我哭了，为我们的不容易，也为我们的坚强！

姚媛媛

2022年12月

目录 CONTENTS

一、正值秋收农忙日　平地起风惊天雷 ………… 1

二、千盼万盼入院去　换来无救凉心底 ……… 34

三、山重水复疑无路　柳暗花明又一村 ……… 97

四、拨云见日层层起　风吹愁散些几许 ……… 149

五、恍如隔世噩梦醒　人生顿悟始来春 ……… 225

一、正值秋收农忙日　平地起风惊天雷

秋天，少了一些燥气，多了一丝凉意，让整个人都特别舒服。更高兴的是国庆节放假，这是个盼望已久的日子。对于上班一族来讲，国庆节没有太多的礼节杂事，不用像春节一样串亲戚拜年，有更多的时间可以自由安排。约上三五个好友，一起去旅游爬山，一起去打球，一起去K歌……不用再操心明天的工作报表做好没、明天领导又会安排什么工作。想想这七天的假期，心里那叫一个美啊！

假期第一天，我早早起床，一是平常就有早起的习惯。醒来之后赖着不起的话，起来会感到头疼；二是上班地方远，也需要早起。别人都是趁着假日美美地睡个懒觉，我是每逢假日比平时起得还早。要好好放松一下，不能浪费这大好时光。五点多醒来，匆忙刷牙洗脸，穿上蝴蝶球服，带上定制的斯蒂卡乒乓球球拍，往球袋里装上两个双鱼和一个星球乒乓球，骑着自行车就出去了。

体育场是我每个周末和节假日都要去的地方，痛痛快快地打一次球成了我每周末的必修课。乒乓球一直是我的骄傲，我从小学就喜欢打乒乓球。记得第一次打乒乓球是在小学一年级，那时学校校园里只有一张石板球台。板面破损，凸凹不平，放在泥土操场的西南角。虽然球台简陋，但它装饰了我的童年。只要下课铃声一响，爱打乒乓球的同学就会飞奔过去占球台，然后肆意地玩耍着，没有球拍的同学甚至用砖头块儿在球台上相互推挡着打球。姨哥的爷爷是一位教师，他有一副球拍。说是球拍，实际上是不再用的球拍，胶皮早已脱落，只剩下黝黑发亮的木板。不过这对儿时的我来说已经属于奢侈品了。

　　那时我个头矮小，站在泥土地上勉强够到球案。放学之后更是舍不得离开，玩得忘记了时间。直到妈妈在家里实在等不及，跑来学校把我怒吼一顿，这才恋恋不舍地回去。打乒乓球成了我的爱好，既能锻炼身体，也可以锻炼反应能力。从小学玩到初中，从初中玩到高中，从高中玩到大学。走上工作岗位仍在继续……虽然我没受过专业培训，动作不够标准，但在业余的"江湖"打法中也算是水平较高的。大学参加比赛还得过全校第三名。随着国际比赛横板技术的发展，直板的弊端越来越明显。我的打法也从打直板变成打横板，但我动作不标准，又是半路出家，球友对我的评价就是"邪"。说"邪"的原因是：看着打球的动作本来是往右角打的，打过去之后却是落在了左角，给人的感觉是不按套路出牌。

　　假日的体育场更是热闹，一大早就聚满了人。跑道上有晨跑的，草坪上有跳舞的，健身器材上有健身的，球台上有打球的。我径直向球台走去，九张球台全部占满了。爱好者不愧为爱好者，球友里流行一句话：四点半来还有球台，五点多就没得玩了。真心感叹球友们的敬业，在这里玩的大多数球友经常来，虽然叫不上名字，但一见面大家都认识。

　　我的眼睛盯着球台，从最东边瞅到最西边，瞄准高手最多的一张球台过去排号。我喜欢室外的打球气氛，球场上比赛的双方都会使出浑身解数，围观的球友在一旁呐喊助威，看到好球时自然也会鼓掌。几番轮战我一直是胜者。一是技术好，二是年轻、体力好、动作麻利，这就是优势，对方只能频繁换人。接下来上场的是一位直板球友，人称老秦。个头不高，瘦瘦的，四十岁左右，直板快攻打法，那一板正手扣杀是他的撒手锏。正常的打球思路是侧上旋转球或者不转球可以直接快攻扣杀，遇到下旋转球时需要拉起，如果遇到下旋转球还是直接快攻扣杀时，球很容易栽网。他的直板快攻与众不同，遇到下旋转球也可以直接快攻扣杀，上手成功率很高。而且动作麻利，进攻速度快，冲击力强。

　　以前我们也经常在一起打球，各有胜负。这一场恶战，胜负很难估量。我是铆足了精神，要想取胜，必须在他起板前进攻。直板打法的弱点是在自身的左手位，毕竟直板反拉技术在业余选手中还是很少见，起码对手不会。开球之后，我竭尽全力用短球压着对方的左手位，对方要想进攻必须侧身。何况球不出台，很难上手进攻，第一局我以 11∶7 胜出。第二局对方调整了战略，采用高抛长球来避免我给他左角摆短，这样他那一板侧身快攻优势发挥了出来。频繁地上手进攻，速度快，力量强，打得我措手不及，多次回防出界。我以 8∶11 输掉了第二局比赛。

　　围观的球友都在呐喊助威，不断地发出"好球"的呐喊声。第三局决胜局开始，围观的球友们屏住了呼吸，注视着球台。我和老秦更是斗智斗勇，计算着如何发球，如何接发球，如何进攻。两个人积极抢先进攻，互不相让。比分咬得很紧，先后交替

一、正值秋收农忙日　平地起风惊天雷

得分，比分到了8∶8。现在轮到对方发球，这两个球非常关键，可以说是决定了这场比赛的输赢。对方抛球后发了一个前冲长球，直接冲到了我的正手位置，这是我没有预想到的。由于没能做好充足的准备，出台长球也没敢进攻，只是推挡过去。接发球没能处理好，对方在发球之后侧身强攻，"嗖"的一声向我的左手位飞过来。当时脑子一片空白，直接反手位反拉，反正防守回挡过去的球。即使上台，也会被对方再次强攻，索性拼一把，直接反拉。没想到反拉成功，借助对方的旋转，反攻过去的球速更快。这一板我使尽了全力，球落在了对手的反手位。对方猝不及防，准确地讲是对方根本没想到，他强攻过来的球我会反拉，更没想到的是居然还反拉成功了。

"太帅了！"站在一旁观战的球友拍手叫绝。拿下这一分很关键。对方发球，占有主动权，并且在对方强攻时被反攻得分，在心理上也信心大增，现在比分9∶8。对方还有一次发球机会，由于上一球的丢分，这次发球对方选择了保守。接发球时我采取积极主动的战术，若能再拿下一分，我就胜券在握。即使输掉这一分，接下来我有两次发球机会，主动权还是在我手里。相持两三个回合之后，我开始上手抢攻，压住对方的反手位，直接拉对方的正手位，抢攻得分，我率先拿到局点10∶8。真是斗智斗勇，不仅要考虑技术，还要结合对方的心态。这时我料到对方求稳，就大胆偷袭了一个正手位前冲长球。果然不出我所料，对方没敢直接上手抢攻。这一被动防守，给了我机会，直接进攻得分，11∶8赢下了这一局，以大比分2∶1战胜了对方。

走下球场，大汗淋漓，在球友们的议论声中，我收拾装备回家吃饭。

一进家门，电话铃响了，那边传来了久违的声音："明天有安排没？没安排的话陪我一起去景区玩呗！"是老杜的电话。老杜是我的同学、朋友、知心好友。我们从初中一年级相识，初中同班三年，高中同班三年，高中同在一个宿舍住，床铺挨着床铺，可谓睡在邻铺的兄弟。那真是无话不谈，从语文英语谈到历史化学，从学习谈到生活，谈到对方的恋爱……虽然大学没报考同一院校，但每逢回家都会联系对方一起吃喝玩乐，工作后仍是如此。想必国庆节他也回家了，我一口答应明早七点半准时去他家里接他去关山景区玩。

关山景区是新乡南太行景区之一，属于4A级国家地质公园。以岩石闻名，有山有水，风景秀美，景区以红石峡、石柱林为代表，堪称"太行至尊灵水世界，华夏第一滑塌奇观"。集南太行水体景观和滑塌峰林这一独特的地质地貌于一体；融飞瀑流泉、清溪幽潭、石奇崖秀、峡险苔藓、群柱辣峙、峰林竞秀、云海飞渡于一身；构成完整的风景体系，是南太行壮阔与柔美的典范。广告语：观山，观水，观天下！够大气吧。老杜很早就说要去关山旅游，一直没有合适的机会，这次假期绝对不容错过。第二天，我早早醒来，穿上运动装、运动鞋、带上旅行袋、零食，收拾齐全后向老杜家出发。

"欢迎收听天气预报，今天白天到明天白天为晴天，最高温度25℃，最低气温13℃，有微风，适宜出行。"车上的收音机在播报天气，看来天公也作美，不热不冷，适合旅游。大老远就看到老杜站在门口等我，这猴孩子，比我还急。接上他和朋友就往景区赶，路上看到络绎不绝去景区方向的车。每逢假日，这边的交通就会拥堵，外地过来旅游的人数逐年倍增，幸好我们出发

一、正值秋收农忙日　平地起风惊天雷

早。坐在车上开始谈笑风生，天天上班，无论工作累不累，天天重复同样的事情，身不疲惫，心也会累。难得外出放松放松，当然开心了。他们在聊天，我播放了一首自己喜欢的音乐《我的好兄弟》：

在你辉煌的时刻
让我为你唱首歌
我的好兄弟
心里有苦你对我说
前方大路一起走
哪怕是河也一起过
苦点累点又能算什么
在你需要我的时候
我来陪你一起度过
我的好兄弟
心里有苦你对我说
人生难得起起落落
还是要坚强地生活
哭过笑过至少你还有我
朋友的情谊呀比天还高比地还辽阔
那些岁月我们一定会记得
朋友的情谊呀我们今生最大的难得
像一杯酒像一首老歌

这首歌写得真美，很贴近现实生活，唱得也好听，唱出了友谊的真谛，什么是兄弟？这就是兄弟，你赢，我陪你君临天下；你输，我陪你醉酒天涯。

在路上我们边听歌边聊起上次分别后的经历。与朋友在一起的时光过得极快，分别后的生活还没说完，大山就到了眼前。高大巍峨，满山红遍，路边红红的山楂，黄澄澄的柿子。柿子树上的叶子早已飘落，只留柿子挂在树上，像一个个灯笼在微风中摇摆，农民伯伯在田地里掰玉米刨花生。秋天，是收获的季节。都说有山有水方成画，农民在田地里秋收的景象何尝不是一幅美图，触景生情，我回来后写了一首《秋语》：

月高风清霜降寒
叶落草枯鸟飞南
起早田地忙农事
饭后喜言谷仓满

进入景区后，沿着小路徐徐前行。虽然石板小路没有大道的宽阔平坦，但小路上的景色，是走大路上领略不到的。涓涓细流从远方沿着小路流过来，溪水清澈，拍打着岸边的岩石，路边树丛里时不时传出鸟叫，让人心里增添了几分宁静。远离了城市的喧闹，回归自然的恬美。

继续往前走，隐约感觉到了些许凉气，料想是瀑布越来越近。果然，绕过山峰之后，瀑布从天而降，映入眼帘。我们来到瀑布前，仔细端详着那壮丽的风采。你瞧，在绿树成荫的两山之间夹着雄伟的大瀑布。急剧飞奔的水花，直泻而下，像奔腾咆哮的万匹野马破云而来，又像神话中的仙女披着银纱，在斜阳的照射下，光彩夺目。这时，我不禁想起唐代诗人李白写的"飞流直下三千尺，疑是银河落九天"的诗句。瀑布跌落在水潭中，潭中顿时溅起波光闪闪的水花，这美丽的景色真是令人心旷神怡。无数游客拿起相机，拍下这天造的景色。有的游客更是兴奋，越过深潭的围栏，捧起潭水向空中扬去。我们当然也不能错过此等美景，也纷纷拍照留念。

"不到长城非好汉！"今天终于走到以前没走到的地方——天柱峰。说它是第一高峰，一点也不为过。只见它高耸入云，像一根擎天柱，屹立在云端，既壮观又雄伟。要想和天柱峰合个影可不容易，因为它时常云雾缭绕。这不，我们刚想拍个照，天空突然起了雾。天柱峰没一会儿就躲进了云雾中，若隐若现的天柱峰让我们感觉到自己仿佛置身于仙境之中。天柱峰下还立着一块海誓山盟的牌子，多少俊男俏女在这里表白宣誓，被云雾簇拥着向自己心爱的人表白，仿佛身处童话世界，更像置身于神话世界。

跑了一天山路，回到大门口时已是下午五点钟，怎一个"累"字了得！说好坐上车陪我聊天说话的，结果他们坐上车就倒头大睡，只剩我一个人放着音乐开着车。无论有多累，开车时我都会高度集中注意力，不让自己打瞌睡。一个小时之后到家，本想晚上再把没坐观光车省出来的钱整一桌大餐，但看着他们一个个耷拉着脑袋、疲惫的样子，还是各回各家，各找各妈吧。开车跑了个来回，又步行走了三四十里路，确实够累的。停下来之后才真正地感觉到疲惫，脊背肩膀有些疼，估计是昨天打球拉伤了肌肉，看来我也需要好好休息休息。

这两天感觉运动量有点过头。睡一觉醒来，腰酸背痛腿抽筋，起来之后腿都不会打弯儿。昨天走的台阶太多，以致腿脚僵硬，浑身疲惫，不能再大强度运动。在家里看看电视、上上网，一转眼就到假期最后一天。美好的假期总是短暂的，而上班的时间过得太慢太慢。最痛苦的就是上班前一天的晚上，想到第二天上班就痛苦。疲劳感已消除，除了胳膊肌肉拉伤的疼痛。

十月八日，同事们一个个无精打采。这是通病，假日后的第一天上班，大家都是有气无力、懒洋洋的。我的心情也不好，打乒乓球时，胳膊闪的那一下，到现在还疼。有啥别有病，说得一点都没错，身体哪里不舒服都难受。简单地把假期的工作做了整理，该汇报的情况给领导汇报了一下，然后就在办公室里坐着。身体不舒服时什么都不想做。以前打球偶尔也会扭到胳膊，一般三四天时间就能恢复，这次一周后疼劲儿还没好转。我在想，是不是要贴张止疼膏药？

身体这块儿我还是挺自信的。我虽然个头不高，长得又瘦，但是体质好。打乒乓球比赛可以连战两个小时、爬山来回四十里路、单杠上可以翻跟头、引体向上能拉三四十下。曾经单臂三个引体向上闻名全校，还能做一些简单的体操动作。朋友们都羡慕我的体质，我也很自豪，头疼脑热的小病我也从来没当回事。但这次肌肉拉伤一周都没好转，确实难受。下班回家之后我还是决定让医生看一下情况。这个医生在我们县里挺出名，是心脑血管神经方面的专家，发表过多篇论文，还去国外讲学做过报告。我跟他说了自己的情况后，他说没什么大事，贴几贴麝香壮骨膏，再吃两片营养神经的药就可以了。并嘱咐这几天不要做大强度运动，肌肉拉伤要多休息。我按照医生的嘱咐按时吃药、贴止疼膏，但还是不见好转。反而感觉比原来还要疼，甚至右手的小拇指都有点麻，真难受。身体难受时总感觉时间过得太慢，话也不

一、正值秋收农忙日　平地起风惊天雷

想多说，一直想着周末再去医院检查一下。

　　终于熬到了周五，上午工会主席来让我帮忙写篇稿件。平日里，车间的稿件都是我写的，兼着车间的通讯员，负责写一下车间的新闻、纪实。不过今天确实难受得厉害，实在没心情写，就拒绝了。自己现在拿笔都吃力。中午饭吃了一点儿，难受得吃不下东西，下午同事忙完工作说去车间后面的荒地挖红薯。车间后面有一片荒地，暂时没建厂房，反正荒着也是荒着，就种上了红薯，多少有点收成。现在红薯也到了成熟的时候，虽说还没经霜打，但个头长得挺大，同事非要拉上我一起去。其实我身体难受是不想去的，但又不好拒绝。想着心情不好，去挖红薯放松一下心情，就跟着一块去了。

　　同事拎着铁锹，我去找塑料袋，今年开荒种的红薯长得挺好。本来这里是沙土地，也适合种植红薯和花生。绿油油的红薯藤，趴在地上，从这边串到那边，像邻居串门一样，爬得满地都是。放眼望去，地上像是铺了一层绿地毯。同事迫不及待地拿起铁锹，对准红薯藤的根部挖去，我负责用棍棒把红薯秧挑起来，方便同事找到红薯的根部。"好家伙！"这一铁锹下去，挖出三个大个儿的。沙土挖松之后，用力一拉就把红薯拽了出来，有细长的、有椭圆的、有扁的。看上去还挺像弟兄三个，只是长相差异有点大。真是俗话说得好：一母生九子，连母十个样！第一锹下去收获就这么大，可谓"旗开得胜"。同事也高兴得乐开了花，直赞自己的英勇神武。我迅速把红薯捡到包里，开始搜寻下一目标。我俩配合得真好，有说有笑，边笑边挖，一会儿工夫就挖了两袋。用铁锹抬着回去，同事在前面抬着锹头那端，我在后面用左手抬着，右胳膊实在是疼得使不上劲。在回去的路上碰到了其他同事，调皮的同事故意跟在我们屁股后面给我们拍照。拍一张还嫌不够，左一张右一张的，边拍还边唠叨着，说是种的红薯还没经霜打，我俩就开挖了，这是罪证。我们知道这都是开玩笑闹着玩的，随意给你拍，我俩还故意摆出优美的造型。

下班之后同事和我一同回去，我俩是老乡。平时同事住在市区，每逢周五下班，我会开车把他捎回老家。同事看着我难受的样子还问我能不能开车，我说没问题，虽说胳膊疼，开车还是没问题的。现在右手拧钥匙打火时明显感觉到吃力，以前小病我总是拖着不看的，这次看来是拖不过去了，下定决心明天必须去做检查。把同事送到地方后，我就直接回家休息。

2013年10月13日，星期六，重阳节，这一天我记得特别深刻。早上收拾好之后，直接走向医院。虽然知道周六周日大多医生都要休息，但国庆长假刚过我也不好意思请假，只能挨到周末休息时去检查。

父亲和妻子陪我一起去了医院。我从小就对医院有种莫名的害怕，走在医院的走廊里腿有点儿发抖，心里发毛。看着走来走去穿着白大褂的医生就害怕，总感觉医院这地方挺瘆人的。现在仿佛自己已经成了病号，父亲和妻子把我安排到走廊的座椅上坐着，妻子去给我预约拍X光片。我坐在座椅上，明显感觉到自己的心跳加快，心一直悬着，生怕自己有什么毛病。医生领着我进入拍片室，我站在机器前面，后背对着机器。主要是后背肩膀的位置，等我站稳之后，医生叮嘱了一声，"站稳不要移动位置，放轻松"，叮嘱完之后就关掉灯出去了。我站在那里屏住呼吸，等待机器的拍摄以及报告结果的裁决。只听见身后的机器，"咯吱"来回移动了两下，检查结束。我神情凝重地走回走廊座位，几分钟之后报告结果出来。我没有急着去看报告，我怕，我怕拍出毛病，我怕知道病情后无法面对。

坐在我旁边的妻子轻轻地拍了拍我的手，深情地看了我一眼，起身去取报告。大老远看到妻子微笑的表情，我松了一口气。知道片子的报告应该没什么大问题，就接过报告看了一下。颈椎顺列正常，生理曲度存在，各椎体边缘清晰、规整，未见骨质缺损，椎弓根存在，椎间隙及椎间孔未见狭窄、扩大。虽然是医学上的专业术语，但也能看得明白，看完之后去找医生确认。医生接过片子，放在专门看片子的荧光灯前，一副很认真的样子。仔细看了看胶片，又看了看检查的报告结果说："从片子和报告上看，没什么异常，骨头方面不碍事，没有伤到筋骨。"可我还是疼得厉害，不像没毛病的样子。我又把病症给医生重复了一遍：右胳膊疼，现在右手小拇指麻木，怀疑是当时打球肌肉拉伤，可十几天过去了没见恢复，反而疼痛加重！医生看着片子查不出问题，便根据目前我所描述的病症，建议我再做一项肌电图检查。

医生开了张检查单，我们径直向肌电图室走去。做肌电图的那位医生挺年轻，一位年轻小伙子。看上去刚毕业没几年，戴着眼镜，斯斯文文地在给病号做肌电图检查。肌电图室的病人不多，前面只有两位。看到我进来，医生示意在等候区等候。给医生说明来意之后，医生看了看表说，做肌电图时间较长，现在已经十点半了。上午时间来不及，只能排到下午。让我下午两点到，第一个给我做检查。

我们只好先去吃午饭，下午提前过来。午饭就在医院外的一家小餐馆吃，妻子给我点了一份鸡蛋捞面。平时我脾胃消化功能差，饮食方面一直很注意。怕饭店的大米蒸得硬，一般出去都是吃容易消化的面条，并且再嘱咐厨师多煮一会儿。小餐馆饭菜还挺实惠，凉菜的盘子挺大，盛得也满。面条端上来之后吓我一跳，这一个碗顶得上平常家里两个碗的大小。看着碗里满满的捞面，我实在没信心吃完。加上自己身体难受不想吃饭，只吃了几口凉菜，挑了几根面条，就没再吃了。坐在旁边的父亲愁得直叹气，边叹气边催促着："再吃两口，再吃两口。"

刚开始我还敷衍着说："真吃不下了！"我的声调很低，这几天没怎么吃下东西，也没什么力气，就在餐桌上趴了一会儿。在医院来回跑也耗费体力，确实也累。父亲还在旁边一直哀求着："再吃两口，不吃点儿东西没力气，就不能再吃两口？"我真的难受得受不了了，头也没抬，不耐烦地顶了一句："我胳膊疼，难受！不想吃了！"这一句声音很大，语气很重，好像惹急了吵架一样。说出这句话之后，我心里挺后悔、挺难受，我从来没有顶撞过父亲，也从来没有用这种语气和父亲说过话。

父亲是一位农民，一位地地道道的农民。小时候家里很穷，爷爷身体不好，父亲就早早地辍学，下地劳动挣工分。父亲小时候学习成绩很好，一直名列前茅，只是爷爷身体不好，无法从事体力劳动。从我记事起看到爷爷都是弯着腰，也就是说的驼背，比《宰相刘罗锅》里的刘墉还驼得厉害。在我的记忆里我是看到爷爷的驼背从70°一直弯到90°，父亲被迫无奈，早早辍学扛起家里劳动挣工分的重任。父亲的老师可惜父亲的才华，三番两次去家里做父亲的思想工作，做奶奶的思想工作。让父亲回学校上学，将来考高中考大学……奶奶一句话也不说，我现在能体会到当时奶奶不说话的原因。奶奶心里不想让父亲放弃学业，父亲很

一、正值秋收农忙日　平地起风惊天雷

上进，成绩又好，放弃学业实在可惜。只是家里的情况也确实无法再供父亲去读书。父亲姊妹六个，兄弟两个，父亲排第三。一家老小都要吃饭，没有劳动力不行。父亲也知道奶奶为难，自己主动回家劳动，无论老师来家里如何做思想工作，他都铁了心不回学校。

　　父亲的最高学历就是小学五年级，母亲没上过学，斗大的字不识一筐，勉强会写自己的名字。我姊妹三个，父亲一个人用瘦弱的身躯养活了七口人。他从来没有抱怨过苦，没有在我面前喊过累，只是自己一个人默默地承受着，努力着。为了不让我们像他一样受苦受累，家里的农活都不让我们做，只要我们把书读好就行。在他眼里，读书是穷人家孩子改变命运的唯一途径。我们姊妹三个也是父亲的骄傲，没有辜负父亲的期望，都考上了大学。我读了本科，姐姐读的师范，妹妹读的大专。每每父亲和朋友说起来，自己也感到特别欣慰，自己的孩子挺争气。父亲在我眼里，一直都是一位伟大的父亲，勤勤恳恳，任劳任怨。用自己瘦弱的身体，养活了七口人，供出三个大学生，在农村是一件了不起的事情。虽然父亲身材矮小，只有一米六的个头。可在我心里，父亲用自己的行动书写了一个"人"字，顶天立地。做到了很多人、很多父亲都做不到的事情，我一直很尊重自己的父亲。父亲说的话，我都言听计从，从来没有反驳过，也没有顶撞过。

　　今天我真是后悔，后悔自己顶撞了父亲。父亲想让我多吃点饭也是为我着想，想让我增强抵抗力，想让我快点好起来。可是我太难受了，不是有意要顶撞父亲。父亲不再说话，只是在旁边默默地坐着。我不敢抬头看父亲，我可以感觉到现在父亲脸上写满了委屈。妻子在我身边静静地陪着，我趴在餐桌上休息，等着医生上班的时间。

迷迷糊糊睡着一会儿，至于睡了多长时间，自己也不知道，只是隐隐约约知道自己睡着了。醒来之后，我问了一下现在几点，旁边的妻子时刻关注着我的需求，说："一点二十五。"我面无表情地说了句："时间差不多了，该走了。"妻子连忙给我端过来一杯晾好的白开水，我喝了两口之后就拿着东西出门。我们到了肌电图室门口，肌电图室的门还没开，就在门口的座椅上坐着等医生。

医生挺准时，一点五十五分过来开门。他简单地问了下病症之后就开始给我做检查。肌电图的检查方式是将针电极刺入肌肉采集肌电信号，其原理是采用同芯圆针，将针头的一对电极放置到肌肉纤维边上，记录肌肉在放松、轻收缩和重收缩状态下的电生理信号，来判断是否有异常。看到医生拿仪器设备我就紧张，又是电又是针的，我不害怕打针，只是不敢看打针之类的器具。我把右臂放在桌子上，脸扭向另一边，心里想：检查右臂，胳膊给你了，随你怎么折腾吧。医生也看出我的紧张害怕，小心翼翼地把我的手放平，叮嘱："放松，放松。"然后用针轻轻地扎在我的手指上，先从小拇指开始检查。因为小拇指麻木程度最严重，无名指也有轻微的麻木。尽管医生动作很温柔，针扎在手上还是钻心的疼，我咬紧了牙关，忍住疼痛，只是没发出声音罢了。

医生很细心地从小拇指检查到大拇指，以及到手臂，整整用了一个多小时。检查完之后就做记录总结，这名医生看上去虽然参加工作时间不长，但给人的感觉很负责任，很敬业。报告出来了，肌电图显示肌肉神经这块未出现异常！我一直悬着的心，终于放进了肚子，紧张的表情也慢慢舒展开来，妻子凝重的脸色也

一、正值秋收农忙日　平地起风惊天雷

有了些许舒缓。两项检查都没问题，应该没什么大问题。我的心情也开朗了很多，只是后背仍旧疼痛，手指仍旧麻木。

回去之后直奔姐姐家，她今天正好有事，本来说好陪我一起去检查的。见面之后我说了一下今天检查结果，她看着报告给一个在军医院骨科科室上班的同学打电话，说了一下检查情况报告，并拍照发过去。几分钟之后那边回过来电话，观点看法都一致。从片子和报告上看，都没有问题。我们心情舒坦的同时，也没有放松。虽然没有检查出毛病，但我确实很难受。大家坐在一起开始想办法，姐夫认识一个民间针灸医生，据说针灸水平一流，口碑很好。姐夫的母亲有次起床之后腰直不起来，经那医生针灸过两次之后就痊愈了，也许我这种情况针灸一次就可以治愈。

周日的早上，早早起床，我简单吃了几口早饭。身体不舒服还是没胃口，也吃不下东西。家人们看着我只是发愁，也没办法。就直接开车去那位针灸医生的诊所。医生很热情，诊所虽然是乡村里的诊所，但规模挺大。进去之后给人的感觉很正规，大厅有专门的休息区、抓药区，还有医疗设备。里屋有专门的套房，有床，是专门用来给病人针灸用的。我们在休息区的沙发上坐下，说了一下我的情况之后。我站起来，他在我身后按了按我的颈椎，按了按后背疼痛的部位，又看了看右臂。说我这种情况是颈椎有些变形，压迫了神经才导致的麻木，需要马上针灸治疗，要不就会越来越严重。到以后右臂肌肉会萎缩，那时再做恢复会很麻烦。

一听这情况心里真的害怕，没想到打一次球，打出这么大的毛病来。家人赶快上前询问能不能治好，医生说幸好发现早，针灸可以恢复。他去做了一下针灸前的准备，就领着我进了针灸室，针灸室里还有一位女士正在针灸。看上去四十来岁，正在针灸腰的部位，听她和医生的谈话，应该是腰椎间盘突出之类的毛病。针灸了一个疗程，有明显的改善。我心里想这医生水平确实不错，按过我的颈椎就能准确判断病症所在，也知道是什么原因导致的，心想自己的病总算有治了。把上衣脱掉之后趴在床上，这种姿势我喜欢，因为我最怕看扎针。这样趴着，背后针灸看不到，心里不那么紧张。医生用酒精球在后背上擦了一遍，然后开始下针，男医生下手就是狠，"砰"地一下，针就进去了。速度很快，扎的都是穴位，都说扎穴位不疼，我还是感觉很疼，也分辨不出是针灸扎的疼还是原来拉伤肌肉的疼。反正就是一个字——疼！疼也得忍着，治病当然不舒服了。

紧接着听到"砰，砰，砰砰……"的声音，估计针都扎进去了，我自己也没数扎上去几针，只知道不少。现在难受得也没心情数几针，只要能治好，不痛苦就行。哪还管得了扎几针，能不能少扎两针呢。医生把针扎完之后就出去了，我趴在床上一动也不敢动，像趴在火堆里的邱少云，生怕移动导致针错位。针灸需要二十分钟，这二十分钟对我来讲确实有点漫长，也是人生第一次因生病原因针灸。虽然扎上之后不再感觉疼痛，但心里紧张，医生看着钟表，掐着时间过来拔针。拔针倒是挺快，我感觉就像拔羊毛一样，嗖嗖嗖，身上的针全部被拔光。有一根针拔出来之后见了血，医生连忙用棉球帮我擦了一下。出血也没感觉疼，我问他："有事没？"他说："没事，有时偶尔出点血也正常。"

之后又在疼痛的位置拔罐，怕疼痛的部位受了寒气，如果受了寒也会疼。拔罐算是中医的一种，对驱赶体内的寒气效果很

一、正值秋收农忙日　平地起风惊天雷

好。只看见他点燃干纸片，放在罐里，然后就扣在了我的脊背疼痛处。拔罐是根据纸的燃烧把罐里的空气烧空，罐内气压减小，吸附在身体上的原理。老祖宗传下来的中医还真神奇，这东西紧紧地吸附在身上，很难拔下来。拔的时候得按着皮肤，放进一点空气，待内外气压平衡就拔下来了。我也不知拔罐有没有效果，不过一次两次也不会感觉到明显的效果。拔罐之后，医生又给我做颈椎按摩。我体型瘦小，这个医生看上去很壮实，手劲很大，按得我有点受不了，很疼。但我没叫出来，也没要求轻点。我心想，这样用力效果可能会更好。我强忍到按摩结束，出了针灸室之后，胳膊有点抬不起来，妻子帮我把衣服穿上。医生又根据病症开了一些口服的药，这些药都是医生自己调配的。一整套下来已到了中午，拿上药我们就先回去。医生嘱托我第二天再来，一个疗程十天，先做一个疗程看看效果再说。

　　回到家里，午饭还是吃不下。只剩胳膊疼、手指麻，难受！我就直接去屋里躺着休息，躺在床上还是睡不着，前一天晚上就没睡好。后背疼得厉害，现在针灸按摩过之后，疼得更厉害。估计是那医生按摩时手劲太重，现在都没能缓过来。妈妈心疼地来屋里看了看我，问我想吃点什么，给我做点可口的，我真的是一点东西都吃不下。母亲忧心忡忡地出去，一会儿给我端了一碗汤面条，说："少吃点，吃不下面条，哪怕喝两口咸汤也行。"看着母亲端过来的香喷喷的汤面条，我还是没有一点胃口。

　　以前我最爱吃母亲做的汤面条，炒好鸡蛋之后，放一些西红柿，再放一些青葱，少放点手工宽面条。可现在看着香喷喷的汤面条，我是一口也吃不下。望着母亲委屈又心疼的样子，我接过碗，喝了几口汤，捞了两根面条，就把碗放回桌子上。妻子看我难受，就坐在床边，用勺子一口一口喂我，像哄宝宝一样，"乖，再吃一点儿。"想用温情化解难受，我勉强又吃了两口。母亲无可奈何地说："等你什么时候想吃，我再给你做。"说完就出去了，这天下午我一直是在床上躺着度过的，哪儿也不想去。傍晚的时候，我给领导打了个电话，把自己身体的情况给他汇报了一下。周一不能过去上班，还得去治疗，领导嘱咐我去大医院看看，小诊所毕竟不如大医院。

周一早上，我没再早早过去。今天感觉右手麻木，使不上力，胳膊疼得拧毛巾都使不上力。简单洗漱之后，应付地喝了两口玉米粥，就出发了。见了医生之后，我说除了疼，没别的不舒服。还是按昨天的程序去针灸、拔罐、按摩，按摩一开始用力，我就疼痛难忍。真扛不住了，让医生手劲轻点。尽管医生手劲轻了很多，我还是感觉很疼，强撑着挨到按摩结束。出来之后父亲看我脸色很不好，心疼得也不知该说什么。我也一句话没说，示意父亲帮我穿外套，胳膊疼得抬不起来，就只穿了右手的袖子。

由于难受，回去的路上我一句话没说。靠着椅背半躺着，父亲看着我难受的样子也不知道怎么安慰我，只是默默地看着我。回到家之后，我直接去床上躺着，只有躺在床上的时候，才会感觉好一点，脊背疼得没那么厉害。母亲又去为我做了一碗鸡蛋咸汤，这次我要求不放面条。做好之后给我端过来放在了床头，母亲没有出去，而是坐在凳子上看着我，我知道母亲想看我把汤喝完再出去。几天没怎么吃东西，我自己都明显感觉到浑身无力。强撑着坐了起来，靠着床头，母亲把汤给我接过来，递给我之后

一、正值秋收农忙日 平地起风惊天雷

又回到原来的凳子上坐下,默默地看着我。我一口一口,慢慢地喝,像完成老师布置的作业一样。待我把这碗汤喝完了,母亲脸上紧缩的表情舒缓了一些,问要不要再给我做点面条。我说吃不下,等醒来再说吧。母亲端着碗出去了。

中午睡了一会儿,这几天难受得饭也吃不下,觉也睡不好。今天中午实在太疲惫了,睡着一会儿,醒来之后也不想动。父亲来卧室看了看我,见我醒来就叫我下床走动走动,一直躺着不好。我强撑着精神起床,陪父亲去室外走了一圈儿。右手手指麻木感又加重了,今天小拇指的麻木感很强,无名指的麻木感也开始加重,中指都能感觉到麻木,后背疼痛有点像针扎一样。边走路,我边用左手揉捏右手的小拇指,缓解一下麻木感。走了一圈儿我就没力气再转,要求回去。回到家里,父亲去忙他自己的事情,我在沙发上坐着看电视。我也不喜欢去床上躺着,我总感觉去床上躺着,或者多睡会是浪费青春。看电视的时候能够暂时忘记疼痛,感觉时间会过得快一点儿。

说实话,我想让时间过得快点,我相信时间是最好的良药。时间能把我的病治好,只要有足够长的时间。但我也怕时间过得快,因为我不想明天来临。明天又得过去针灸拔罐按摩,按摩太痛苦,疼得我想哭。傍晚老爸回来,我跟老爸商量,明天可不可以休息一天不去按摩,缓解一下疼痛。父亲看着我哀求又难受的样子,答应休息一天。我的心里感到异常的放松,像放假时老师没布置作业一样开心,晚上喝了一碗玉米稀饭,其他的也吃不下,吃完饭又坐在沙发上看了一会儿电视。

周三还是一个晴朗的日子,只是我的心情并不晴朗。今天虽然不用再去针灸按摩，可脊背还是疼得厉害，睡了一晚上，疼劲儿还没缓过来。一早醒来，母亲就和父亲商量，把父亲睡的那张保健床垫给我铺床上。我一再拒绝，但母亲还是坚持，说父亲当时胳膊得了肩周炎，连笤帚都拿不起来，在保健磁性床垫上躺了一段时间，胳膊就好了。无论我怎么拒绝，母亲还是把父亲的保健床垫给我铺到了床上。看着我几天吃不进东西，父亲非要带我去卫生院看下，说那里有一个医生，看胃病很拿手。我这样整天不吃不喝也不是办法，就跟着父亲一起去了。医生询问了我的病症，并让我伸出舌头看看舌苔。其实我自己的身体自己最了解不过了，不用伸舌头我就知道舌苔白，脾胃消化不好是老毛病。

医生开了一副药方，让我们去二楼抓药。老爸说我几天都没吃东西，看能不能输输液，增强一下体力。在父亲的一再要求下，医生同意了。输液，在我的印象和人生字典里还没有这两个字，起码到昨天还没。从来都没输过液，我身体除了脾胃消化差之外，其他方面都是棒棒的，用不着输液。父亲还是一再坚持，我只好顺从。卫生院的条件设施简陋，虽说也有住院部，但病情真到需要住院的地步，都去大医院了。这里也就开开药，顶多简单的病输输液。

输液在二楼，把输液单递给护士之后我们就去输液室等着。输液室里的病人不算太多，屋里有四排椅子，病号散落地坐着，药瓶挂在支架上，自己坐在椅子上输液。我找了一个靠墙的椅子坐着等待护士叫我的名字。"李浩铭!"护士叫到我的名字，那声音很甜，从门口传了过来。我答应之后，看到护士拿着药瓶径直向我走来，一身洁白的护士服，脸上还洋溢着笑容。这里的医生

一、正值秋收农忙日　平地起风惊天雷

护士挺温柔，知道病人心情不好，脸上始终微笑着。我心里还是有点紧张，从来没输过液，看到白大褂就紧张。护士问我往哪只手臂扎针，我伸出了左手，右手疼，不想再扎右手。护士熟练地用绷带绑住我的胳膊，我用力握紧拳头，把脸扭向一边，不敢看输液扎针。她轻轻地在我的左手背上来回擦了几下酒精球，也看出我的紧张，并嘱咐我放松。说我体型瘦，绷带一绷，血管很明显，很容易扎针。我当时心里在想，她会不会心里在笑话我呢。一个大男人，还怕输液扎针。猛的一疼，针扎进去了，护士用医用胶带把针头那端粘在我手臂上，轻轻地把绷带解开，说："好了，液体滴完叫我！"

左手放在椅子上一动不动，生怕手臂移动导致滚针。两瓶液体输完之后，左手有点麻，主要是保持一个姿势时间太长了。护士拔了针，我们取药回家，走出卫生院我感觉自己有精神了。路上和父亲边走边聊，输液还是有效果的。一瓶健胃的液体，一瓶葡萄糖。父亲说第二天再陪我过来输液，脾胃消化好了，就能吃东西了，抵抗力也增强了，身体就慢慢好了。中午回去吃了一碗面条，吃过饭之后也没去躺着休息，那是浪费青春，坐在沙发上看电视。晚上躺在父亲那张保健磁性床垫上，我自己也感觉特别神奇，脊背不疼了。父亲以前有肩周炎我是知道的，后来确实是躺这张床垫治好的。难道这床垫的效果真有这么好？真有《神雕侠侣》里面寒玉床治百病的功效？反正能治病就好，早知道效果这么好，刚开始疼的时候就躺这张床垫了。母亲还特意叮嘱我右手贴着床垫放，这是手臂疼痛以来，第一次感受到病情的好转。我看到了希望，东奔西走都没找到有效的治疗方法，没想到自家就有。我心里放松了许多,终于有救了,晚上可算能睡个好觉了。

一觉儿醒来,胳膊还是那样疼。心情一下子不美了,顿时烦躁起来。还是没治疗的办法,起来后感觉比以往还要疼。我开始迷茫了,也犹豫了,也不知所措了,去针灸?那疼痛的滋味我现在还记忆犹新,疼得只想哭。一朝被蛇咬,十年怕井绳,真不想去了。去输液?现在疼痛难受的滋味也不是输两瓶葡萄糖能解决的。父亲也很无奈,不知怎么才好。脊背疼得像针扎一样,我不想说任何话语。父亲也没心情吃饭,看他简单地吃了几口就出去了。我知道他是去找我姐姐,商量看有没有好的办法、去哪里找医生。今天是周四,妻子、姐姐、姐夫周六周日正常休息,想的是等到周六陪我去另一家大医院看看。我难受得一动也不想动,不是我不愿意出去,要是没病没啥的,天天可以住在球场上。现在疼得我不是躺在床上就是蜷在沙发上看电视,用电视麻痹疼痛。

我在床上躺了半上午,看着钟表,指针快到十一点时起床蜷在沙发上看电视。其实躺着比蜷在沙发上疼痛轻一点。起床看电视也不是因为电视演得多么精彩,而是父亲十一点多要回来。我不想让父亲看到自己还在床上躺着,那样他的心里会更难受。果然,没过一会儿,父亲回来了。看到我在沙发上蜷着看电视就没再说什么,问我中午想吃点什么饭?我还是没胃口,看着父亲很无奈的表情,我无法再说自己没胃口。虽然一点东西也吃不下,仍敷衍地说了一句:"吃面条!"父亲听了嘴角露出一丝笑容,难得我主动要求吃饭,其实他不知道我这是在敷衍,面条做好我也吃不下。母亲听了兴冲冲地跑去厨房，一会儿工夫，母亲就把面条端到我的面前。父亲坐在我旁边，用舒缓的语气，边说话边看着我吃面条。他和我姐商量过了，周六等他们休息时，一起陪我去豫中医院再系统做个检查，看看该如何治疗。我边吃边听，也没吃多少面。实在吃不下，也得做做样子，也许这就是"善意的行动"吧。

晚上睡觉已经很难受了。原来晚上平躺着睡觉感觉不出脊背疼痛，现在即使平躺也能感觉到脊背疼痛得厉害，仿佛床上有钉子，正好扎到脊背一样。右胳膊疼得不能碰，爱人睡觉的时候离我远远的，我还是翻来覆去疼得睡不着。晚上是我恐惧的时候，难受的时候总感觉黑夜漫长。黑夜让我没有安全感，从天黑就开始盼着天亮，一夜睡不到两个小时。终于熬到天亮了，好难啊。周五了，再熬一天就可以去大医院检查了，最后再坚持一天！这一天又是一场硬仗，像抗战时接到命令、坚守阵地一样，疼痛着坚守，我只能强忍着咬紧牙关，晚上又该如何度过？

早上妻子去上班时，轻轻地抱着我，在我脸上吻了一下。我说："没事，去上班吧，明天就去医院治病，再坚持这一天。"妻子看着我，依依不舍地上班去了。她在私企工作，平时请假挺难。最近他们公司正在做一个企业培训课程，她是这个培训课程的主要负责人之一。知道她挺忙，没特殊情况不让她请假。她也在等这最后一天，晚上我疼痛难受让她也没能睡好，隔一会儿就要问问她几点了。自己感觉已经过了很长时间，天应该亮了，一问才知道过了十五分钟。她安慰我，让我再休息一会儿。她眼睁睁看着我晚上痛苦的样子，心疼而无奈，知道我的难受程度，临走时也放心不下我。

　　起来之后我痛不欲生，脊背上像钉着钢钉，钻心的疼。左手时不时地抚摸右肩疼痛的部位，试图缓解一下疼痛。可无论我怎么揉捏，疼痛感没有丝毫减轻。想想这一天的时间该怎么熬呢？电视也无心再看，明天去大医院看病，问题是今天该怎么熬过去。时间过得太慢了，看着时钟，感觉时针就像龟兔赛跑的乌龟，走得像蜗牛一样慢。身体疼得我直冒虚汗，实在坚持不住了，我就给父亲打了个电话。我有气无力地说："疼得太厉害，坚持不住了，下午就去医院吧。"父亲还在那头安慰说："已经和你姐、姐夫商量好了，明天他们都休息，都陪你一起去。"我还在请求说自己坚持不住了，想下午就上医院。父亲还在那边安慰，我实在没心情听了，大声吼了一句："再不去医院我就死了！"说完之后就把电话挂断了。

　　不一会儿，父亲回来，一脸不高兴的样子，心里肯定在想我怎么会这样说话呢，和平时判若两人。不过看到我痛苦难受的样子也没说我什么，就给我姐和姐夫打电话，说下午去医院。妻子也立马向公司请了事假陪我去医院。中午吃饭我颗粒未进，疼得直冒虚汗，水也喝不进去。姐姐和姐夫午饭后都赶了过来，下午姐姐还有课，父亲有其他事情要忙，母亲需要照看孩子。商量之后，姐夫和爱人陪我去医院检查。

　　姐姐比我大七岁，平时姐姐和姐夫就像家长一样照顾我。有姐夫陪着，姐姐和父亲都放心。去的时候我已经疼得直不起腰，姐夫临时去药店给我买了止疼片。吃过止疼片之后，疼痛才有所缓解。这家大医院有妻子那边的一个远房亲戚，毕竟他对医院熟

一、正值秋收农忙日　平地起风惊天雷

悉，可以指导我现在这种情况需要找哪个科的医生。说了我的病症之后，他领着我们向骨科走去，在路上边走边开玩笑逗我："是不是不想上班故意说胳膊疼呢。"我当时很难受，也知道这是开玩笑的话，就笑了笑，什么也没说。骨科的医生他挺熟，也是我们老家的。介绍过之后，医生询问了一下我的情况："现在什么症状？都做过什么检查？检查报告都怎么说？"——询问之后又按了按我后背疼痛的部位，握了握右手，让我去做一项颈椎磁共振检查。

这是我人生第一次做磁共振检查，我连什么是磁共振不知道。磁共振室外等候的人挺多，做磁共振需要预约。进磁共振室前要在告知书上签名，提示一些注意事项和禁忌，我右手疼得抬不起来，现在连握笔写字都困难，只能让妻子代签。告知书提示：做磁共振时需要把身上金属之类的物件全部摘掉，进屋之前又按照护士的规定穿上医疗鞋套和塞上耳棉。躺在磁共振设备仪上，头正好放在专门设计的卡槽里。护士在头部盖上一个类似头盔样子的东西，并嘱咐躺好之后不让动，如果移位，片子拍不清晰。

躺好之后，身体就随着仪器往里面推动，耳边紧接着就听到"当、当、当、当……"的声响，怪不得要用棉花塞住耳朵呢，想来是怕把耳膜震坏。我轻轻地把眼睛闭上，任它在耳边敲。反正也不让动，就放松地躺在那里。听着敲木杠的声音，身体随着仪器进进出出，"当当当"的声响频率时而快，时而慢。声音渐渐地消失了，身体随着仪器被推了出来，护士把我头部罩的"头盔"取下来，说了一声："好了，拿着这张条去外面等结果吧。"

我慢慢地从磁共振仪器上坐了起来,磁共振室的门自动拉开,妻子立马过来搀我。起身时自己感觉确实费劲,一下子起不来,没有了平时的利落。系好腰带,戴上眼镜之后就在室外的休息区等检查结果。胶片很快出来了,检查报告需要等到第二天,等看片医生写好报告后,还需要主任审核签字,最早也要到第二天上午十一点钟才能出来。还好这里的医生都会看片子,虽说没磁共振室专门看片的医生专业,大问题还是可以看得出来。

医生拿到片子之后,举过头顶,扶了扶眼镜,简单地看了一眼片子,就先让我去室外休息区等着。爱人陪我一起坐在外面,"放心吧,不会有事的,不要多想。"爱人在一旁安慰我。医生和姐夫,以及远房亲戚关着门,在屋内谈病情。我当时也没想什么,就在外面等着。姐夫和远房亲戚从医生办公室出来,并没有直接向我走来,而是走向了楼梯口。他俩在楼梯口抽了根烟,边抽烟边说着话。抽完烟之后又走进了医生办公室,妻子也被叫进办公室。妻子出来之后很淡定地安慰我没事,只说没事,其他什么也没说。医生出来之后也没向我说病情,他当时说的话我记得很清楚,原话就是:"给你开些药,疼的时候吃一片。回家就躺着,别来回动,周一再过来。"爱人去取过药之后,我们就回去,等着周一再过来。

天还未黑,母亲就熬好玉米粥,炒的我喜欢吃的豆角炒肉。父亲忙完事情,也早早回家等候我的检查结果。姐夫和妻子没有开口说我的病情,我告诉父亲检查结果今天还没出来。医生开了点药,让下周一过去。也许是今天下午吃了止疼药的缘故,脊背疼痛没那么厉害,晚饭也能吃进去一些。爱人照顾我吃过饭后,

一、正值秋收农忙日 平地起风惊天雷

27

就催我去床上躺着。我躺下之后她说去上会计课，让我在家休息。后来我才知道，她出门之后直接去了我姐家，去商量对策。

姐夫开门时，我姐正在被窝里伤心地哭泣，平时性情温顺的妻子直接喝道："哭什么哭！咱赶紧商量有什么办法！"别看妻子平日里性格温和，遇大事时一反平常的温顺，变得果断、坚定，深受岳父影响。妻子、姐夫、姐姐打起精神，开始分析现在的病情现状，了解所知道的哪家医院哪个科哪位医生擅长治这种病。要不要告诉父亲，敢不敢告诉父亲？最后商量先告诉岳父，让岳父去我姐家一块儿商量这事怎么办。

当天晚上妻子回到家已经夜里十点了，面对我又温柔起来。像是一切都没发生，仍像往常一样悉心照料。脊背疼痛又开始发作，她帮我倒水吃医生开的药。大医院医生的水平就是高，几分钟后药就起效。这一晚睡了一个好觉，一觉睡到大天亮。这一周以来，第一次晚上睡了一个完整觉。虽然醒来之后，脊背依旧疼痛，但能睡上一个好觉，已属难得。

醒来之后脊背又开始疼痛，妻子帮我倒水吃药。吃过早饭她借口说去上课，临近考试，老师要讲考试内容。我知道她报有会计班，想考一个会计证。考前的冲刺班不能耽搁，就让她早点过去，别迟到错过老师的精彩讲解。后来我才知道，她根本不是去上课，而是自己一个人开着车去拿片子和报告。之前她没怎么开过车，最高不超过三十码。现在也是被逼上"梁山"，什么也不怕了。她拿着我的片子去取磁共振检查报告，再准备去原来做肌电图检查的那家医院咨询我的病情。

前一天晚上去姐姐家就是商量我的病情该怎么办。虽然当时磁共振报告还没出来,但医生看片子时已经发现了问题。而且问题很严重,只是没告诉我而已。颈椎处长有肿瘤,而且生长的部位很特别。长在颈椎的椎管里,与脊髓只有一膜之隔,压迫了神经元。这才导致我右手麻木、脊背疼痛,看上去疑似恶性肿瘤。恶性肿瘤俗称"癌症"。谈癌色变,一点也不夸张,得癌症意味着死亡。

这个消息有点像开国际玩笑,简直不可思议,也不能让人相信。我从不抽烟,只是偶尔喝酒。晚上不熬夜,早上习惯早起,没什么不良嗜好。每周末都会去打球锻炼身体,饮食又规律……何况我才 28 岁,28 岁按理来讲不是得癌症的年龄。我得癌症,这玩笑未免开得有点大了吧。可检查片子在这里放着,医生是依据片子讲的,没必要信口雌黄。只是说过之后补充了一句:"这只是他从片子上看出的结果,也不能完全确定,等磁共振报告出来之后再说,或者拿着片子到别家医院做下会诊。"

报告出来了,结果和医生说的情况一致:颈椎脊柱里长有肿瘤,疑似恶性肿瘤!看到报告后,爱人的脸色顿时煞白。癌症,如果真是癌症,意味着我不久将离开人世,意味着她将一人带着孩子生活下去。"这不可能,这不可能!"她不停地重复着,拿着报告又去找昨天看片子的医生,医生接过报告之后还是原来的观点:"从报告和片子上看,很大程度上就是恶性肿瘤。具体是什么癌症,还需要进一步化验确诊。你们做好心理准备,也可以去别的医院再做一下会诊,看有没有更好的解决方案。"这家医院已经是这边最好的医院,检查报告具有一定的权威性。除了这家医院就是以前做肌电图检查的医院,擅长疑难杂症,或许对这个

一、正值秋收农忙日 平地起风惊天雷

片子有另外的见解，也或许有好的解决方案。

取回检查报告，姐姐、姐夫、岳父、妻子一起开车向给我做肌电图的医院驶去。妻子坐上车，终于抑制不住自己的情绪，狠狠地盯着车窗外的天空，眼泪夺眶而出。愤怒地用拳头砸着车玻璃，哭泣声变得颤抖："浩铭答应过我，他会让我们的生活越来越好。我一直都相信他，他不可能骗我，我不相信是癌症。"她大喊："老天爷，浩铭是那么好的人，你怎么这样对他！你怎么这样对我！"她内心愤怒，却不敢质问。内心开始不再相信老天，只相信自己，要一意孤行把我带出险境。

岳父紧绷着脸，沉默了一会儿，忍住自己心里的悲痛对妻子说："小媛，坚强点，你现在哭的样子会让浩铭察觉的。"岳父及时提醒了妻子。妻子第一次痛哭是在医生办公室被告知病情严重时。眼泪止不住涌了出来，身体也一下子站不稳扶住了医生的办公桌，但很快擦干了眼泪。用凉水洗把脸，用凉水冰了冰眼睛，睁大眼睛，对着镜子仔细看了看哭过的痕迹。确定自己看起来很镇定，调整表情，像是没事的样子，才从医生办公室出来。表情坚定、温暖、充满希望，说话时也是心平气和的，总是保持着温柔和坚定。

妻子泣不成声，姐姐也跟着哭了起来。家里就我一个儿子，平日里姐姐对我呵护有加，她比我大七岁，像家长一样。记得小时候寒暑假通知书上的家长意见都是姐姐帮我填写的。从小看着我长大，给我买文具，给我买画册，还给我买变形金刚。五年级毕业考试结束还带我去新乡公园玩。那是我第一次走出辉县，第一次坐公共汽车，第一次去公园，玩得是那么开心。还陪我参加中考、高考，送我去上大学。分享我在大学取得的各项荣誉证书，送我去参加工作，在职工宿舍为我铺床……生活的点点滴滴，就像播放电影一样。现在弟弟得了癌症，想到不久后将离开人世，她怎么能不伤心？怎么能不难过？姐夫和岳父都没有劝说安慰，大家心里都难受。此时任何劝说安慰都是多余的，心中的难受，心中的痛苦，此时也只有通过哭泣才能释放出来。

快下车的时候，岳父语重心长地再次劝说："小媛，坚强点，现在只是疑似癌症，也没确诊一定就是癌症。即使是癌症，也没说没有办法。现在事情既然已经这样了，那就要去想办法解决！"岳父是一位企业家。从小家境贫困，各种苦头都吃过。做过烧饼、干过木工、跑过山西……只要能挣钱，再苦再累都能扛过去。后来自己建厂子做企业，经历的风雨多，心态稳重，遇事沉着。遇到困难永不退缩，只会想办法解决。妻子擦了擦眼泪，调整了一下情绪，随岳父去肿瘤科咨询我的病症。最后得出的结论一致：疑似癌症！接下来就是联系医生，看这病该如何治疗。回去的路上他们开始商量分工，回去都不准说病情，问起来就说结果还没出来。妻子回去之后的工作就是陪着我，不让我起疑心。姐姐、姐夫、岳父下午继续去豫中医院联系医生，看看接下来如何治疗。

妻子回来之后并没有表现出任何异常。我还真以为上午去听会计课呢，还问下午用不用再过去。她说不用，下午就在家陪着我，陪我看电视，想吃什么给我做什么。医生开的药现在效果越来越差。刚开始时，吃药可以缓解八个小时疼痛，现在只能维持四个小时。医生交代吃饭喝水都不让我起床，给我端到嘴边。我

一、正值秋收农忙日　平地起风惊天雷

自己都有点想不通，虽然身上疼，还不至于到不能动弹、躺在床上吃饭的地步吧。大小便也不让我起身，我真有点受不了，还是坚持自己上厕所。

　　看着医生开的药，只剩四片，马上就要吃完了，身上的疼痛自己再清楚不过。妻子给妹妹打电话，让她照着药盒买药，妹妹跑了好几家药店才买到。说氨酚羟考酮片是进口药，一般的药店还真买不到。姐姐、姐夫、岳父下午又去找远房亲戚帮忙联系医生，我这种是属于神经方面的疾病，就联系了神经外科的医生。周六周日主治医生不上班，让周一直接来住院。

　　晚上睡觉是我最痛苦的时候，又到了可怕的夜晚。望着窗外漆黑的天空，看不到曙光，看不到希望。随着疼痛的加重，药效越来越小，我又回到了整夜睡不着的状态，心烦气躁，起身又不方便，隔几分钟就会问下时间，看看什么时候天亮。妻子也睡不好，基本上隔十几分钟就会被我叫醒问时间。一晚上尿了好几次。其实也不是膀胱里憋的尿多，就是疼痛难受、心烦气躁。就想把膀胱里的尿排干净好睡觉，像考试前去厕所一样。起床确实有点困难，右胳膊疼得厉害。起床时需要先用右胳膊肘撑住床，才能摇摇晃晃起来，偶尔还需要用左臂支撑辅助才可以起床。只是平时习惯了从右边起身，猛一下从左边起还真是不习惯。妻子不让我下床，把尿盆给我端到床上，让我侧着身排尿。平日里习惯站着，现在侧着身尿不出来。也不知是爱人看着我不好意思还是我确实不适应，好大一会儿才尿出一点点。自己也不知过了多久，天亮了，让人难熬又恐惧的夜晚，终于挺过去了！

　　周日了，最后一天，再坚持最后一天，明天医生上班就直接安排住院。终于看到了希望,终于有救了!这一天妻子一直在家里陪着我,又是在床上度过。吃饭时起身,妻子会给我背后放条柔软的被子,让我靠着床头吃饭。白天用尿盆在床上排尿,之后她端出去倒掉,冲洗一下再放回屋子。躺了一天,浑身无力,妻子除了照顾我饮食之外,就是收拾住院需要的被褥及其他日常用品。

妹妹白天过来看我,带来许多好吃的。有我爱吃的香蕉、橘子、葡萄……不忍妹妹失望,我勉强吃了半根香蕉。她坐在床边陪我说话,具体说的什么我也不记得,只记得疼痛难忍懒得说话。白天似乎时间过得还快一点,晚上的时间总是太过漫长,太过痛苦,太过恐惧。这天晚上又折腾了一夜,翻来覆去疼得睡不着。躺左边也疼,躺右边也疼,平躺也疼。反正怎么躺都是一个疼,晚上又开始不停地叫醒妻子问时间。她这一晚又没能睡好觉,我每次醒来叫她的时候,她都时刻在旁边待命。其实每次间隔也就十五分钟、半个小时左右,我也想让她好好休息,只是身体疼痛难忍,很想知道现在几点,还有多长时间天亮。最短的间隔是五分钟,五分钟内我也能睡着,也许只睡着两分钟。我整晚整晚睡不着,实在太累了,一问时间才过了五分钟,我感觉很无语。我也被人从熟睡中叫醒过,也知道那种痛苦,妻子理解我的疼痛,无论我夜里叫醒她多少次,妻子都没有生气恼怒,一直悉心地照料我。

一、正值秋收农忙日 平地起风惊天雷

二、千盼万盼入院去　换来无救凉心底

星期一，盼星星，盼月亮，终于把星期一盼来了。10月28日，这个日子终生都难以忘记，这是我入院的日子。早上醒来，我心情特别高兴。别人住院都是心情低落，我是心情大好，像是坚守阵地的士兵在快顶不住的时候，看到援军到来一样，终于有救了。

吃过早饭之后，姐姐、姐夫、父亲、妻子、岳父都跟着一起去。下车的时候妻子说要搀着我，我说不用，身上疼痛腿脚又没事，走路还是可以的。下了车之后我才发现，事情并不是像自己想象的那么简单。眼睛看远处事物都是两个，像刚近视时看东西有重影一样。想起在家里躺在床上的时候，我都会把眼镜摘掉。难道在家里躺了两天，戴上眼镜不适应了？我停顿了一下，闭上右眼，睁开左眼试了试。看远处挺清晰，当时就没在意，想是两天没戴眼镜不适应而已。尽管我不让妻子搀着我走路，她还是搀着我的右胳膊。我们径直向神经外科大楼走去，周一早上的人格外多。无论什么时候来这家医院，院子里的车都停得满满的。没有停车位是很正常的事情，要想把车停到院子里，必须得赶

早来。

我们到电梯口的时间是上午7点40分，正好赶上上班高峰期。四个电梯口排着长长的队，真可谓是摩肩接踵。你挤着我，我挤着你，想倒都倒不了。妻子帮我护出一点点空间，不让别人挤到我的胳膊。第一趟确实没挤上，挤进去十三四个人。电梯超重，"嘀嘀"示警，最后一个站在门口的人不得不退回来等下一班电梯。那个人中等个头，瘦瘦的，脸上表现出一脸无奈。我想他心里也很无语，自己体重也不过一百多一点，为啥站在上面就超重了呢，里面的胖子怎么没事。哎，这就是"最后一根稻草"。他只好和我们乘坐第二趟电梯上去。神经外科在外科楼的八楼，科室的环境干净整洁，雪白的墙壁，清洁的地面被拖得一尘不染。护士们在走廊上来回跑动着，忙来忙去，家人询问着去找医生，我坐在走廊的椅子上等候。

护士开始给我填写住院登记和入院常规检查，量身高、测体重、测血压等。一切完毕之后，安排了病床。我们随着护士过去，安排的病床是在走廊里。因为病房里的病床全占满了，只能暂时安排在走廊。我躺下之后医生过来询问病情，问得很详细。比如从哪天发现胳膊开始疼痛？什么时候小拇指开始发麻？无名指什么时候开始发麻？中指什么时候开始发麻？家里有没有遗传病史？有没有什么不良嗜好？抽烟喝酒不？都吃过什么药？对哪些药物过敏等等，我都一一详尽回答。

问完之后，主治医生又摸了摸我脊背疼痛的部位，看了看麻木的右手，只说了一句："开几瓶液体，让护士先给输上。"护士把针扎在我的左臂上，我只是静静地躺着。父亲被安排在我旁边坐着看液体，妻子、姐姐、姐夫、岳父一起去了医生办公室询问病情。我知道为什么把父亲留下来，他们都知道我的病情严重，虽说不能完全确定是哪种癌症，但基本已经可以确定就是恶性肿瘤。他们不想让父亲这么早知道，不想让父亲这么早就接受这个可怕的现实——这个接受不了但又必须接受的现实！

在医生办公室得到的病情是：肿瘤可以确定是恶性肿瘤。至于属于哪一种肿瘤，需要手术做活检确认。肿瘤占位对手术很不利，长在颈椎的椎管里，压迫了脖子以下所有的神经，与脊髓只有一膜之隔。手术难度相当大，一旦捣破了脊髓膜，脖子以下将全部瘫痪。即使手术成功，恶性肿瘤也控制不住，最后还是无救，也就是说手术没什么太大的意义，只会增加痛苦。

尽管不愿接受，尽管不愿承认，尽管一直在想这是不可能的……有太多太多的尽管。但我躺在医院里，病痛不断加重，这是不得不承认的事实。医生会有判断失误的时候，但多家大医院医生会诊得出的结论都一致，这种判断失误的可能性确实不大。他们一个个面无表情地从医生办公室走出来，相互看了看对方，没有任何话语。面对我的病情他们在发愁一个问题：我的病情由谁告知父亲！

农村重男轻女的思想比较严重，父亲三十三岁才生下了我。虽然当时家里条件很差，但作为家里唯一的儿子，他们把最好的都给了我，我就是家里的宝。无论父母再苦再难，我想要的父母都会尽全力去满足。哪怕是要天上的月亮，父母都会努力去架云梯。从我呱呱坠地，含辛茹苦把我养大，看着我上大学、找到工作、成家，盼望着我将来能发展得更好，盼望着……今天却要告诉他我得了癌症，不久将离开人世。这对于满头白发、满脸沟壑的父亲是一种怎样的打击。平日里生活的艰辛已使父亲在年轻的时候落下了头疼病,现在再告诉他将要失去儿子,后果无法想象。

现在我已经躺在医院,病情的消息肯定瞒不住父亲。即使不告诉父亲,父亲也会去询问医生。接下来的任务就是这个消息由谁去转达给父亲。大家你看看我,我看看你,谁都无法面对告诉父亲后的情形。商量之后这个重任交给了岳父,作为同龄人,更能理解同龄人的感受。岳父和妻子、姐夫向我的病床走来,姐姐伤心欲绝,不能在我面前表现出伤心,也不能让我觉察出病情,只好一个人偷偷地去卫生间里哭。等我再见到姐姐的时候,她脸上依旧挂着微笑,尽管这微笑有点勉强,可还是笑着问我输过液感觉怎么样?想吃什么?妻子在我身边陪着我,姐夫去楼道里抽烟。岳父把父亲叫了出去,两个人一起下楼去车上说话。

外面的天依旧晴空无云,只是偶尔刮来些许秋风,吹落几片黄叶。院子里像往常一样,医生、病人、家属来来往往。车里的气氛有点沉重,好似两个世界,外面晴空无云,里面乌云压顶。岳父看着父亲,自己点燃一支烟放在嘴里,几次想开口却欲言又止。岳父深深地吸了一口烟,像是壮胆一样。烟吐出来之后,岳父郑重地看着父亲,鼓起勇气,语重心长地说:"哥,刚才我们去见医生,医生把浩铭的病情说了一下。"说到这里,岳父停顿了一下,仿佛刚才抽烟壮胆的底气有点不足,停顿之后又深深地吸了一口:"医生说,浩铭颈椎的椎管里长了一个肿瘤。肿瘤压迫了神经,才导致手臂麻木、肩膀疼痛。从检查报告上看肿瘤像是癌症,很不好办,让我们做好心理准备。"说到这里父亲已经控制不住自己的情绪,抱着头,抓着自己花白而稀少的头发,失声痛哭起来,手指还在不停地发抖。这一个消息就像晴天霹雳、

二、千盼万盼入院去 换来无救凉心底

37

洪水决堤、天塌下来一样。知道我疼痛难受，可没想到病情严重到这个地步，竟然要白发人送黑发人？

岳父也没有再劝慰。作为同龄人，他能深刻体会白发人送黑发人的痛苦，只是默默地在旁边坐着。过了好一会儿，父亲的哭泣声变小了，岳父安慰父亲："哥，病情已经是这样了，你得想开点儿。都这个年龄，再气出病，这个家就没法过了。何况医生只是说难办，也不是说一定没有办法，都在商量办法看看怎么治。还有就是浩铭现在还不知道自己的病情，也不能让他知道自己的病情。一旦让他知道的话，他自己一泄气，更麻烦……"

当父亲再次走到我身边的时候，我看到父亲眼角红红的。我还没问为什么，父亲就强装微笑地问我现在感觉怎么样？医生说输输液就好了，中午想吃点什么等等。就像母亲呵护新生婴儿一样，比在家时的呵护程度更深。我感觉自己现在不像成年人，更像是回到了婴儿时代。输过液之后，身体确实好了许多。自己一用力就坐了起来，也有精神了，想在走廊里走走。身体舒服时，最讨厌在床上躺着。上午输了三瓶液体，都是一些消炎止痛的药。输完之后先去上厕所，三大瓶液体输进体内，那得憋多少尿呢，没输完时就想上厕所。厕所在病房里，走廊上的病号上厕所都是去临近病房的厕所。妻子和父亲都说要搀着我上厕所，我都拒绝了，输过液体之后，自己明显感觉到有力气，便不用他们搀着去。

从厕所出来就回病床，妻子叮嘱说："医生让多躺着休息！"快到中午的时候，岳母从家里赶过来看望我。岳母是一位淳朴、善良、为家庭默默付出的农村妇女。中等个头，身材魁梧。长时间的体力劳作，练就了浑身力气，做体力活儿不输男人。每次看到岳母时,她总是忙个不停,里里外外都要操心。厂院子工人没打扫干净了,自己就去打扫;编织袋缝得慢了,也要去帮忙;地里该锄草了,中午该给工人做饭了……一句话,"她是革命一块儿砖,哪里需要往哪搬!"她不善言谈,只会用行动来表达。今天来的时候一手拎一箱盼盼面包,一手拎一箱牛奶。岳母脾气直,不会掩饰,悲喜都会表现在脸上,来的时候我就看到她脸色不好,不过来医院的人脸色大都不好。只有一种人心情好,那就是生孩子的,是喜事,除此之外,都是满脸愁容,这个可以理解。

岳母没有和我说太多的话语,一是她不善言谈,二是这种情况她也不知该怎么说,怕哪句话说得不对再给我起反作用。只是在我床上坐着,帮我盖了盖被子,生怕我再着凉。楼道里毕竟不如病房,两头窗户一开,空气对流,楼道里的风确实有点大。妻子被叫到医生办公室,安排下午需要做的检查。岳母坐在病床上陪着我,我静静地闭着眼睛休息。整夜整夜疼得睡不着,精神很差,现在输完液身体感觉好一点就闭着眼休息一会儿。迷糊中隐约听到岳母在自言自语:"这么好的时光(在我家乡,时光就是生活)不让过了。"当我听到这句话时,我感觉我的病好像挺严重,只是我从来没有想过我生的病治不了。

中午大家轮流吃饭,我中午吃了半碗鸡蛋面。下午两点医生上班后我要去做B超,吃过饭之后就在床上躺着休息。妻子设有闹钟,我们一点半提前下楼过去排号。下楼时医生交代,如果走不动的话去一楼租一辆轮椅。我听到这句话心里有点生气,我用得着坐轮椅吗,生病难受还不至于这么矫情。结果当我走出电梯后,还没走两步,真的走不动了。我自己都无法相信,今天居然还要坐轮椅。在我心里轮椅是六七十岁的老人才坐的,而我才28

二、千盼万盼入院去 换来无救凉心底

岁。但我确实走不动了，妻子帮我租了一辆轮椅。岳母在后面推着，坐在轮椅上的感觉很无奈，有种说不出来的滋味儿。

从神经外科大楼到B超检查室有一段距离，中间有一节崎岖小路。坐在轮椅上的感觉本来就不舒服，加上岳母在背后推着我，心里更是难受。B超检查室在二楼，挺宽敞，大厅有一百多个座位，两旁有十二间B超检查室。妻子陪我一起进了检查室，平躺在床上，撩起衣服。医生在我腹部涂了一层液体，用检查仪器摁在肚子上来回移动，时而用力，有点痒也有点难受，有种被按到软肋的感觉。检查完毕，妻子用纸巾帮我把腹部的液体擦干净，我们在门外等候检查结果，五分钟之后检查报告出来，妻子看过之后示意检查正常。

傍晚时分，他们都在争论晚上谁留下来陪我。父亲执意要留下来陪护，我是坚决不同意。医院陪护又不是什么好差事，晚上肯定休息不好。要是父亲留下来，我还得考虑照顾他。商量之后，岳父、岳母、父亲都回去，姐姐也回去照顾孩子，姐夫、妻子留下来陪我。姐夫在四周查看了一下，病房里的病床全部满员，走廊上的加床也占满了过道，仅有的休息椅也被抬到了楼梯口，没有可以休息的地方，更别说晚上能再睡会儿觉了。姐夫到附近药店买了两张陪护用的单人床。

走廊窄，走廊里的病号也多，一个病床旁边也只能容放一张陪护床。一张陪护床放在我的床边，妻子守着我，另一张陪护床姐夫只能放在很远的楼道。这一晚又是一个不眠之夜。我从来没有在医院里过过夜，今天发生了人生好多第一次，第一次住院、第一次坐轮椅、第一次做B超检查、第一次在医院过夜。晚上的医院少了白天的喧闹，更多的是阴森。半夜被病房吵闹的病人吵醒，听邻床的病号家属讲，这个病人是一位精神病患者。听声音是一位年轻的男士，一到半夜就会大吵大闹，又是骂人又是打人的，连自己的父母都打。听到这些，妻子本能地往我身边靠了靠。不是她自己害怕，而是怕我害怕。还安慰我说："没事没事，不用怕，我在你身边呢，早点睡吧。"医院是一个公共场所。也不能因为影响你一个人休息，就把别的病号赶走。

父亲回去并没有告诉母亲我的病情，只是简单说了句："已经安排住下了。正输着液，医生正在对症下药，今天输过液之后感觉好点了。"这是一句善意的欺骗，父亲不是有意要欺骗母亲。即使让母亲知道实情也无能为力，与其两个人痛苦，还不如少一个人痛苦。反正母亲需要在家照看孩子，也没法去医院看我，还能对她隐瞒住病情。父亲躺在床上，辗转反侧睡不着。想想岳父白天给他转达的医生的话，想想今天看到我的情形，恶性肿瘤？癌症？无救？这不可能！但看到我的情况确实很不乐观，假如真是癌症……他自己想都不敢往下想，他也不知自己什么时候睡着了。只知道晚上做了一夜的噩梦，脑袋像炸了一般。吃过饭之后就往医院赶去。医院离家里有三十公里路程，父亲坐车到汽车站之后，需要再步行一段路程到医院。尽管汽车站和医院的距离不算远，父亲还是迷路了。大脑的混沌，精神的紧张，他走错了路口，几经打听才找到医院。

这一晚我虽然被病友吵醒，没能睡好，但相比前两天在家里的情形已算是休息得很好。一是输液之后，疼痛感明显减轻；二是躺在医院里感觉找到了依靠，不再那么恐惧。

医生开过晨会之后开始查房，查到我的时候询问了一下身体的状况。还有哪里不舒服？晚上睡觉怎么样？输过液之后我确实

二、千盼万盼入院去 换来无救凉心底

感觉好很多,只是药效一过又感觉到疼痛。现在右手除了三根手指麻木之外,胳膊小臂感觉也不舒服。其实看看右胳膊并没有肿胀,只是感觉肌肉肿胀,憋得难受。询问完之后,医生按了按我的胸部,问问有没有麻木感。我当时很纳闷,怎么他一按,我的胸部也有麻木感了?以前没感觉到胸部有麻木感的啊!询问完之后医生也没说什么,只说了一句:"护士一会儿过来给你输液。"

查完房之后,我的家属都跟着医生去了办公室。得到的结论就是:输液只是缓解一下疼痛,肿瘤恶化得很快。今天肿瘤压迫神经已经导致胸部麻木,接下来麻木范围会继续扩散,现在需要赶快决定要不要做手术。手术的风险很大,需要考虑是让本院的医生做手术还是请北京的专家来做。家人商量之后的一致意见——请北京专家做手术,让医生尽快安排!请北京的专家过来做手术也需要排号,因为北京专家的手术排得很满,专家每天都很忙,没有时间。只有周六周日休息时可以出去接活儿,所以最快也要等到周六或者周日,或许只能排到下周六或者周日,也或许需要更长的时间。医生帮忙联系之后,把手术时间安排在周日,由北京专家过来做。

今天的液体多加了一瓶氯化钾,这液体输起来有点疼,流速调慢了一点儿。正输液的时候护士带来一个好消息,今天有一位病号要出院,我输完液体之后可以转到病房里。这个消息确实不错,输液时心情也好了很多。护士把我安排在靠近门口的5号床,离厕所最近。病房里有四个病号,邻床的6号和我是老乡,四十来岁。是在干活的时候从甲板上摔了下来,大脑受损,胸部骨折,已经住院半个多月。由于大脑受损不受支配,神志不清,不认识人,而且麻药根本不起作用。怕他在手术过程中乱动,所以暂时没法进行手术，他也成了我在这间病房的开心果。

他姊妹三个，哥哥一天二十四小时陪护，妹妹、妹夫也经常来替班。他妻子不顶事（顶事是我们家乡话，书面语是能力强），在这里也只是帮着看看液体。有时液体输完都没注意到，经常买饭也买错。他力气挺大，没人能束缚住，只有他哥哥贴身二十四小时陪护。说他是开心果是因为他神志不清，又不认识人，大家都喜欢逗他说话开心。他哥哥也希望他能早点恢复记忆，一直引导他多说话，但说着说着就对不上号了，大家都在笑。还有一个特点就是自从他把大脑摔坏之后，说的都是普通话。刚进这个病房，我还有点纳闷，病号都是附近的人，用得着讲普通话吗？讲家乡话大家都能听懂，后来才知道他是摔坏了大脑，从那之后只讲普通话。给你讲的都是漫无边际的，当然也是他的往事。我和他邻床，没事时也喜欢逗他开心。

下午医生又专程过来看了看我，简单问了问情况。又按了按我的腹部，问腹部有没有麻木感。我更纳闷，为什么他一按就有麻木感了？医生走后我不停地问妻子："我的病情到底怎么样了？怎么来医院后感觉越来越严重了？"在我的不断追问下，妻子告诉我，我的脊背颈椎里长有肿瘤，压迫了神经。医生说需要做手术，做完手术就好了。现在已经联系了北京的专家，安排在周六或者周日。她一直在不断地安慰我，让我不要担心。我对手术没有恐惧，也没有过害怕，因为没有做过手术。手术在我的脑海里只是个词语，我并不能真正理解手术意味着什么。只要手术能把病治好，再痛苦也无所谓。何况现在已经够痛苦了，再痛苦也不过如此。

为了方便，来医院时妻子专门为我买了尿壶，躺在床上小便。今天输完液，侧着身进行小便时感觉尿无力、尿等待、尿不尽，需要很长时间才能尿完。妻子在一旁帮我拿着尿壶，并没有反感，而是轻声地鼓励我："没事的，尿得慢，咱可以多尿一会儿。"尿完之后躺在病床上，自己还感觉没尿完一样，总感觉还有尿液溢出。其实也没多少尿液，就是还有残留滴在裤子里，我让妻子帮我垫了一片卫生巾。现在侧着身排尿越来越困难，尿不出来，烦躁，尿等待、尿不尽。后来再排尿的时候，我都让她把我扶起来去厕所站着排尿，站着毕竟有重力，相对好一点。

她抱着我，先把我轻轻地从病床上托起，抱我的时候还叮嘱我不要用力。其实我现在胳膊想用力也使不上力气，等我坐稳之后，她再轻轻地把我搀起来。我的左胳膊搭在她的肩膀上，就像抗日战争救伤员一样，慢慢地向厕所走去。

我在厕所还是尿不出来，她安慰道："不要急，慢慢来。"刚开始的时候这样还可以，后来我就不能听到声响。哪怕很小的说话声，都会影响到排尿，我交代她不要说话。静静地站在那里，轻轻地闭上眼睛。想象大自然各种幽静的场景，景区的高山流水……只有这样才能把心安定下来，把尿液排出。尿液的声音很小，我可以想象到尿流很细、无力，并且排尿的过程中还要有间歇。一泡尿下来需要停顿四五次，足足需要十分钟，还很累很费力，直到长时间等待再也尿不出来时才会让妻子帮我把裤子提上。右胳膊疼得已经使不上力气，原来只是运动时感觉到疼痛，现在低垂放着不动也疼。她帮我把裤子提好之后，再慢慢地搀着我躺回病床。

傍晚时分，护士过来查房，准确来说是专门来看我的情况。我属于重病号，医生特意叮嘱，傍晚也要查房一次。当护士获知我这一周都还未排大便时，要求灌肠。长时间卧床排便更困难，护士去准备灌肠用的肥皂水，我的家属去买坐便器。准备齐全之后，护士拿着一个长长的袋子，里面充满了液体。将导管插入我的肛门之后，她把液体举得高高的，靠重力作用，液体缓缓地进入我的身体。我顿时感觉肚子里翻江倒海，像平时拉肚子的感觉。液体全部灌进去之后，护士让妻子用卫生纸帮我捂住，让液体在肚子里翻腾一会儿，等到实在憋不住的时候再放开。松开之时，一泻千里，像洪水决堤一样。大便随着肥皂水溅得满地都是，只是大便硬得像羊屎蛋儿一样，黑黑的。一周的宿便这么一下子全部排了出来，肚子里清爽了许多，也有一种虚脱的感觉。

当我回到病床时，几个同事和朋友过来看望我。白天上班没时间，只能趁着晚上的时间来。看到我之后都很吃惊，才短短十来天，我从一个活蹦乱跳的小伙子变成了一个骨瘦如柴、起床需要搀扶、生活不能自理的病号。这么大的转变确实是他们想象不到的，病房的气氛很紧张，一个同事用玩笑话打破了僵局："听说你生病胳膊疼，都说是那天你去挖红薯给累的。"人逢喜事精神爽，朋友和同事来看我，我也精神许多。一个朋友还掀开我的被子，用指甲在我身上轻轻地从上面往下面划了几道，问有没有麻木感。这个朋友很专业，他曾经出过一次车祸，也是颈椎受损，影响了神经，和我的症状有点类似。不同的是他是因为外伤影响了神经，我是肿瘤内伤压迫了神经。问完之后他说了一句话："比我那时的平面低。"（意思是我目前的神经受损程度比他那时的程度轻）还叮嘱我在医院里好好养病，不要想太多，行动不方便也不要因大小便在床上感觉不好意思。这位朋友是我一生的贵人，也是我一生要感激的人。看到我目前的状况，他肯定想到了

二、千盼万盼入院去　换来无救凉心底

自己当时的情景,知道这种情况在医院里人手少了可不行,后来还专程为我请了陪护。

同事和朋友走后,我躺在病床上玩手机,现在右手不能打字,只好用左手。登录微信看有没有朋友留言,看了看朋友圈最近朋友们的动态,妻子在旁边坐着写东西。住院之后她专程带了一个日记本记录我每天的状况,我以为她在写这一天我的病情。当我写这本书翻看10月29日的日志记录时,发现了一篇她写的日记:

> 今天是我亲爱的老公在医院的第二天,我好爱我的老公。他是我心中最温暖最美的爱,我好爱好爱他,和他在一起就是幸福。我深深地希望幸运之神能眷顾我的老公,这样一个好人;我深深地想老天赐恩惠给他,让他平安;我深深地祈求上苍爱护他、保佑他,帮他渡过一切难关,转危为安。上苍,我深深地祈求您保佑我老公渡过劫难,上苍,如果这话您能听得到,这心您看得见,就请您保佑他,让他快点好起来吧。李浩铭是个好人,他善良,对父母孝敬,对妻子爱护,对孩子仁爱,对朋友义气。上苍,求您帮帮我们,求您救救李浩铭,求您救救李浩铭,我在心中给您磕头,给您长跪,他是您可爱的孩子,他与人为善,他是好人。求求您,救救他吧,上苍,我在心里向您长跪,爱之深,心之赤,求求您,上苍,您在吗?我大声呼喊:上苍,求求您,救救我老公,救救您可爱的孩子,上苍,求求您……
>
> 老公,你是我的天,

我是天底下的一棵小植物。
在你的天底下，
天气永远晴朗。
我在你的保护下滋润，
享受雨露好天气。
深深地爱着你，我的天，
我们一定能平安……

10月30日，星期三。病情继续恶化，右手整个麻木，右胳膊小臂肿胀感越发厉害，耳根也明显感觉到肿胀。医生查房的时候，刻意握了握我的脚，奇怪的是脚平蹬的时候也感觉到了麻木。随着肿瘤的变大，神经被压迫的程度加深，被压迫面逐渐下移，现在受损面已经到达脚面，也就是说脖子以下的神经在不同程度上都有损伤。

无救——还是永恒的话题！尽管家人一直不敢相信，也不愿相信。从我到医院这两三天的状况来看，完全符合医生的判断。良性肿瘤发展速度不会这么快，可以完全确定是恶性肿瘤，恶性肿瘤即使做手术，也只是暂时缓解一下，但还是控制不住。每天家人都要去医生办公室跑一趟问问病情，再让医生帮忙想想办法。最后的结论就是：没有办法，现在输液也只是暂时缓解一下疼痛。让北京的专家过来做手术，顶多也只是延长几天在人世的时间。也是尽力挽救，求个心理安慰！每次从医生办公室走出来，妻子都会去卫生间痛哭一次，发泄一下自己的情绪。看着我疼痛难忍、病情不断加重的样子，想想医生不断重复无救的话语，多么的痛心，多么的无助！人世间最痛苦的事——也许就是眼睁睁地看着自己最爱的人从自己眼前离去，还无能为力！

每当妻子出现在我面前的时候，脸上始终都是微笑着的。我从她的表情里从来都看不出我会无救，我一直在等待北京的专家，期待手术后我能康复。今天输液的时候，我让护士扎右手臂，右臂现在活动困难，连手机也拿不了。我不想把左臂扎得也疼，输液中间有时需要挠痒，挠痒这么简单的工作右手也无法完成。索性就往右臂上输，这样也能把左臂解放出来。

输液是我一天当中最快乐的时光。疼痛的加剧，药效起的作用，能维持的时间越来越短。从原来的十个小时，到后来的八个小时、六个小时，以至现在的四个小时，也只有在输液时我的精神最好，说话最多。今天输液时接到一个朋友打来的电话，电话打进来都是妻子告诉我谁打来的电话，然后帮我接通后放到我耳边。在朋友当中，我的本科学历比起他们几个没上过大学的，算是学历高的，在他们眼里属于文化人。现在生孩子起名字不再像我们那个年代，娇惯地叫孬蛋、狗蛋。现在的孩子都金贵，取名字属于大事，都要起过深思熟虑、千挑万选。因为朋友们都知道我喜欢诗词，喜欢文字，有一次帮朋友家孩子取名字，全家人都满意，一下子在朋友圈传开了。每逢朋友中有新生儿，都来找我起名，能被认可我很高兴，也乐意代劳。生病太突然，自己也没想着有多严重，就没有通知朋友，朋友们也都不知道，这通电话也不是有意打扰。

一听到朋友要帮忙起名字，我挺开心。姐夫和妻子知道我的病情都劝说我，现在先别给朋友孩子起名字了，等日后出院再说。我还是一再坚持，也怕我觉察出来什么，他们就没再说什么了。妻子在旁边坐着拿笔，拿本，给我代工，根据朋友家的家庭文化，朋友两口子的性格特征以及对孩子的期望，我开始搜肠刮肚把自己脑海里能想出来的字词全部让妻子帮忙罗列出来。然后根据平仄、押韵以及字词的意境进行组合，终于组合出几个自己满意的名字。上午把名字起好后，下午就让姐夫专程给朋友送了过去，那边还着急确定名字好办理出院呢。

旁边的病号一天都不能让人闲着，准确地讲是不能让他的陪护人员闲着。大早上就开始做化痰，护士早早推着仪器进来。化痰本是护士帮他做的，因为每天要做两三次化痰，一次需要半个小时，病号多，护士也忙不过来。久病成医，都是他的陪护人员代劳。化痰的仪器挺大，远远看着像大型超市打扫卫生用的那种器具，还冒着白烟，也是蒸汽，需要含在嘴里。我们经常逗他说他是在抽大烟，虽然他不认识人，但我们逗他的时候他也知道是在逗他，也对着我们笑，有时也会呛到自己。他浑身力气，又不认识人，总会乱动。做一次化痰需要两个人才能按住，有时也会用绳子把他绑在病床上。我猜想这种化痰肯定也不舒服，看似"抽大烟"，估计也痛苦，医院仪器没有一件是享受型的。

抽完"大烟"之后，他就开始一口标准的普通话，从东讲到西，从南讲到北。也不管你愿不愿意听，人家一个人讲得津津有味。偶尔我们也会打断他的话，问他现在是在哪里。这个问题可把他难住了，他看着天花板，看着洁白的床单，一会儿说是在宾馆，一会儿说是在装修房子。他是在给别人装修房子的时候摔下来的，装修房子就是他记忆的终结，之后的事情对他来讲都是空白。一天当中对他来讲，最痛苦的时刻莫过于拍打背部。他是胸部肋骨骨折，大脑失忆，无法麻醉，也就无法手术，又不能让肋骨愈合。骨折再被拍打，痛苦可想而知。虽说大脑受损失忆，疼痛的折磨还是让他叫得撕心裂肺："疼啊，疼啊……"无论怎么嚎叫，该拍还得拍，要不愈合更麻烦。每次拍打脊背时都要将他捆绑在床上，一个人抓紧他的双手，一个人在背后拍打，边拍打边哄他马上就好了，他每天都要经受被拍打的折磨。

下午姐夫回来的时候，路过花卉市场，给我买了一盆墨竹。茂盛翠绿，放在病房净化空气，也是用绿植增强人的信念。秋天万物凋零，墨竹依旧翠绿，具有旺盛的生命力，也希望我能挺过这一劫。下午病房里换来一位新病号，据说是一位领导。大脑里长有肿瘤，还好是良性的，只是做手术需要从鼻孔进去，也是请的北京专家。如果他不说自己要做手术，外人根本看不出他是病号。年龄看上去五十来岁，打扮得挺精神，衣着也上档次，很有范儿。来陪护的是他女儿，都说女儿是父亲的小棉袄，嘘寒问暖。这两天晚上他不住病房，只是白天过来输液消炎，为手术做做准备。

周四，我的病情进一步恶化。右手已经不能完全伸展，尽管用力伸展，使尽了全力，手指还是不能完全伸展开来，感觉手上的筋短了一截似的。右胳膊小臂里面胀得筋脉紧绷，像大坝要决堤一样。左手小拇指出现轻微的麻木感，就像当初右手小拇指开始麻木一样。左后肩开始疼痛。今天医生过来交代重点关注大便次数以及小便的力量和尿量。我整天吃不进东西，肚里空空无货，从灌肠之后就没再排过大便。手术前一天需要灌肠，两天之后是周末，医生也没再强求灌肠，只是让吃一些通便灵润肠道。现在小便开始记尿量，专门领有量杯，每一次的尿量都要详细记录。

每天护士查房时都要询问。尿量就不用问了，排尿越来越吃力，持续的时间也越来越长，尿等待、尿间歇、尿无力，仿佛像山间渗水一样，滴答滴答。排尿很痛苦，每次都要妻子搀着，持续十多分钟。不排尿更痛苦，总感觉膀胱里憋得慌，想把尿排出来，可每次都要排很长时间。躺回床上时感觉还是没有排干净，妻子在床边记录每次的尿量。输液一般安排在上午，现在身上好受的时间越来越短了，药效起的作用也只是维持输液时不再难受。妻子在旁边看液体的时候，也会陪我说说话。

  病情的不断恶化让我感觉到了恐惧，是不是我真的没救了？虽然"无救"这个词语一直被医生反复告知，可在我面前还没有人提及。今天我们谈到一个敏感的话题："是不是我没救了？假如我真的没救，孩子留下来，也算给我家留个后。你再找一位好老公，不要挂念过去。曾经的相识到结婚，是我们有缘。我不后悔我们一起生活的点点滴滴，今后的路不能陪你一起走，也是我的命……"说到这里，妻子捂住了我的嘴，不让我再说下去。她的眼角红红的，强压住自己痛苦的情绪安慰我："不会的老公，你不会没救的，医生说做完手术就好了。不许你说不吉利的话，也不许你死，如果哪一天你真的无救，我陪你一起去死。""孩子怎么办？"我也打断了她的话语，是啊，孩子怎么办？假如我有个三长两短，她再寻死觅活，孩子怎么办？也许是爱我更深，她根本没有考虑到孩子，只想和我在一起，哪怕一起死。她还是不断地安慰我，安慰我手术肯定顺利。北京的专家经常做这样的手术，肯定能够治愈。

  父亲来医院又晚了，不是他早上醒得晚。相反，他晚上就没睡着，闭上眼就做噩梦，最后从噩梦中惊醒，整夜整夜的睡不好。他白天精神很差，又高度紧张，今天来的时候又迷路了。这几天来医院差不多天天迷路，用他的话来讲就是——急迷了！大脑一片空白！去医生办公室咨询病情是每天要完成的任务，而且是首要任务，好比学生到校先交作业一样。今天去医生办公室的时间比往常长很多，有时时间长也正常，医生负责的病号很多，需要检查完才回办公室。有时也会临时有事，今天的时间格外长。我有一种说不上的预感，尽管不知道他们谈的内容，但就是感觉有不祥的征兆。我自己的病情自己知道，从右手小拇指开始麻木，到整个右手的麻木，到大小便困难，进而右手无法伸展，左手开始发麻……难道医生要告诉他们我没得治？

其实没得治已经是老话题了，只是一直没对我讲起罢了。今天得到的消息是："北京的专家这周末手术安排已满，没法给我做手术。"唯一的希望破灭了，该怎么办？转院去北京？就我目前的状况已是不现实。再说即使能够转院到了北京，是否能马上手术还是未知数。听说有的病号做手术排专家号，需要等一个月。本院的医生进行手术？这个可以，只是本院医生的水平确实没北京专家水平高，这是个事实。加上这个手术的难度超大，一旦伤到神经，下了手术台也是全身瘫痪，也可能下不来手术台。继续等北京专家？怕是等不到下周末了，病情恶化的程度好似武侠小说里中毒一样，一天一个境况，明天是什么样子还不敢想象。至于下一步如何进行？要不要做手术？医生让家人们商量，明天，也就是周五是最后做决定的时间，手术最早也是安排在下周一。

这个决定不是某个人能决定的。对于父亲来讲，我是他唯一的儿子，一旦有个闪失，将是永远的痛；对于妻子，我是她的丈夫，一旦失败，毁了一个家庭；对于姐姐、姐夫，更做不了主了。这是无法向我隐瞒的消息,最迟周五,也就是明天下午是最后做决定的期限。妻子虽然语气很温和,我还是听出了事情的严重性。当我听到这个消息时感觉很无奈,好不容易盼到了周四,马上就要到周末了。北京的专家居然来不了,有没有搞错?不是前几天已经预约好了吗?这个消息是不是真的?我的听力还没有受损,这个消息确实是真的。我的观点就是坚持做手术,北京的专家过不来,就让本院的医生做手术!家人何尝不想让我早点好起来,只是他们深知其中的利弊,不敢轻易下决定。现在左手已经开始麻木,用不了几天,左手就像右手一样成为废手,我是不能再等下去了,恨不得马上手术。

这个决定也不全由我一个人说了算,因为大家都知道我不了解病情。除了只知道自己难受外,根本不知道病情的严重性。我的观点只能作为参考,不能作为最终决定。右手现在已经成了废手,就像偏瘫病人一样,成了摆设。如简单拿东西、抓痒都需要左手代劳,身体上的疼痛已使我整天整夜无法入睡。药效也只是维持输液那个时间段不至于太难受,也只是输液那个时间段能眯上几分钟,养养精神。晚上开始加液体,止痛消炎。右胳膊任凭怎么掇弄,感觉都不像是自己的胳膊,随便怎么扎针吧,反正已经疼得没有知觉,再扎也无非是这样。

只是浑身的疼痛像躺在针板上,经过我身边的人,我都会用低沉而又严肃的语言告诉他们:"别碰我的床!"即使稍微碰到我的床,对我来讲都如同地震。我都会感觉到全身的阵痛,浑身像被针扎一样,所以来的人无论是谁,我都要提醒。这一夜,又是一个不眠之夜。浑身的疼痛,北京专家的无法到场,病情的加剧恶化……不得不让我开始怀疑是不是真要走向死亡。

二、千盼万盼入院去 换来无救凉心底

我突然想起第一天住院时岳母说的话语，"好好的时光真不让过了！"这是不经意间说出的话，言外之意就是难治。本院的医生手术水平到底有多高，能不能把我治好，我心里没底。心中唯一的信念就是不能再拖下去，再拖下去就是死，还不如放手搏一把。至于结果如何，就要看命运的安排了，就把它交给上苍吧。其实我内心当中一直没有想过我会死在这里，我还这么年轻，我还有好多理想没有实现。我还要努力赚钱让妻子过上好日子，我还要带父母去全国的名山大川旅游，我还要自己去创业，我还要成功之后帮助大学生去创业，我还要……我还有好多好多的还要，都等着我康复之后去实现。

　　周五，像往常一样，在经历周四的24小时之后如期到来。但周五对我来讲是一个特别的日子，今天要进行人生的抉择。有的事可以弥补，有的爱还可以重来，但有的决定，却是一生的遗憾。到底让不让本院的医生做手术？我是坚决让本院医生尽快做手术，家人也基本同意我的决定。只是他们心中犹豫，怕万一失败，后果将是无法弥补挽回的。上午输完液之后，趁着自己精神还好，就让妻子把我扶起来坐在床上。背后用被子垫着，专程用毛巾帮我擦了擦手。这时我看清了自己的手，看清了自己的左手和右手。左手已无法完全舒展，右手颤颤发抖，手指紧缩在一起像干瘪的鸡爪。妻子帮我擦右手时用力很轻，很温柔。我想做一个命运测试，投掷一枚硬币，如果正面朝上，选择做手术；如果反面朝上，保守治疗。既然我们都无法决定要不要做手术，那就交给命运安排吧。

　　我强撑着坐起来，说是捧着硬币，其实右手手指已经无法伸开。左手张开，右手只能握住拳头，妻子把硬币轻轻地放在我的左手心。紧闭双眼,用力把硬币抛向空中,耳边听到硬币落在病床上的声音。等我慢慢睁开双眼,看到硬币正面朝上,妻子给了我一个坚定的眼神,我更加坚信我的决定,周一手术会很成功。我强烈要求手术,家里人商量之后也没得选择,下午通知医生下周一手术。

这周六是病房里最热闹的一天,北京的专家来给前两天新来的病人做手术。病人和女儿一大早就赶了过来,他妻子这天也过来陪护。他只是一个小手术,只不过是手术就有风险,都会让人害怕。他进手术室之后,他妻子一个人在病房里哭泣。对于手术病人家属的情绪,别人也不好说什么。我看到这场景后,对妻子说:"我周一去做手术时,谁也不许哭泣,我肯定能平安回来!"妻子对我充满信心地使劲儿点头,她也坚信我能平安回来,她也说她不哭,她只是不在我面前哭泣罢了。她经常一个人偷偷跑到卫生间哭泣,哭完之后再用毛巾把脸擦干净。回来继续安慰我,继续问我未来的"宏伟"蓝图,想我病好之后陪她去爬山,陪她去旅游,陪她走遍名山大川,陪她走到地老天荒……

我挺羡慕那个去做手术的病人,他真幸运,刚进来两天就约好北京的专家来给他做手术。我真想让给他做手术的专家也给我做手术。我还让妻子专程去问过医生,医生说不行,分科不同,他做不了我的手术。我心里有点失落,只能安心等待周一手术。周六和周日孩子放假休息,母亲、孩子随同父亲一块过来医院看我。平时都是父亲天天跑医院,母亲在家里看着孩子,抽不出时间,趁孩子周末休息和孩子一同来看我。想想以前自己每当下班回家,抱起儿子,让他平趴着,像飞机一样,抱着往屋子里面跑一圈儿。到墙壁时停下来,轻轻地用孩子的头像撞钟一样撞一下墙壁，孩子高兴得直乐呵。现在看到孩子，有种说不出来的滋味，鼻子酸酸的。孩子依旧是那么可爱调皮，在病房里跑来跑去。走到我床头看了看我，孩子歪着头，用天真无邪的语气问我："爸爸，你生病了？"我也用孩子的口吻和孩子说话："是啊，爸爸生病了，等爸爸好了，再抱着你往屋子里跑圈儿，在家里要听奶奶的话，到学校好好学习。"家人怕孩子来回跑动碰到我的病床，就给孩子一些零食，让孩子去走廊里玩。

母亲轻轻地走到床前，看着满头蓬发、面容憔悴的我，也不知说什么才好。住院前本想理发，但疼痛难忍也没心情去理。一住院就没再考虑过这件事，头发肯定像稻草一样，胡子也没再刮过。偶尔洗洗脸，整天吃不进东西，让本来消瘦的我看起来更加憔悴。看到母亲一脸的心疼，我安慰母亲说周一就做手术，放心吧，手术之后就好了。母亲也反过来安慰我说家里什么事都不用操心，孩子照看得好好的，也很听话。每天按时上学，没人辅导作业就让孩子放学后在学校把作业做完，让学校的老师辅导一下，让我安心养病。

母亲也憔悴了许多，大概也知道我的病情，只是无能为力。也问了一下我在医院的情况，怕别人照顾不到位，想来医院照顾我。母亲从小对我娇惯，捧在手心里怕摔了，含在嘴里怕化了。在母亲眼里，我永远是个长不大的孩子。我是坚决不同意母亲来医院照顾我的，母亲都六十多岁的人了，在医院里吃不好睡不好的，何况家里的孩子更需要她的照料，我一再反对，母亲只好听从我的意见。

下午上班之后，医生过来领我去做手术定位。自从上次做B超之后，我就没再出过这间病房。当时做B超检查是坐着轮椅过去的,今天去做手术定位怕是连轮椅也坐不了了。姐夫帮我找来移动式病床,父亲、姐夫、妻子、邻床的陪护大哥平托着我,连同铺盖一起把我放到了移动式病床上,轻抬轻放。身体每一次移动都会感到剧烈的疼痛,我被包裹得严严实实,他们生怕风吹到我虚弱的身体。被推入电梯之后,我看到别人用异样的眼光注视着我,想着这么年轻的人不应该躺在病床上。我感觉挺无趣,就把眼睛轻轻地闭上,有一些不屑,更多的是无奈。

医生在前面领路,姐夫在后面帮我推着车子,妻子在旁边照看着我,时不时把被子再压一压,姐姐在病床旁边跟着。外面的空气很清新,长时间待在病房,习惯了病房里的气味,猛一下呼吸到新鲜的空气,才能感觉到病房里气味的难闻。医院的院子里还有正开着的花,病床走到花旁的时候,姐姐说:"花开了,看到了吗?"平躺在病床上,眼睛又有重影,我只能看到蔚蓝的天空,看不到左右。我说我闻到了花香,走在弯曲的小路上,姐夫把速度放得很慢很慢。因为每一步的震动,都是钻心般疼。医生也放慢脚步,他走得快也没用,病号不到,他也定不了位。这段崎岖的小路虽然不长,却用了很长时间。

到了定位室,姐姐、姐夫、妻子在室外等着,医生把我推了进去。推到仪器旁,然后给我摆成手术时的姿势。手术部位是在颈椎,我只能侧着半趴,姿势很不舒服,我在想这种姿势做手术,该有多痛苦。唉,医生让怎样就怎样吧,也不敢问。只听见他在内屋调试机器,调试好之后用笔在我手术的部位画线做标注。标注完之后给我家属交代,不要刻意去擦标注线,以免影响手术。

走在回去的路上,我好想多待一刻,就那么一刻就好。让我多看一眼蔚蓝的天空，多呼吸一下新鲜的空气，多看一眼陌生的面孔，多感受一下病房外的环境……下一次再走出室外还说不好是哪一天，但外面有风，没等我多感受一下就把我推回了病房。

当我回到病房时，去做手术的病号已经回来了，躺在自己的病床上输液，少了平时的喧闹，一声不吭，和手术前判若两人。他的手术很成功，我真心羡慕他。原本我今天也要做手术的，真希望今天去做手术的人是我。母亲、父亲和孩子还在病房等着我，冬天的天黑得早，带着孩子也不方便，我让他们早点回去。

长时间卧床导致屁股和腰部发麻，腿脚无力。晚上吃过饭之后，妻子去打了一盆热水，用毛巾帮我擦了擦身子。擦过身子之后帮我揉捏腿，揉捏的时候会感觉好受一点。在她闲下来的时候也会抱抱我，把她的脸贴在我的脸上，用她红润的嘴唇轻吻我的额头，吻我的脸颊。让我感受到她的存在，让我感受她会一直陪伴着我。最辛苦的就是妻子，24小时贴身陪护，夜里还得听着我的动静，需要排尿时得起床帮我接尿液，做记录；早上得早早起床，自己先去刷牙洗脸；之后给我打来热水帮我洗脸擦手、喂我吃饭、喂我吃药；喂我吃完饭之后就到了输液的时间，液体扎上之后，她才开始吃剩下的饭菜。医院的伙食贵，而且味道也不好，但没条件自己做饭，只能将就着。空闲之余，她的所有时间不是去问医生病情，就是跑其他科室找专家会诊，看有没有医治的办法，尽管最后得到的结果都是无救。

星期日，手术前的最后一天。我心里有些紧张，更多的还是激动，终于熬到有治的一天了。我心里想的一直都是手术之后我能治愈，所以从住院就开始盼着做手术的这一天，终于盼到了。昨天做手术的病人已经醒来，今天又开始在病房里走来走去。精神虽不似手术前生龙活虎,但也行动自如。看到他,我也仿佛看到了我的明天。手术之后我也能下床走路,我也能回到自己的工作岗位,我也能爬山、写诗,我也能重返赛场……一切的期望都是那么美好。

今天的主要任务就是输液,以及做第二天手术的准备工作。输液也像平常一样,给右手扎针,把左手解放出来,输液的过程中左手可以抓痒。整天躺在床上,身上时不时会感觉痒,让妻子挠又不好表达精确位置,肯定不如自己方便。输第二瓶液体时出了点小状况,当时妻子也没在意,后来才意识到液体一直不滴。看看开关也正常,但液体就是不滴。把我的被子轻轻掀开之后吃了一惊,输液滚针,右臂上肿胀得鼓了一个大泡。右手我是平放在床上不动的,为什么输液滚针,肿这么一个大泡,我自己都没感觉到疼痛呢。正常来讲,输液滚针,稍微一肿胀都会意识到疼痛,我怎么就没有知觉呢?妻子关住液体之后,飞奔过去把我的责任护士叫过来,责任护士看后立马拔出针头,说了一句:"右胳膊神经压迫厉害,血管不通,需要扎左手。"就这样又重新扎左手输液,扎上之后,妻子高度集中注意力帮我看着液体,生怕再次滚针让我受苦。

我用力抬起右胳膊,放在我眼前看了看。转到病房之后,我自己就没再看过自己的右臂。除了疼痛之外,一直把它平放在床上,也只有平放在床上时能让疼痛减轻一点。今天把右胳膊放在我眼前,仔细打量了打量,"士别三日当刮目相看",胳膊别三日,当不忍再看。有种陌生的感觉,自己怀疑这是不是自己的胳膊。骨瘦如柴,手臂上肿胀一个大泡。小臂黑青,好像猛摔之后,没有一丝血色,更像死去的尸体腐烂前的情形。自己看了都

二、千盼万盼入院去 换来无救凉心底

感到吃惊，右胳膊也只会稍微弯曲，右手手指基本上不会伸，不会握，平放在床上是半握拳头的样子。输液滚针，胳膊肿胀，自己居然都没知觉，这是多么可怕的事情。仔细端详了一下自己的右胳膊，鼻子酸酸的，就没忍心再看，把它放回被窝。

　　下午护士来做了一次灌肠。手术前需要灌肠，把体内的粪便排出体外，要不麻醉之后，手术过程中排粪便没法控制。灌肠之后护士特意交代，不要吃干货，只能吃米粥之类的饭食。麻醉师下午也过来了一趟，我的手术时间长，需要全身麻醉。麻醉师专程过来询问身高体重，对什么药物过敏等。需要精确地计算麻醉药的剂量，麻醉剂量小有可能提前醒来，麻醉剂量大，延迟苏醒对大脑也有损伤。所以麻醉师询问得很仔细也很具体，以便计算出精确的剂量。

　　傍晚时分，护士过来进行手术前的最后一项准备：插尿管！插尿管我只是听说过，脑海里还没有插尿管的概念。隐隐约约能意识到，一根管子应该是从尿道口插进去，尿道口插进去？尿道口很小很窄，管子插进去，什么概念，管子多粗？会疼吗？会不会插不进去？那里的肉很嫩，会不会捣破出血啊？脑海里浮想出好多为什么，还有个疑虑就是：护士是女护士啊，难道是女护士给我插尿管，那岂不是要曝光吗？那多不好意思啊。但我没看到有男护士再进来，只听到女护士让把被子掀起来，让家人配合一下。

　　她在病床旁准备尿管，消毒用品。准备完毕之后，开始插尿管，用消毒棉球在尿道口周围消毒。我有一点紧张，也有些不好意思，感觉消毒液凉凉的。消毒完毕之后，护士开始把尿管试着往尿道口里插，里面隐隐作痛。双腿本能地想回蜷，护士提醒：

"不要动，很快就好，放松，放松，用力吸气。"我跟着护士的节奏，按照护士的提示放松，吸气，猛地一下剧痛，插进去了，我咬了咬牙，长舒一口气。"好了。"护士说道，"每天都会有护士定时过来做尿护，不要感染。陪护也可以用凉开水帮忙擦洗一下，尿管开关平时关住，两三个小时开一次排尿，每天的尿量做记录。"说完之后把尿袋整理好，挂在床梆上贴上标签就出去了。

让两三个小时开一次尿管排尿的原因是保护膀胱的收缩功能。如果尿管一直敞开的话，身体产生尿液之后自动从尿管排出，膀胱就不再收缩，时间长了膀胱的收缩功能会退化。这是我人生第一次插尿管，尝到了插尿管的滋味，硬硬的管子插在里面真不舒服。妻子也小心地给我呵护，生怕尿管被扯住拉疼我。为了不错过给我排尿的时间，还特意定了闹钟，晚上都无法好好休息。加上我身体的疼痛，夜里要叫醒她几次。排尿之后还要笔录记下尿量，排尿时我自己是没感觉的。她能看到尿液从尿管里流向尿袋，只有尿液排完的时候我自己能感觉到被抽空的感觉。好像抽水泵从池里吸水，吸到池底抽空的感觉。

11月4日，星期一，父亲、姐姐、岳父、岳母、大叔，早上七点钟准时赶到了医院。姐夫和妻子是长驻人员，从我住院那天起，24小时陪护，从未离开过。手术安排在八点，大家都早早赶了过来，来过之后进病房看了看我。病房空间小，来的亲戚朋友多，站不下，看过我之后都去病房外等着。这阵势让我有种荆轲刺秦王"风萧萧兮易水寒，壮士一去兮不复还"的感觉，像是送我上刑场。我跟妻子说，让他们都回去吧，都有各自的工作，留两个在就行。我只是去做个手术，又不是不回来了。说归说，这种情形，大家的心都悬着，利害关系都比我清楚，也许这一去真

二、千盼万盼入院去　换来无救凉心底

可能回不来。也许手术损伤神经，脖子以下全部瘫痪，也许手术非常顺利，我能平安回来并且痊愈。我们都期待最好的结果，我自己也没有想过这一去就回不来。

七点半，医生准时到达病房。让妻子帮我换上手术衣，准备下楼去手术室。正换手术衣的时候，医生让家属去签订手术前告知书，姐姐帮我换衣服，让妻子随医生过去签字。这张告知书，妻子看晕了。上面写的各种意外情况，至于看的什么，她自己都记不得了。只记得越看越紧张，越看越害怕，脑海里浮现出各种意外的情况。看到最后在家属签名的地方，用自己颤抖的手，握住笔，签下这个决定生死的名字。大手术签名一般都是让关系最近的人签名，父亲眼神不好，这种情景下更是紧张。不能让他再去经受这种痛苦的折磨，我自己也难以想象妻子去签名的情形。妻子是一位简单、纯真、不爱操心的女人，生病前我就是她的天，我就是她的全部。大到事业决定，小到衣服选择，都要我拿主意，甚至回娘家拿什么礼品都要我去买。今天让她去替我签名，一个决定生死的签名，我只能用一个词来形容她去签名的情景，那就是——"蒙圈儿"！其实这个签名谁去签的结果都一样，只是让妻子去签，给她的压力太大了。我俩的事情，她从来没有单独做过决定，更别说这么大的决定。

病床从病房里缓缓推出，这次去做手术并没有换移动式病床，而是直接就我躺着的病床连同我一起推走。病床有轮子，推起来很轻，可还是一圈儿人来推着我。走到专用电梯口的时候，只能留一个人，其他人需要乘别的电梯下去。父亲、姐姐、姐夫、岳父、岳母都看着我，送我进电梯，都在为我打气，我也安慰他们没事的，我会平安回来。妻子陪我一起从专用电梯下去，当我被推进电梯那一刹那，我看到了父亲的眼神。那眼神充满了迷茫，但迷茫中也透着坚定，他内心也坚信我能平安归来。电梯缓缓下行，时间过得好快，从八楼到三楼只是一眨眼的工夫。妻子注视着我，眼一眨也没眨，她想再多看我一眼。也不知道能看几眼，就想再多看一眼。走到手术室门口的时候，妻子用力地抱了一下躺在病床上的我，把她的脸贴在我的脸上，用她红润的嘴唇深深地吻了一下我的额头："老公，我在外面等着你！"我用力地点了点头，就被推进了手术室。

手术室挺大，准确地讲是麻醉室挺大的。手术室我没看到，麻醉室应该属于手术室的一部分。被推进之后，看到两名女护士，穿着专用的护士单衣，整洁的墙壁，全部被消过毒。无菌室，麻醉室里不冷，温度适宜，我被推到了麻醉师的跟前。麻醉师年龄看上去四十来岁，挺随和。为了缓解紧张的气氛和我心里的压力，上来就和我唠嗑。唠的都是家常，问这问那。比如以前是做什么工作的？有什么爱好？为什么做手术啊？怎么发现病症的？一直都在缓和气氛。正聊的时候告诉我不要动，给我脚上扎一针。只感觉脚脖子疼了一下，又开始接着聊，后面的事情就不记得了，我被麻醉催眠了。

手术后醒来那一刹那，我的眼睛猛地睁开，这种猛烈程度不亚于刘翔110米跨栏冲破终点夺冠的猛烈。原来我还活着，紧接着开始恶心咳嗽，呼吸器罩着我的鼻子，喉咙里插着管子。护士在我旁边静静地等待我的苏醒，看到我醒来，她一边对里屋叫了一声"醒了"，一边帮我把呼吸器以及管子取下来。当时我都害怕她速度慢，把我噎死。浑身动弹不得，以前只是右手像废了一样，现在全身都动弹不得。我被缓缓地推出了手术室，家人和朋

二、千盼万盼入院去　换来无救凉心底

友都在手术室外等着我。也许这一刻他们的心才放到肚子里,我成功地"走"出了手术室,挺过了一个危险的时刻,第一次战胜了死神!

妻子、姐姐、姐夫、父亲、岳父、岳母都在手术室外等着我。首先映入我眼帘的是妻子那边的大叔。大叔这一段时间很辛苦,每次岳父过来,无论白天深夜,他都陪同一起。看到我是满心的欢喜,也不知怎么安慰我。我清晰地记得我当时说的第一句话:"大叔,你们都去吃饭吧,我没事了。"这句话日后提起时都说我刚从手术室出来时的精神头儿不错,说话也有力度,心态也很好。我是早上八点被推进手术室的,出来时我一直以为是快到中午,该吃饭了,谁知推出手术室时已经是下午两点钟。也许他们已经吃过饭,也许还没吃饭,一直等着我从手术室出来。

我被缓缓地推回了病房,医生说手术很成功,比预期还要成功。肿瘤是"颈六到胸一"占位,手术时颈椎脊柱上开槽,把肿瘤切除。由于肿瘤和神经紧密相连,怕损坏神经,无法把肿瘤完全切除,只切除了肿瘤的三分之一。切出来的肿瘤让妻子送到检验室做活检,进一步确定具体是哪种肿瘤。血淋淋的,用医用袋子装着,肿瘤发白,看着挺吓人。肿瘤块儿倒是不大,花生米大小。只是长的部位太不好,压迫了神经元,发挥的坏作用超强,结果出来大约需要两天时间。推回病房之后,我身上也被绑满了"线路",心脏检测仪、呼吸器、止疼泵,需要24小时输液。由于是在颈椎部位做的手术,无法枕枕头,只能平躺在病床上。刀口用纱布包裹得严严实实,还留有一个马尾辫似的引流管,说是让排瘀血。医生把我身上的设备配齐之后开始交代注意事项。

1. 氧气输入,注意氧气过滤瓶中的水量,必须时刻保持瓶中有水。

2. 后背的瘀血引流葫芦，葫芦"凹"为正常，若葫芦饱满，则没有吸力，失去作用，需要排瘀血。

3. 插尿管的地方，也就是尿道口，每天要擦洗两次。平时尿管是关闭状态，等病人有尿意时再打开，尿完之后需要关闭，记录尿量，定时排放尿袋里的尿液。

4. 每隔两三个小时需翻身一次，防止身体某一部位压麻或者压烂。

5. 进食注意事项，手术当天无须进食，第二天从喝白开水开始，循序渐进，可以适当吃一点米油，多餐少吃。

6. 翻身的注意事项，平躺时，床头可以稍微提升一点，侧身翻时必须先把床头放平，翻身过程中脊柱是一条线，防止颈椎扭伤。

7. 两个小时量一次体温，并做好记录。

8. 按时吃药。

听得我头大，妻子在旁边用本子一一笔录，生怕遗漏了某个环节，做得不到位影响到我的恢复。手术之后躺在病床上，自我感觉良好，没有哪里不舒服，除了浑身动弹不得之外。消炎药、营养液一直输着，也没感觉到饿。今天的液体很多，有十几瓶，瓶子大小不等，还有红色的液体。瓶子小的十几分钟就能滴完，瓶子大的需要一两个小时。随着手术麻药的药效退去，我开始感觉浑身疼痛，直冒虚汗。左脚上扎有止疼泵，疼痛难忍时医生让捏一捏止疼泵，增加一些麻醉剂，缓解疼痛。手术后我是裸体躺在床上，被单很快被虚汗浸透。最难忍的是鼻孔还插着氧气管，一出汗，氧气管和身体接触的部位会感觉很痒。浑身无力动弹，只好用嘴巴指挥家人为我挠挠这里，为我挠挠那里，挠的力度不够了再指挥挠得用力一点儿。浑身上下，现在可以运动的部位以及能使唤的部件就是嘴巴和眼睛。隔几分钟就得挠挠，一会儿挠鼻子，一会儿挠耳朵，一会儿移动移动胳膊，一会移动移动腿脚。我是浑身难受，他们也都休息不得。

傍晚时分，医生过来检查我的情况是否稳定，体温是否正常。又看了看引流管是否正常排瘀血，并嘱咐两三个小时要翻翻身，防止压褥疮。我心里是直骂娘啊，你是站着说话不腰疼。手术后我是浑身疼痛，直冒虚汗，还让翻身，这么疼痛如何翻身。第一天我是坚决不让翻身，止疼泵更是频繁地捏，还是难以止住疼痛，晚上又是一夜未睡。不，准确地讲是睡了半个小时，疼痛难忍，心烦气躁。家人去找护士给我打了一针镇静剂，我这才迷迷糊糊睡着了。这一觉儿睡得真够舒服，可用"足眠"二字形容，感觉睡了好长时间。醒来的时候又是猛地把眼睛睁开，像冲破防线一样。我以为足足睡了一夜，醒来时窗户还未亮。问时间，我才知道自己只睡了半个小时，不过这半个小时是熟睡，很解乏。妻子还在我旁边和姐夫轮班看着液体，后来我又迷迷糊糊睡着了一会儿。

11月5日，手术后的第二天。睁开眼睛时，病房里的灯已是亮着，今天是新的一天。我自己感觉有了新的生命，最痛苦难熬的一天终于挺过去了。体温稳定，心脏监护仪显示一切正常，输液药水的数量开始减少，今天可以让吃一些流食。上午医生忙完后过来查房，颈椎手术刀口换药。我也不知道换的什么药，只能感觉到医生把纱布揭开，往皮肤上敷药。换好药之后重新把纱布包上，临走前还嘱咐记得两三个小时翻身一次。九点钟时，妻子喂我喝了五口水，因为医生让记录吃的什么食物和分量，妻子把喝水的记录精确到口。喝完水之后我主动要求试着翻身，疼痛归疼痛，医生说的话也不无道理。如果身上被压褥疮更麻烦，何况平躺在病床上，不枕枕头，时间长了也难受。

翻身是一项重大工程，我自己浑身使不上力，只能家人帮我翻身。翻身还要做到头和颈椎、脊柱一条线，同时移动。刚做过手术，颈椎部位开槽，一旦错位或者扭伤，后果不堪设想。妻子心里胆怯，把最艰巨的任务委托给了姐夫。姐夫双手轻轻地托着我的头部，小心翼翼，妻子用双手稳稳地扶住我的肩膀，姐姐负责我的臀部。三个人同时用力，让头部、颈椎、脊柱在同一水平线，缓缓地将我往右侧翻动。慢慢地，慢慢地，当把我翻到垂直于病床时，姐夫用一只手托着我的头部，用力维持住这一刻的姿势，另一只手接过妻子的工作——扶住我的肩膀。妻子赶忙去把我的睡裤叠放在我的头下，折三折，垫放在头下，正好能让头和颈椎在同一水平线上。翻身前心里充满了害怕，不敢翻，害怕翻身会不会特别疼？害怕翻身时，他们会不会配合不好，扭到脖子？用不用把护士叫来配合翻身？现在侧着身反而感觉好受多了，可能是一直平躺着不枕枕头，时间一长就会感觉头晕，换换姿势反而感觉舒服。姐夫一直扶着我的身体，生怕翻倒。第一次侧身居然坚持了十五分钟，这对我来讲也是进步，从平躺学会侧身了。

中午约十一点时，护士过来给我做尿护。怕尿道口感染，用碘液消毒擦洗，凉凉的，现在也没再感觉不好意思。午饭吃的是鸡蛋汤，我身体只能平躺，抬头都无法做到，妻子用勺子一勺一勺给我送到嘴里。病床高度确实对她不太合适，站着显高，坐在凳子上又显低，每次喂饭喂水都要半蹲着。平躺着吞咽食物困难，所以她每次舀食物都舀半勺，怕汤流到我的嘴外面。旁边放有毛巾，以便随时擦拭流出来的食物。中午用小碗喝了小半碗汤，用汤吃药容易，用开水吃药有时试咽几次都咽不下去。

中午正吃饭时朋友帮我请的陪护到了。这个陪护年龄和我相仿，个头也差不多，胖瘦也一样，都戴着眼镜，有点像兄弟俩。朋友知道颈椎手术浑身不能动弹，人手少了不行，专程为我请了陪护。别看他年轻，但心细。以前他妹妹生病住院时，他在医院陪护，有经验。来了之后就要为我削苹果吃，知道手术后无法吃凉东西。专程去打来开水，把苹果一层一层削成薄片，放在开水里泡热，再用筷子一口一口喂到我的嘴里，照顾得体贴入微。

下午我自己尝试了一下，右手可以抬起，握手也比手术前有力度。事实证明，我坚持让做手术是明智之举。我对病情的恢复充满信心，相信自己用不了几天就可以出院，做自己想做的事情。家人们看到我病情好转，心里也舒坦许多。这是入院以来，病情第一次明显好转，家人也看到了希望。晚上姐夫去买了一些酒菜，掂了两瓶酒。他平日里喜欢喝酒，也经常喝酒。自从我入院以来却从未喝过一滴酒，精神一直处于高度紧张状态。今天看到我的好转，心情大好，非要和邻床的陪护在病房外整上两口。

止疼泵的药效已经过去，我还是浑身疼得厉害，尤其是左脚后跟儿如针扎一般。止疼泵、手术前的麻醉剂都是扎左脚，包括手术后的输液，全在左脚上扎着，现在疼痛感体现了出来。妻子看着我满头虚汗，疼痛难忍的样子，去帮我买来一些口服的止疼片。医生交代四个小时吃一片，疼痛能扛得住时就不要吃，真扛不住的时候吃上一片。是药三分毒，止疼药对大脑有刺激。晚上八点钟的时候吃了一片,顺带把医生开的治疗药也一并服下。躺着吃东西,尤其是吃药,很困难。平时正常坐着吃药下咽都感觉困难,更别说躺着下咽了,有时都要尝试几次才能下咽。喝过药之后又量了一下体温,36.7℃,正常。

到了排尿时间,妻子帮我把尿管阀打开,排尿之后,又去把尿袋里的尿液倒掉。睡觉前再帮我检查被子是否盖严实,尿管是否放好。记得有一次因为疏忽,尿管被我压到了身子下面,排尿不畅,拉动尿管时扯疼我了,她深深地自责,怪自己操作不当。从那以后,每次排尿结束,她都会帮我检查尿管是否放好。

看到我今天明显的好转,她别提有多高兴了。妻子用她白嫩细腻的双手,紧紧握住我的右手,轻轻地放在她的脸上,慢慢地滑动,感受我的体温。以前我总喜欢捏她的脸,圆圆的肉肉的。今天把我的右手贴在她的脸上仿佛在寻找昔日的感觉,也仿佛在期待我早点好起来再捏她的脸逗她开心。妻子又用她的嘴唇吻了吻我的右手,我感觉到了她的体温,也体会到了她的期盼。睡觉时我嘱咐她不用定闹钟按时给我排尿,正常睡觉一晚上也不用排尿。如果真有需要,我再叫她,我也希望她多睡一会儿。虽说有姐夫和陪护轮流替班,但是主要的工作还都是由妻子来做,没日没夜,根本休息不好。我希望她可以多休息一会儿。

11月6日,手术后第三天。上午输液时,医生过来查房,还没等医生询问,我就兴奋地说了昨天的情况。右臂可以抬起,右手伸缩也比手术前好,也比手术前有力。医生也为我开心,告诉我说手术确实很顺利,比预想的好。还专程看了看我的右手,又按了按我的肚子,肚子的麻木感也减轻了。还把我的腿抬起来试试会不会伸缩,收缩没问题的,腿脚本身离肿瘤位置远,神经受压迫程度轻。加上腿脚没有什么精细动作，所以腿脚方面没什么问题。只是右手和右胳膊有点肿胀，医生也没说具体什么原因导致的。我自己想是手术时间短的原因，也不能指望一下子完全恢复。

医生交代把药剂用完的止疼泵撤掉。根据这两三天的观测，心率正常，上午十点时把心率监护仪撤去，身体上顿时轻松许多。心率监护仪的撤去意味着身体上贴的许多"导线"也跟着一同撤去，只剩氧气管一根导线。尿护每天要做两次，上午一次，下午一次。病号输液一般都会安排在上午，下午和晚上输液属于额外加的液体，所以护士上午最忙，做尿护也是抽时间。今天做尿护时感觉尿道口疼，可能是尿道口的肉太嫩，碘液刺激得厉害。我主动要求碘液尿护一天只做一次，剩下的让妻子用棉球蘸着开水帮我擦洗。

我现在每天的任务开始多了起来。早上省去洗脸环节，无法起床，老人们传下来的古话，不让躺在床上洗脸。早上吃饭太慢，饭还没吃完，护士就开始过来输液。两个小时量一次体温，输液结束后需要翻身。趁着医生来给刀口换药的时间，姐夫、妻子、陪护三个人配合同时用力，把我身体侧翻。医生说刀口愈合得还不错，预计十二天后拆线。中午吃的汤面条，整天让喝米油，嘴里涩涩的，一点儿味都没有。吃点汤面条换换口味，喝了八勺咸汤，吃了六勺面条，每顿饭食的量妻子都要详细记录。下午没有液体，对我来讲是自由活动时间。主要任务就是按摩胳膊，防止肌肉进一步萎缩。

妻子总是顾不得休息，放下碗之后就开始给我按摩右手右胳膊。我仔细端详了一眼自己的右胳膊，上臂比小臂还要细，软得像面条。曾几何时，我引体向上可以拉四十下、可以在单杠双杠上翻跟头、打乒乓球可以连战两三个小时。胳膊上的肌肉一直是我的骄傲，我自己都不敢相信，只不过是躺在床上短短两周，上臂萎缩，毫无肌肉可言。看得我心里难受，难道肌肉萎缩有这么厉害。干瘦的右手像鸡爪，虎口只剩下两层皮，手心也凹陷出坑。按摩可以缓解肌肉萎缩的速度，只要一空闲下来，妻子就会坐在我的右手位，为我轻轻按摩，帮我早日恢复。右手的感觉确实不好，不像是自己的手。手无握笔之力，手指伸展不开，抬起手时，整个手还会发抖，不受自己支配。

今天岳父来看望我的时候，我用右手和他握手，我想告诉他我的右手可以活动了。岳父隔三岔五都要过来看望看望我，看我恢复的情况。尽管我用尽全力让他感受到我的力度，但我看到他脸上的表情写满难过，还要强装笑颜。我右手目前的状态在脑血栓病人当中常见，多数半瘫痪状态，瘫痪的部位基本上是不会恢复了。他看到我目前的状态确实心里难受，只是看到我的乐观，不想打击我的积极性，强装笑颜。

晚上医生增加了一瓶液体，这一瓶液体输得我真够痛苦。白天已把身上的留置针全部拔除，晚上输液需要重新扎针。这几天一直是往脚上输液，我要求还让往脚上扎针，随便扎。护士直接扎向左脚，尽管脚上皮厚，还是感觉到猛一下疼痛。只听她嘟囔了一句："没回血"，然后感觉她按住左脚，"噌"地一下把针拔了出来。又在左脚上换了个位置，用酒精球擦了擦，消了消毒，扎紧绷带，摸了摸血管。我想肯定是青筋迸出，本来自己就很瘦，一扎绷带，青筋更明显，根本不像胖人还要仔细寻找血管。"噌"地一下，针扎进去了，还是没有回血。护士也很不好意思，两次

二、千盼万盼入院去　换来无救凉心底

扎针都没回血,说:"这几天输甘露醇输多了,血管硬化,回血不好,要不换个脚扎。"我倒是没意见,然后护士把针头拔出来换右脚扎。依旧是熟练的动作,还是没回血。护士按住针在血管里活动,针头在血管里挑来挑去,这一下真是疼啊,疼得有点咧嘴。我问:"好了没?"姐夫在一旁安慰我说:"还没扎针呢,疼啥疼啊!"

他看到护士这样两三次没扎好也心疼我,只是液体必须得输,知道我神经感觉异常就说了句善意的谎言。其实日后说起这件事,他当时的真实想法都想踢那个护士。右脚扎针再次失败,护士也烦躁起来,也很抱歉,也很无奈。说脚上的血管不好扎,还是扎手上的血管吧。再次扎的时候,并没有直接扎手上,保险起见,直接扎胳膊。一瓶液体,也就输了二十多分钟,我挨了四针。

11月7日,活检报告出来:弥漫大B淋巴瘤!恶性肿瘤,最终确诊,这是毫无疑问的。看到我一天天好转,大家都不敢相信这是真的。恶性肿瘤是无法控制的,事实就是事实,和最初医生的判断一样,只是现在最终确诊是何种肿瘤。这种肿瘤有一个特点,就是不能"动"它。一旦"动"它,就会把它"激怒","激怒"之后就会疯长。看到这个报告,家人们都不愿意相信,也都有心理准备。医生天天不断地说是恶性肿瘤,不断地说我下一步的病情。病情的发展也都看到了。确实如医生所言是恶性肿瘤,内心深处也都意识到了。

上午输液的时候,陪护帮我看着液体,妻子大口喝了几口稀饭就出去找医生再会诊我的病情。今天病情继续好转,手术的疼痛又减轻了许多。自己躺在病床上尝试挪挪屁股,长时间一个姿势躺着确实难受。腿脚尝试移动收缩，右手的张开程度更大，握力也在不断增强。左手现在没感觉麻木，和正常时的感觉一样。趁着医生来给刀口换药时做侧翻身，刚开始不愿翻身，一是心里害怕再次扭伤脖子，二是身上疼痛根本不想翻身。现在会主动要求翻身，整天不枕枕头平躺着，开始有了头晕目眩的感觉，侧身换个姿势会感觉舒坦一点。医生换药时，把"小辫子"样子的引流管撕下来，刀口倒是没感觉疼痛。只是胶布粘皮肤的位置痒，被汗一浸，奇痒难忍，自己也够不着就让妻子或者陪护去粘胶布的位置抓痒。他们也都害怕碰到刀口，只在粘胶布的边缘挠痒，这种抓不到力度的痒更难受。

妻子拿着报告跑了整整一个上午，把我这种病相关的科室都跑遍了。肿瘤科的医生也都问了，遇到的医生都是摇头，恶性肿瘤没有更好的办法。中午时分还没能赶回来，就在住院部下打电话问我中午想吃什么饭。现在提到吃饭我就头疼，天天没胃口，自己都不知道想吃什么。妻子就开始耐心地给我挨个报，鸡蛋面、排骨面、大米盒饭、菜花、腐竹、烩菜……菜单都要给我念个遍，生怕把我想吃的饭菜给遗漏掉。我认真把菜单回想了一遍，报了一份排骨面条。面条容易消化，排骨汤也增加点营养。其实我现在想吃糊涂面条或者粉浆面条，可是这两样饭只有早上晚上才有，中午没得吃。

这家排骨面条做得挺好，味道不错，和妈妈做的口味一样，没放那么多佐料。每次妻子都要等把我喂饱之后才吃饭，我报的饭菜自己也吃不完，医院的饭菜也贵。她舍不得倒掉，都会将剩饭剩菜解决掉。吃过饭之后也顾不得休息，拿着检查结果，又去别的医院咨询专家会诊。医生也交代了这种病情的严重性，这是

二、千盼万盼入院去　换来无救凉心底

在和时间赛跑，赶在肿瘤疯长前找到解决的办法。结果还是一样，没有好办法，控制不了。妻子很无奈，也很无助。没有好办法意味着还是得眼睁睁地看着我在她的面前痛苦难受，直到死去，上天真是这么安排的吗？真的不给我生命之花绽放的机会？真要让我这么年轻就死去？我不甘心，我真的不甘心。周瑜英年早逝也做到了三军统帅大都督，也有火烧赤壁击退百万曹军的丰功伟绩，我有什么？我什么也没有，我有的只是叹息和无奈！妻子见到我之后还是没有表现出失落和无奈，一直都是充满信心的微笑，坚信我能康复。一下午没在我身边，接连不停地问，下午都做了什么锻炼？有没有按时吃药？下午都吃了些什么食物？尿量记录了没？身体有没有哪里不舒服？右手有没有做按摩康复训练……生怕漏下某一环节，影响康复。

　　邻床的病人经过二十多天的恢复，状态越来越好。大脑里的瘀血逐渐散去，我们还是经常逗他开心。他总是那么健谈，一看到你和他说话，就开始天南海北给你讲起来，仍旧一口"辉普话"（辉县普通话）。哥哥、妹妹、妹夫轮流陪着他，他每天的康复工作总是从早上忙到晚上。现在偶尔也清醒几分钟，清醒时说的话不再是普通话。也就是不讲普通话时，说话的内容才是靠谱的。

　　晚上时他说出一个字让他哥热泪盈眶，他叫了一声"哥"！一个月了，整整一个月了。虽然第一周是昏迷状态，但醒来之后一直不认识人。这一个月来哥哥寸步不离，也只是自己洗澡时让别人替班一下，洗过澡之后立马赶回来。妹妹、妹夫也会抽时间过来替班。哥哥不知道他哪一天能真正醒来，能够认识人，只是一直默默地盼着这一天。今天终于等到了，弟弟会叫哥哥了。哥哥在旁边坐着用力地捂着脸,硬憋着不发出哭泣声。男人的哭总是无声的,沉默了好一会儿,他擦了擦眼泪。邻床的我也很感动,也为他感到高兴。看到他的好转,很欣慰哥哥的付出没有白费,这都是明显好转的征兆。说了几句之后,又回到了"辉普话",哥哥满眼泪花,开心地说:"坏了,一说普通话又不清醒了。"但现在的不清醒也让他看到了希望。每天也都有清醒的时间,相信清醒的时间会越来越长。等到完全清醒的那一天,就可以做胸部接骨手术,我也在默默地为自己祝福,也希望自己早点好起来。

11月8日,我的病情开始恶化。最不愿意看到的,最不想发生的事情发生了。右胳膊开始明显觉察出麻木疼痛感,左胳膊也开始疼痛。连我自己都怀疑昨晚发生了什么,为什么一觉醒来,胳膊又开始麻木疼痛起来。家人们都去了医生办公室咨询情况,这就是反弹的开始。淋巴肿瘤一旦触碰,就会疯长。这是疯长的征兆,疯长速度会比手术前还要快。医生来查房时并没有告诉我这些,抬起我的手,问了问情况。笑着安慰我说:"这是手术后的正常现象,以前的症状会有所反复。"他总是面带笑容,一副和蔼可亲的样子,听到这句话我也把心放到了肚子里。严格按照医生的嘱咐,按时量体温、按时吃药、按时输液。详细记录尿量,医生重点强调服用通便灵,要不然排便更困难。这几天一直吃着通便灵,只是饮食少,整天躺在床上也没有排便。今天医生让我做一次尝试,如果再不排便的话,就得灌肠了。提到灌肠我心有余悸,现在根本没办法下床去厕所里灌肠。躺在床上灌肠,根本没法收拾,我还是乖乖地吃通便灵吧。

晚上八点的时候我们开始准备排便,白天出入的人多,排便不方便。毕竟病房是公共地方，需要考虑到别人的感受，晚上等大伙都吃完饭就寝时才方便。这是生病以来第一次在病床上排便。突然想起前几天朋友来看望我时说的话，躺在病床上时就不要不好意思了。话是这样说，可心里还是感觉不好意思。妻子专门去为我买了病人用的尿垫，尿垫铺在床上可以盖一半床，正好把屁股放到尿垫的中心。这个艰巨的任务由妻子完成，换谁，我都会感觉特别扭。考虑有的病人不方便上厕所，为了方便，病床与病床之间挂有帘子。为了减少对别人的影响，妻子把帘子拉上，这样我就被封闭在一个相对密闭的空间里了。姐夫、妻子、陪护三个人配合把我侧翻身之后，就在旁边等着帮忙。由于长时间卧床，又几天没有排便。我自己也没排便的意识，靠自然排便是不太可能，就按护士的交代买了开塞露。

  姿势摆好之后，姐夫就在病床旁扶着我，不至于翻倒，陪护在旁边把削开的开塞露递给妻子。妻子的动作很慢，开塞露的塑料瓶硬，怕挫伤肛门，塞进去之后再把开塞露挤进去。一支开塞露效果不够，挤过之后赶快用卫生纸堵着。然后再继续打第二支开塞露，再是第三支。用了三支开塞露，妻子帮我捂住，肚子里开始翻腾，有闹肚子的感觉，只是没灌肠时的反应剧烈。约莫有五分钟，肚子实在感觉憋不住时，就让妻子松开手，并没有一泻千里的状况。开塞露是全泄了出来，妻子在一旁用卫生纸堵着，不让液体流到被单上。大便并没有随着开塞露一起出来，只是用过开塞露之后自己用力可以排出来。妻子在一旁不断鼓励我，我也是使出全身力气，排出一点。妻子边整理边鼓励，累得我满头大汗，喘着粗气。中间还要停顿休息一会儿，让她用毛巾帮我擦擦额头上的汗珠。

继续排便，用了九牛二虎之力，感觉像是排干净了。排出来的粪便硬硬的，干结，带有血丝。妻子连同我身下的尿垫一起倒掉，姐夫和陪护把我放平回床上。我有种虚脱的感觉，直冒虚汗，体温高到38.4℃。汗珠顺着额头流下来，浸湿了被子，湿透了床单。身体感觉好冷，是那种暴力打球后，身穿一身湿透棉衣的冷。本能地蜷着身体，妻子慌慌张张去夜班值班室叫护士。护士连忙过来输了两瓶液体，我记得其中一瓶是葡萄糖，增强体力。平躺在病床上，望着仅能看到头顶的这一块天花板，想了很多。排便对于正常人来讲，是再平常不过的事情。可对我来说竟是这么的吃力，内心不自觉地充满了无奈和悲哀。

11月9日，重新回到了噩梦般的日子。肿瘤的疯长压迫神经的程度又回到了手术前的状态，两条胳膊疼痛难忍，右臂麻木，里面感觉憋胀得厉害。左臂开始疼痛，像我右手麻木前的情形。早上醒来就吃了一片止疼药，早饭喝的米汤，专程去买了份菠菜。话说菠菜可以缓解便秘干结，其实我最不喜欢吃菠菜，不过相比苦药来讲，菠菜比苦药要好吃。喝了半碗米汤，吃了几片煎饼。妻子伺候我吃过早饭，等我把液体输上之后，她又匆匆拿着病历和检查报告出去找专家会诊。尽管四处碰壁，医生的答复都是无救，但她仍不相信我真的没救。哪怕争取到最后一刻也不愿放弃，不管前路如何，也要选择勇敢地上路。

山重水复疑无路，柳暗花明又一村。皇天不负有心人，在人生最无助的时候，终于找到了救命稻草！在肿瘤科鲁一医生那里得到一个线索，我这种肿瘤还有希望治愈，北京有专门治疗这种肿瘤的医院。妻子喜出望外，终于在漆黑的夜晚，看到了烛光。这烛光虽小，可在茫茫黑夜，就像灯塔一样，指明了方向。妻子连忙把北京医院的地址,以及需要联系的专家和电话记录下来。见到我之后难以掩饰内心的喜悦,趴在我的病床上抱了抱我。手术之后,无法动弹,她抱我时也不敢太用力,但我能感受到她内心深处的那份激动,凑近我的耳朵告诉我:"老公,我找到治疗的办法了!"

  这个办法她无比坚信,坚信能够把我治愈。只是家人一直对她说的话表示怀疑,多家医院专家也都看过病例和检查报告,都表示没办法。今天她说有办法了,确实让人有点难以置信。有办法当然好啊,都想让我有救。她还专程把鲁一医生领到我的床前,查看了我的病情。医生走后妻子就和我商量,她想去北京找这位专家,让我看了医院的地址和专家的名字及电话,我没有同意。不是我不想早日痊愈,只是我现在的情景,自己都感觉自己支撑不了多久。她是我现在唯一一棵稻草,我害怕失去,害怕分离,内心深处无比孤单无助和恐惧。我真害怕我坚持不到她回来,我怕她回来时见到的不是我,而是雪白的床单。生病住院之后,尤其是躺在病床上不能动弹之后,妻子就是我的天。只要她在我身边,我就能感觉到安全。她一旦离开我,我的天就塌了。离开我之后我自己都不知道该怎么办,谁来照顾我?谁喂我吃饭?谁负责我排便……谁来照顾,都没有妻子照顾得到位。我求着她不要去北京,她终于答应我不去北京找医生,让鲁一医生和北京的专家联系再想办法。

  输液过程中,护士抽出时间照常做尿护。每次护士来做尿护我都会提醒稍微擦点碘液就行,刚开始做尿护没感觉,几次之后,尿道口都会出现不同程度的炎症,碘液滴到尿道口会感觉疼痛无比。但每次都得做,要不然尿道口感染、严重发炎更麻烦。

生病时间长了，味觉也会受影响，嘴里整天没胃口。上午让陪护给我削了半个梨，削得很薄，热水里浸泡之后，再一片一片喂到我的嘴里。甜甜的还算有味道，平时喝水少，嘴巴也干，多吃点梨也算是补充水分。妻子忙到中午，顾不得回病房，就直接去医院后门鸡蛋面馆买鸡蛋面。她知道我喜欢吃医院后门的一家鸡蛋面，每次吃鸡蛋面都要去那里买，味道挺好，还会额外再加一块钱，让多加一个鸡蛋。

喂我吃饭也算是一项工程。我现在的状态，妻子不放心别人喂我吃饭，她不相信别人的照料有她细心。吃面条时，妻子会额外再找一个碗，先少挑几根面条，用勺子压断，把面条吹凉。然后放在自己嘴边感受一下温度，合适时再喂到我的嘴里。今天中午吃了大半碗，超出了以往的战绩，自己都觉得自己厉害，能吃下这么多。吃过饭之后又吃了一片止疼片，疼痛难忍。现在输液的药效越来越差，药劲儿过去后，只能靠止疼片来维持。

晚上八点半的时候，又试着排便。医生建议每天排便，这样的话，不至于干结，排便也相对容易。这次换了一下体位，平时侧翻都是往右翻身的。这次尝试向左翻身，妻子可以站在右侧，方便给我整理。病床间的隔挡帘子拉严，尿垫、开塞露、卫生纸，一切工作准备就绪，用了三支开塞露。尽管排便还是很费力，但比前一天好很多，也许是前一天刚排过的缘故，没有干结，便软。

11月10日，从11月9日晚上开始，双臂疼痛如针扎筋一样。胳膊里像灌满了铅，如铁棍一般，双腿也开始感到麻木。这种感觉又回到了手术前一天的痛苦程度，晚上睡觉前我已经吃了

二、千盼万盼入院去　换来无救凉心底

一片止疼药，半夜又被疼醒，又吃了一片止疼药。凌晨三点钟时醒来睡不着，口渴，嘴里没味儿。把睡在旁边的妻子叫醒，她起床去接了一碗开水，削了梨喂我吃。六点钟的时候，我醒了，现在叫醒我的不是闹钟，不是梦想，而是疼痛。疼痛难忍时把她叫醒喂我吃了半根香蕉，早上吃早饭的时候，还是照常吃的米汤，仍旧配的不喜欢吃的菠菜。我感觉这样吃下去，自己会成"大力水手"。

上午输液，医生来查房的时候，依旧摸着我的手，问问量体温正常不？身体现在什么感觉？我都一一做了回答，回答完之后我反问了一句："为什么现在感觉身体浑身疼痛，越来越难受，越来越痛苦？"医生没有正面回答我的问题，脸上依旧挂着笑容："我看情况给你调换下液体。"这就是我得到的答案。

从做手术到今天已经一周时间，尿管规定一般插七天，如果还需要继续插的话，就得再换尿管。今天尿管得拔掉，时间长了尿道口感染发炎，还有就是尿管插的时间长了会使膀胱收缩功能减弱，长时间插尿管还可能导致不会排尿。尿管拔出来之后，护士交代多喝水，试着自行排尿，护士最担心的就是尿管拔除之后，我不会自行排尿。对其他插尿管的病人也会有这个担心，但是更担心我，因为手术前我是压迫神经已经导致排尿困难，怕现在排尿更难。拔过尿管之后，妻子就按照护士的嘱咐去接开水，为了排尿成功，我硬着头皮吃了一个梨，喝了一碗水。肚子饱饱的，胀胀的，半个小时之后有了尿意。一听我有尿意，妻子挺开心，赶忙把尿壶拿过来。平躺在床上我实在尿不出来，越尿不出来越心烦气躁，越急越尿不出来。多次尝试之后没能成功，妻子、姐夫、陪护三个人又把我侧翻身，头下垫上我的睡裤，背后用被子靠着，我不用担心会翻倒，做好了持久战的准备。

　　闭上眼睛，我平复自己烦躁的情绪，开始冥想高山流水。想象自己游玩在群山秀峰之间，放松自己的心情。慢慢地，慢慢地，尿液像山缝里的渗水，滴答滴答，出来了。滴答滴答，滴滴答答，间歇性地出来。我仍旧闭着眼睛冥想，妻子也听到尿液出来，刚要说话，被我打断。这个时候不能说话，准确地说不能有声响，一有声响，尿液就会被打断。从准备就绪开始排尿，到排尿结束足足用了十分钟，虽然耗时长，总算试尿成功。妻子去倒尿的时候顺带告诉了护士，排尿成功！护士也为我高兴，我很感激这个主管护士，人很热情。自我入院以来，一直对我照顾有加，有一次投票选服务最好的标兵，我投了我的责任护士一票。最终她评上了标兵护士，我也为她高兴，她的工作得到了大家的认可。我病房的病号和陪护都喜欢她，说她工作负责，对待病号热情，有耐心。

　　11月11日，俗称"光棍节"。不得不佩服马云，本来11月11日只是一个平常的日子，再平常不过了。就是马云的淘宝，把它变成了光棍节。看着11月11日也挺形象，四个一，也像四个棍子，一一排开，不就是光棍嘛。这一天如果是在往年，也许我也会赶赶时髦，去网上逛一逛淘宝，捡个便宜。现在躺在病床上浑身疼痛，靠止疼药来缓解痛苦，根本没心思过这个节日。止疼药的药效现在也维持不了四个小时，我也不再按照四个小时吃一片的规定，疼痛难忍时就吃。

　　上午输液时会好点，液体消炎止痛还能维持一上午。早饭能不吃止疼药就不吃止疼药，知道上午肯定要输液，液体就能缓解

二、千盼万盼入院去　换来无救凉心底

疼痛。现在身上的疼痛由原来的双手、双臂蔓延到整个后背，背如针扎，钻心般疼。身上发木、发麻，腿脚也开始发木，说不出的一种难受，自己也不知道是疼？是木？是痒？反正就是浑身难受，不能触碰我的床。哪怕是轻轻碰一下，对我来讲就是地震，感觉浑身扎满了针。碰床一下，好比把浑身扎满的针往我身体里拍一样，我疼得想尖叫。整天整夜躺在病床上，无法枕枕头，也从来没再戴眼镜，看东西模糊，躺得我晕晕乎乎。那种感觉像是脚被拴着，倒挂在树上一样，实在头晕难忍时就让妻子给我侧翻身歇一会儿。

妻子看着我的病情逐步恶化是急在眼里，疼在心里。趁我上午输液的时间她又去找了鲁一医生，把我目前的状况给他做了详细反馈。按常理是手术之后一个月再进行放疗化疗，化疗放疗对身体伤害很大。用牺牲身体的代价来杀死癌细胞，所以得让病人手术之后得到充分恢复才能进行。我的情况特殊，肿瘤长在了脊柱里。这种肿瘤还碰不得，一旦触碰就开始疯长，压迫神经元。很小的肿块危害巨大，真是秤砣小，压千斤，它会把脖子以下的神经都给你压坏。就目前的情形来看，手术拆线之后就得马上转科。一旦神经被彻底压坏，即使肿瘤得到控制，手臂神经也无法恢复，最后成为废手。

妻子告诉他，外科医生说手术后十二天可以拆线。也就是 11 月 16 日拆线，最后决定 11 月 16 日拆线之后立马转肿瘤科。达成约定之后，妻子并没有直接回病房，而是去了支具室。支具室是专门为病人量身定做支具，帮助病人弥补某方面功能的缺陷。我做的是颈椎手术，刀口较长，要想学习坐立和站立，必须戴上专门定做的颈托。这样可以把颈椎脖子固定住，不会扭伤颈椎。妻子把我的情况向医生做了详细交代之后，医生随同妻子一起回病房，量我的身体数据，两天后制作好，到时医生过来试戴。

现在吃饭已经成了一种负担，本来我脾胃消化就不好，整天躺在床上不运动，消化更差。每逢饭点都要头疼吃什么饭，陪护按惯例去帮我买的排骨面条，仍不忘买份菠菜。只是我没胃口，也不饿，午饭只吃了一点点。下午药效一过，浑身疼痛难忍，只好再吃止疼药。天天吃药，顿顿吃药，吃过止疼药，还有通便灵，吃完通便灵还有医生开的其他药。感觉一天到晚就是药，嘴里本来就没胃口，天天吃药吃的都是苦味。

下午换了换口味，吃了一个橘子。我挺喜欢吃橘子，只是家人总说橘子上火，怕大便干结，不让吃。医生说天天输氯化钾液体会很疼，吃橘子也可以补钾，想吃就吃吧。每天父亲还是准时从家里赶过来，尽管在医院里他也帮不上什么忙，偶尔也会迷路，每天都是焦急而无奈的表情。看着我走出手术室的喜悦，又回到难受无救的痛苦。妻子也曾和家人说起去见鲁一医生的情景，说有办法治疗，但看着我的病情一天天恶化，父亲总觉得心里没底。

恐怕有救的办法也就妻子和我相信，她坚信我肯定有救，跑遍各大医院，最后鲁一医生说有救，这就是救命稻草。现在她是我的天，她说什么就是什么，她说我有救，我想我肯定有救，她不会骗我。每天傍晚父亲的离开，都是依依不舍，尤其我的病情逐步恶化，一天一个样子。他害怕，害怕我明天会变得更加痛苦，他更怕这一走也许就是见到我的最后一面。晚上他依旧噩梦

二、千盼万盼入院去　换来无救凉心底

连连，躺在家里的床上翻来覆去睡不着。他很想留在医院守着我，可守着我也没用，医生都没有办法，看着我痛苦，他只会更加难受。所以无论他怎么要求，我都坚决拒绝，不让他留在医院。

晚上照常侧身排便，只是现在的夜晚又回到了不眠之夜。依旧脊背疼痛，难以入睡，心烦气躁，浑身不自在，直冒虚汗。再吃止疼片后也没什么效果，医生给我注射了一支镇静剂，我才安然入睡。我睡着之后，妻子坐在我旁边借着昏暗的灯光写下来这么一段话：

> 亲爱的老公，我好想抱着你，搂着你，想抱着你回家。回家带孩子一起看电视，一起旅游，一起爬山……只要你喜欢的，我都会陪你去做，只要能在一起。
>
> 老公，咱们从 10 月 28 日开始就没在一张床上睡觉了。今天是 11 月 11 日，已经有十个晚上没有睡在一起了。躺在一起的感觉真好，我搂着你，你搂着我，好温暖好温暖。你总是说我手脚冰凉，我就喜欢用冰凉的手脚放在你身上，让你帮我暖热。老公，现在已经冬天了，我的手脚又冰凉了，好想放在你的身上，让你帮我暖热。
>
> 亲爱的老公，我好爱你，好爱好爱你，你就是我的一切。我喜欢把脸贴在你的胸脯，感受你的体温，那样能让我感受到你就是我的山。你就是我的天，喜欢你抚摸我的秀发，喜欢做你的小女人。老公，期待着你早点

好起来，带着我，咱们一起回家。咱们一起去你想去的地方，哪怕天涯海角，我都会陪着你，直到地老天荒，直到海枯石烂……

　　　　　　　　　　你的妞儿

　　11月12日，醒来的第一件事就是吃止疼片，浑身疼啊，针扎似的疼。右手又回到了不能伸缩的程度，疼痛难忍。我只好把右手平放在床上，也只有这个姿势会感觉相对好受一点，我也不敢再看也不敢想象右手会不会肌肉萎缩更厉害。上次看的时候，手掌肌肉萎缩出一个坑。手背两指骨头之间也塌陷出沟壑，虎口位置只剩下两层皮。现在会是什么样子，连我自己都不忍心再看，看不到的时候心里会想着没那么糟。左手也开始疼痛、麻木，无法完全伸展开来。这种感觉太熟悉了，也太可怕了。这都是右手以前经历过的，右手的今天，就是左手的明天，越想越可怕。估计用不了几天，两只手都会瘫痪。妻子在旁边依旧忙碌着，为我洗手，喂我吃饭、喝水，今天我没让擦右手，右手疼得厉害不能碰，又只能握着、伸不直，强行掰开洗的话会感觉疼痛，就只让擦洗了一下左手。

　　妻子是我的爱人，更是我的朋友、知己，有什么话都可以给她讲。有时她也故意不做妻子的身份，用调皮的口吻叫我浩铭哥。我好想回到我们相识的时候，再用单车带着她，她在后面抱着我的腰，甜蜜地叫我浩铭哥。我得意地回复："浩铭哥带你去玩，想去哪里，浩铭哥就带你去哪里。"那辆单车载出了我们的爱情，不羡慕宝马奔驰，只求单车上的甜蜜。现在这对我来讲，成了奢望,成了梦想。也许这辈子都没机会再骑着单车,带上我的妞儿去我们想去的地方了。

我一个眼神,她就能读懂我要说什么。她看出了我的烦躁,看出了我的担忧,边喂我吃香蕉边安慰我:"老公,没事的,不要想太多了,我不会离开你。即使你的右手瘫痪,即使你的左手不会动弹,我都会一直陪着你。我就是你的双手,你想要什么我给你拿什么;我也是你的双脚,等你可以起床我背你去想去的地方。"听到这些,我默默落泪,妻子用手帮我擦了擦眼泪,把她的脸贴在我的脸上。她想告诉我,她会一直陪伴着我。人生有太多的不可预料,人的生命真脆弱。昨天生龙活虎的我,今天躺在病床上不能动弹,吃喝拉撒都要有人伺候,深感无奈。妻子的不离不弃,妻子的不断鼓励是我一直坚持活下去的动力。

输上液体后,妻子交代陪护看着液体,她又去找鲁一医生谈能不能提前转科。右手从疼痛到发麻,以及最后的不能伸缩,也就短短十多天时间。现在左手出现同样的情况,用不了几天也是无法动弹。太可怕了,必须得提前转科控制肿瘤。上午输完液体的时候,医生把支具给我送了过来,姐夫连忙打电话把妻子叫回来。支具只能是坐立时佩戴,平躺在床上的时候必须摘下来,要不硌得慌。医生又不能在身边一直陪护,必须得教会陪护人员如何佩戴。支具是由两块板子组成,背部放一块,胸前放一块,用胶带粘住,这样就可以把颈椎固定住。板子一直到腰部,整个上半身都要覆盖,上面顶到下巴,像一个乌龟壳。

姐夫、妻子、陪护帮我翻身,医生帮我佩戴支具。在帮我佩戴支具的时候我才发现,这位医生只有一只胳膊。看到她的样子我鼻子酸酸的，也许她也是经历了人生的不幸，才去学医，去帮助更多的不幸者。她的动作很娴熟，尽管只有一只手，但丝毫不影响做事。边佩戴边指导，背后的夹板放到什么位置，才能让翻回来时头部正好在模具里。胸前的夹板要如何放，放在什么位置，胶带要粘到何种程度。胸前的支具要顶到下巴，胶带要给下巴留出多少空间，才不至于被顶得难受。她很快就给我佩戴完毕，佩戴好之后，在医生的指引下，妻子抱着我试着坐了起来。这是我手术之后第一次从病床上坐起来。虽然戴着支具，虽然还要妻子抱着，但我还是坐了起来，这让我感到兴奋。我让陪护帮我戴上眼镜，躺在病床之后就没再戴过眼镜。现在坐了起来，我要戴上眼镜好好看看这个病房。看看这个环境，看看姐夫帮我买的墨竹。眼睛还是重影，戴上眼镜之后我需要闭上一只眼睛才能看清眼前的事物。墨竹依旧那么翠绿，病房如故。样子还是我搬进来时的样子，只是里床的病号换了，以前的病号出院了，又有新的病号搬进来。我在想，哪一天我能从这间病房走出去呢？又看了看邻床的病号，他还是我的老病友，他看到我在看他，冲着我笑呢。他时而清醒时而迷糊，也许他现在是清醒的，平时没见过我起床，看到我起床感觉新奇。也许是看到我佩戴支具的样子可笑，我也冲他笑了笑。为自己能坐起来高兴，也为他的不断清醒感到高兴。我只是坐起来短短的一分钟，可能一分钟都没到，即使扶着我也支撑不住。平躺下之后，医生边演示边指导，先松哪根胶带，再松哪根胶带，我感觉像松绑一样。解支具比戴支具容易得多，松开之后，支具医生就去忙她的事情。感觉她的工作挺忙，佩戴支具的过程中还要接电话。

二、千盼万盼入院去 换来无救凉心底

中午父亲过来时，捎来了母亲在家里包的饺子。整天待在医院也没什么好吃的，母亲就专程包了饺子让父亲捎带过来，我数了数，吃了九个。听说我上午试戴支具，坐了起来，父亲也挺开心，仿佛看到了我走下病床的样子。下午两点钟的时候我出现尿无力的现象，其实尿无力也不是现在才出现的，手术前已经有尿等待、尿无力、尿间歇、排尿困难的现象。手术后拔过尿管排尿更是困难，只是还能排出来，尽管排尿时间更长。今天出现的尿无力，是用尽力气也尿不出来，我正常饮食、正常喝水，明明知道肚里有尿，可就是尿不出来。我焦躁不安，直冒虚汗。实在不行了，才让妻子把护士叫了过来，护士给了三个解决方案：一是用热毛巾敷在小腹上，我也不知什么原理，大概是通过热量加大肚子里的压强把尿给挤出来；二就是用温水滴在龟头上，引导其产生尿意；三是身体侧翻，采用侧翻体位排尿。如果这三个方法能让我正常排尿就没事，如果还是排不出来只好再插尿管。再插尿管就意味着疼痛，意味着排尿功能的退化，甚至消失！

妻子按照护士的吩咐打来开水，把毛巾泡热，拧干水，在自己脸上感受下温度。现在我的身体麻木，灵敏度差，感知到的温度和正常人不同，她确保温度合适再放到我小腹上。我感到肚子暖暖的。毛巾温度降低时，妻子再用水泡热，反复在小腹上热敷。试了几次之后，才把尿壶拿过来，采用侧翻身的体位，酝酿了好久，还是尿不出来。没办法，只能尝试在龟头上滴水，就这样滴了一滴又一滴，滴了一滴又一滴。我还是轻轻地闭上眼睛，冥想自己排尿的样子，自己也不知道冥想了多久，总算有了尿意。就让妻子先暂停。滴答，滴答……慢慢排了出来。虽然尿流不成柱，尿量不多，但也算排出来了。这对我来讲就是排尿成功，意味着暂时不用再插尿管了。

夜间最让我痛苦的除了浑身疼痛就是排尿困难。白天已经开始排尿困难，费了九牛二虎之力，才算排出一点，我清楚自己费了多大的气力。晚上疼痛难忍睡不着的时候就想排尿，一直有种没把尿液排尽的感觉，只有把尿液排干净才能睡得着。半夜醒来把旁边的妻子叫醒，她太累了，整天没日没夜地忙碌。精神高度紧张，谁也不知道下一刻我还会出现什么不好的状况。我让她把尿壶给我放好之后就别管了，排尿对我来讲，现在已经不是"闪击战"，而是"持久战"。连我自己都不知道需要多长时间才能把尿液排出来，就让她躺下等着，排完之后再叫她。

我又开始在床上酝酿冥想，什么高山流水，什么小桥溪水已没什么作用。握紧双拳，使出浑身力气，这不像是在排尿，准确地说是在挤尿。像泉水一样，需要巨大的压力才能冒出水来，虚汗直冒，终于尿出一点。天快亮的时候，还想再排尿，可无论如何用力，到最后也没再挤出来。虚汗把被单浸湿了，筋疲力尽。终于熬到了天亮，我告诉妻子自己无论如何用力，也排不出尿液，妻子把护士找来说明情况。护士建议还是老办法，如果再不行的话，只能再插尿管。妻子连忙去准备开水、毛巾，尝试着做最后的努力。在她看来，也许是晚上我浑身疼痛加上心烦气躁，才没能尿出来。何况晚上也没做滴水引尿，也许现在再做滴水引尿就可以尿出来呢。这次准备了两块毛巾，一块贴在小腹上热敷，一块同时滴水引流，整整努力了半个小时，我尝试了四次，最后还是以失败告终，一滴尿液都没能挤出来。

我焦躁不安，心急如焚，妻子也为我担忧，只是嘴上还是一直安慰我放松。可我真的尽力了，浑身直冒虚汗，床单被子已浸湿，还是尿不出来。陪护买来的玉米粥，我一口也喝不进去，尿不出来太难受了。明明知道膀胱里有尿液，也憋得慌，就是尿不出来。我在想尿液排不出来是不是因为躺着的原因，如果能够站起来或者坐起来，借助重力作用或许能把尿液排出来，我想戴上支具站起来！支具只试戴了一次，还是支具医生帮忙戴的，我身边的人都不敢操作，这可不是小事，一旦操作失误，谁也担当不起。

终于等到医生上班的时间，妻子过去找支具医生。说明我的情况之后，医生把手里的工作放下，直接过来给我佩戴支具。佩戴完毕之后，我让妻子把我抱起来。在我起身的那一刹那，我感觉到双腿无力，头脑发晕，这时才意识到我想要站起来只是一个奢望。平躺在床上的时候，腿脚伸缩是没有问题的，可要支撑身体站起来是不可能的。这是我第一次真正体会到手术后身体的虚弱。我还是坚持要求坐起来，妻子把我扶起来之后在我身后放上一条厚被子做支撑，然后在旁边扶着我，唯恐我摔倒。

正在这时，我四位姑姑过来看我。我的病床是病房内的第一张床，进门就可以看到，她们进门之后朝我这边瞅了一眼，然后继续往里面走。也许我躺在病床上多日，满头蓬发，加上现在身上穿着"铠甲"，猛一眼还真的认不出来。我最先看到小姑，就叫了一声，她们立刻把头转向了我，我看到了她们吃惊又痛心的表情。她们是听到我病重的消息赶过来看我的，年轻人说病重能有多重？但她们万万没想到我已经病重到完全认不出来的地步。

小姑的眼泪在眼眶里打转："孩儿，你这是咋了？"是啊，她们确实感到很意外，很不可思议。说实话，我自己都没有想到我会成这个样子。

上次见面是10月12日，在亲戚家的一桩喜事上，大家都还在场，那时的我看起来还是正常的。其实那时我右臂已经开始疼痛，只是没太在意，更没想过是肿瘤引起的。短短一个月，也就短短一个月，我从正常人变成徘徊在死亡线上的病人。无法起身，无法排尿，浑身疼痛，能坚持到几时还是未知数。我一直在与病魔抗争，我穿上了"铠甲"，我是勇士，我已经可以坐起来了。尽管需要靠着被子，尽管需要有人在旁边搀扶，可比起一直躺在病床上来说，又进步多了。我安慰姑姑们："没事，现在好多了，这不都能坐起来了。手术后一直没能坐起来，现在好多了，就是身上戴着支具看着有点吓人。它只是板子，用来固定颈椎不被扭伤的，手术还没恢复，只能先依靠支具坐立。"

只是我把一切想象得太过美好。原本是想通过坐立的重力作用排尿，可坐起来之后握紧拳头，使出浑身力气，最终还是没能尿出来。妻子在旁边为我擦额头上的汗珠，我最后的希望，最后的努力，还是失败了，一滴尿也没挤出来！我垂头丧气，体力已经撑不住了，嘴里喘着粗气，只好让妻子把我平放回床上。尿管拔掉后的两天，最终宣布排尿失败，无奈之下只能再次插上尿管。来插尿管的是还那位标兵护士，看到她我的心里多了一点安慰。她对工作认真负责，尤其对我这个重病号又是格外照顾。按照她的提示，放松、吸气，剧疼一下之后，尿管就插了进去，打开阀门，尿液随着尿管"奔腾不息"，整整排出来大半尿袋。我

二、千盼万盼入院去 换来无救凉心底

91

长舒一口气,舒坦许多。尿不出来的滋味太痛苦了,尽管插着尿管很难受,可比起尿不出来要强太多太多了。

邻床的病号基本恢复意识,哥哥搀扶着他在病房和走廊来回走动。他的手术安排在下周,预计十天之后可以出院,我真心羡慕他,也祝福他早日康复。有时躺在病床上我会胡思乱想,自己还不如是胳膊腿摔断呢。胳膊腿摔断的话现在都已经恢复了,可如今自己还是躺在病床上无法动弹。妻子吃过饭之后就去找鲁一医生沟通病情,以我目前的状况,怕是等不到十二天后刀口拆线再转科。病情恶化速度超出预期,商量之后便决定今天转科,好早点控制肿瘤。现在的问题就是找目前的主治医生看看能不能拆线,刀口拆线属于外科,肿瘤科负责不了。妻子连忙联系主治医生拆线,必须得转科,等不及了!

主治医生跟着妻子一起走进病房,撕开纱布检查刀口,刀口愈合得不错。医生告诉我要拆线,我自己还在纳闷:"不是说好十二天才拆线的嘛,怎么才九天就拆线了?"医生说:"刀口愈合得不错,今天要转到另一个科室,所以需要拆线。"我就像刀俎上的鱼肉,被侧翻身之后开始拆线。反正伤口在背后看不到,随便他怎么摆弄吧。拆线很快,只听见剪刀剪断绳子的声音,"嘣,嘣,嘣"几下就完事了。不知道是拆线本来不疼,还是脊背的神经已经感受不到拆线的疼痛。拆过线之后医生又重新包扎了一下,嘱咐我多躺着休息,不要扭到颈椎,随后又拔去了氧气管。后来我才知道,并不是刀口完全愈合达到了拆线的标准,而是妻子看到我的病情支撑不住,大胆做了决定,强行拆线转科。

下午的主要任务就是转科。转科是一件大事,不说两张陪护床，满床的铺盖、衣服，以及朋友亲戚看望我时拿来的礼品。光我无法动弹，从这栋大楼，推着病床转移到另一栋大楼，再从这张病床转移到另一张病床就是一项浩大的工程。更艰难的是转科前要做磁共振检查，以前身体可以活动时做磁共振检查不是难事，现在浑身疼痛不能动弹，再做磁共振检查就需要几个人平托着把我抬上检查台。住院前体重也就116斤，这一个月折腾下来，估计只剩100斤了。但是做过手术之后身体必须保持在一个水平面，离开病床到另一个水平面，不是两三个人能完成的工作。妻子决定转科时就给岳父打了电话，让他下午过来帮忙。这一时刻，我特别没有安全感。

住院时间长，和病号及家属都熟悉，大家都是弱势群体，相互之间都会帮忙。我向邻床的陪护大哥请求在我做磁共振时抬我一把，他爽快答应了。他也看到了我病情的恶化，今日转科意味着这个科室无能为力，不是好的征兆，能帮一把都要帮一把。岳父、大叔下午早早赶了过来。父亲每天都会过来，就像在医院上班一样，上午准时过来，下午忙完再回去。约好磁共振时间后，开始准备启程，陪护床、衣服、杂物都先留在病房，所有的人都先护送我去做磁共振检查。由于我现在无法动弹，专门找来了移动病床推到病房门口，众人将我连同身下躺的被褥一起移到移动病床上。姐夫和邻床大哥托着我的头部和肩部，岳父和大叔托住我的腰和臀部，妻子和陪护抬着我的双腿。同时用力，让我整个身体保持在同一水平面，缓缓移动。

从病房的病床抬起那一刹那，浑身疼痛难忍如针扎一般，我不由自主地发出"啊"的疼痛声。他们把速度控制得更慢，轻抬

二、千盼万盼入院去 换来无救凉心底

轻放，比抬易碎品还小心。离开病床时我感觉自己没有了依靠，没有了安全感，提心吊胆，大气都不敢喘。我怕，我怕途中会把我掉在地上。待他们轻轻地把我放到了移动病床上，躺到床上的那一刻，我才找到了平安着陆的感觉。我拜托邻床大哥把我安全送到下一个科室再回来，接下来还要移动三次，他冲我笑了笑，陪我们一起向磁共振室走去。

病床在走廊里缓缓移动，上一次"走"出病房是去做手术，这一次出去又将面临什么，我真的没去考虑。求生的欲望告诉我，一切都要去争取，哪怕只有一丝的希望。走廊上的病号陪护也会打量我，我能觉察到那种同情而又叹息的眼神。病床随着电梯下楼，外面的天阴沉沉的。也许是到了冬天，阴冷是永恒的主题，也许老天爷也在为我的病情感到难受。妻子一直走在我一眼就能看到的位置，看到她我就感到安心。

怕寒风吹到我，出门前给我戴上她的帽子，帽子外又盖上一件外套，捂得严严实实，只露了一张脸在外面。她时不时帮我拉拉被子，看看被子是否盖严实，姐夫、姐姐、妹妹、妹夫、父亲、岳父、大叔、陪护，还有邻床大哥，都围在我的病床左右。我感觉这场面更像守护战车上战场打仗，其实我也是在打仗，我是在和病魔做斗争。我不会畏惧，更不会选择退缩，我会积极地抗争，我会看到胜利。有这么多亲人朋友和我并肩作战，我没有理由失败，我也不可能失败。从病房到磁共振室的路程依旧那么熟悉，路并不长，只是身体的剧痛经不起震动。哪怕路面不平引起的细微的震动，我都会感到针扎般的疼痛。病床移动得很慢，走到磁共振室门口时，鲁一医生已经等候多时。

这是我第一次近距离看到他的容貌，三十来岁，戴着眼镜，挺斯文，有种学者风范。第一次见到他就感觉挺亲近，有种似曾相识的感觉，也许这就是缘分吧。他从被子下把我的右手拿出来，问我还想不想打篮球，我说我以前是乒乓球高手，不打篮球。他很自信地告诉我，过一段时间就可以像以前一样打乒乓球了。他的眼神是那么的自信，语气是那么的坚定。我示意地"点"头，我想我肯定可以治好，妻子说鲁一医生可以把我治好，我相信妻子。他又把我父亲和姐夫叫到一旁，讲述我的情况。还说他去年遇到一个和我一样的病号，是位女孩，和我年龄相仿。肿瘤长到了胸部，压住了气管，当时情形也很危险。但后来做了手术，在他的治疗下，化疗放疗后最终痊愈，现在已经上班。所以对我的病情很有信心，请他们放心。父亲和姐夫听到后，心里增添许多希望。他们一直盼望我有救，一直在寻找治疗方法，只是一直没有找到，现在听说有治疗的方法当然高兴。只是别的医生都说无救，现在还没看到效果，心里仍是半信半疑，但也期盼可以迎来转机。

我被推到磁共振室门口，磁共振室不允许佩戴金属物件，抬我的亲人朋友把身上的皮带、眼镜、钥匙、手表等金属物件全部摘掉。还是原先的布局，姐夫和邻床大哥负责头部和肩部，岳父和大叔负责腰部和臀部，妻子和陪护负责腿部，父亲和其他的人负责拿衣服和刚摘下来的金属物件。连同被褥和我一同托起，我忍着疼痛被抬到检查台上。这一次做的是增强磁共振，需要握紧右手，手臂上注射液体。我说右手已经不能伸缩，血管明显，可以直接注射。头部盖好"头盔"后，身体就随着监测仪器被缓缓向里推去。

耳边又响起了"当当当"的声音,听到这个声音时,我身上冒了一下冷汗,心想:"坏了,没有给我塞耳棉,耳膜会不会被震坏?"现在再让医生停下来已是不可能,做磁共振检查时身体不让动弹,现在即使想动弹我的身体也动弹不了,这可怎么办呢。右臂"残废",左臂疼痛,浑身难受,现在又要损害耳膜,以后耳朵听不见声音怎么办呢?越想越害怕,越害怕越急躁,越急躁感觉敲木杠的声音越响亮。正在焦躁时突然想起初中学习的物理知识,遇到巨响时通过捂住耳朵或者张开嘴巴,有效平衡内外压强可以有效保护耳膜。我立刻把嘴巴张开。这一次做磁共振检查我没有再闭上眼睛,人在极度恐惧害怕时,反而不会闭眼,敲木杠的声响也会中断。中断时我会自己发声和自己说话,试试耳朵还能不能听到声音。身体随着仪器被推进推出,我躺在里面是心急如焚,想着怎么还没结束。可惜机器不会按照我的想法停下来,这一次磁共振检查足足花了一个小时。颈椎、胸椎、腰椎,也就是做了全身磁共振增强检查。敲木杠声音终于停了下来,我被缓缓推出,工作人员说了一声:"好了,家人可以进来了。"

终于熬到检查结束,盼这一声盼了整整一个小时,我又对自己说了两句话,还好,耳膜没有坏,还可以听到自己说的话。我长舒一口气,这一场战役宣布胜利。

三、山重水复疑无路　柳暗花明又一村

我被抬回移动病床，随着电梯上了东区六楼肿瘤科。被安排在 59 床，59 床在转弯走道里面的病房。由于转弯走道狭窄，移动病床无法推进病房，只能在转弯处停下来，陪护人员只能托起，把我抬进病房。由于 59 床左侧靠墙，妻子和陪护提前进屋把床外移，给左侧腾出足够空间站人，这才把我抬到床上。折腾了一天，浑身难受。神经外科的床单还在身底压着，实在不愿意再被折腾，只能改日再抽出来送过去。把我安排妥当之后，才让邻床大哥回去，家人和陪护也跟着回原来的病房收拾东西。

就这样，11 月 13 日傍晚，我住进了肿瘤科。

刚住进肿瘤科，就上"大刑"，主任召集医生们过来会诊，说要做腰穿手术。我平躺在床上，能看到的只有头顶那块天花板，听到他们在我旁边小声商讨着，看不到他们的脸。研讨结束，只听到一位女医生说："不要动，打一针麻针，做一个腰穿手术。"紧接着腰部一阵疼痛，我知道麻针打进去了，接下来她用胳膊压住我的腰，"噌"地一下，一根钢针穿进了腰部的骨头里，穿进骨头的声音可以清晰地听到，然后"噌"地一下拽了出来。

日后提起这件事，我说即使当时不打麻针也不会感到疼痛，肿瘤压迫神经的疼痛已是让我浑身疼痛难忍，再做个腰穿无非也是这么痛。

护士过来扎液体，鲁一医生交代护士拿片吗啡。其衍生物盐酸吗啡是临床上常用的麻醉剂，有极强的镇痛作用，多用于创伤、手术、烧伤等引起的剧痛；也用于心肌梗死引起的心绞痛，还可作为镇痛、镇咳和止泻剂。吗啡的二乙酸酯又被称为海洛因，但其最大缺点是易成瘾。这使得长期吸食者无论从身体上还是心理上都会对吗啡产生严重的依赖性，造成严重的毒物癖，从而对自身和社会均造成极大的危害。

适应病症：

1. 镇痛：短期用于其他镇痛药无效的急性剧痛。如手术、创伤、烧伤的剧烈疼痛；晚期癌症病人的三阶梯止痛。

2. 心肌梗死：用于血压正常的心肌梗死患者，有镇静和减轻心脏负荷的作用，缓解恐惧情绪。

3. 心源性哮喘：暂时缓解肺水肿症状。

4. 麻醉和手术前给药：使病人安静并进入嗜睡状态。

我是属于其他镇痛药无效的急性剧痛。吗啡片效果挺好，服下半个小时之后，身上疼痛感明显减轻。吗啡片属于毒品的一种，剂量把控严格，我的情况特殊，医生特意交代护士，如果身体疼痛难忍时可以再给吗啡片。用鲁一医生的原话——先治住疼再说！我被疼痛吓怕了，前面吃的止疼片效果也就维持三四个小时。夜里十点左右我让妻子找护士又取了一片吗啡备着，不过身体没再感觉疼痛，一直没有再吃。

这一晚睡了整整六个小时，这是从住院前身上疼痛开始到现在睡得最长最好的一个晚上。第二天醒来我精神抖擞，好久没有睡过这么舒服的觉，这一觉真的睡透了。晚上 12 点时开始不让进水进食，明天一大早护士要过来抽血检查。到了一个陌生的环境，一切都需要重新开始，我还挺想念原来的护士，也许是时间长了熟悉的缘故，总感觉原来的护士护理更到位，更有安全感。现在到了陌生的环境，一切都是那么陌生，加上我现在病情这么严重，护士也不懂得体贴，更加重了我的不安。

"59 床李浩铭抽血。"这种不带任何语气的喊话，让我感觉冷冰冰的。天还未亮，护士就过来抽血，妻子连忙起床，把陪护叫醒，将我的病床往外移出。这个病床左侧靠墙，右臂神经压迫严重，通血不畅，只能从左臂上抽血。病床移出之后，妻子协助护士把我的左臂从被窝里轻轻拿出来。她知道我的胳膊疼痛厉害，护士不了解实情，怕护士的动作不够温柔，操作时让我更加痛苦。护士用绷带绷紧上臂，在我胳膊肘内侧用酒精球消毒，我用力握紧拳头，疼痛一下之后针头扎进去了。护士轻轻地把绷带解开，抽满一支，接着抽下一支，紧接着再抽下一支，总共抽了四管血样。

抽完之后，"砰"的一声，护士关灯出去。抽血是夜班护士的工作，要赶在白班早会前完工，所以天不亮就要起床工作。护士走后，妻子让我再睡一会儿，我一直没再睡着，在感受这个新的环境。这间病房是一间小病房，只摆放了三张病床。由于病房空间小，三张病床并不是平行摆放。除了我这张病床靠墙之外，另外两张病床是垂直于我的病床平行摆放，病友们都还在休息。我头部的位置靠近窗户，窗外是一所小学。以后我就要在这间病房做持久的抗战，陌生的环境，前程未卜，以后能不能真正好

三、山重水复疑无路　柳暗花明又一村

转，我也不知道，只能看自己的造化。

　　医生过来上班，还未去办公室就直接过来查看我的情况，询问晚上有没有疼痛？昨晚休息得好不好？用手摸了摸我的下巴两侧，然后用力按了按，力度挺大。我明显感觉到疼痛，也感觉到不对劲，好像下巴两侧长有疙瘩，以前并没有。医生只是摸了摸，说今天上午专治我这种病的美罗华能到，药一到就马上输药。现在是在和肿瘤赛跑，要赶在肿瘤大面积扩散前控制住。美罗华(利妥昔单抗)是全球第一个被批准用于临床治疗非霍奇金淋巴瘤(NHL)的单克隆抗体。经中国食品药品监督管理局(SFDA)批准，美罗华可用于：联合 CHOP 方案 8 个疗程治疗侵袭性(弥漫大 B 细胞)淋巴瘤、联合 CVP 方案 8 个疗程一线治疗惰性(滤泡性)淋巴瘤治疗复发或化疗耐药的惰性 B 细胞性非霍奇金淋巴瘤。我属于弥漫大 B 细胞淋巴瘤，按照正常理论评估，美罗华可以将我的肿瘤控制住，我一直都在期盼更好的结果。我不想这么年轻就倒在病床上，我还有好多好多的愿望等着去实现。

　　早上八点半排尿的时候，妻子发现尿管里有絮状物，心里挺害怕。这又是不好的征兆，她赶快向医生反映情况。晨会结束后，医生直接来我的病房："昨天的磁共振检查结果出来了，肿瘤细胞已经开始扩散，原来病灶只在颈椎，现在下巴一侧也有占位。只是从片子上面看，手术之后肿瘤没再压迫尿路神经，可以把尿管拔掉。"听说又要拔尿管，我对医生苦笑了一下。尿不出来的滋味我是深有体会，昨天刚插上，今天又要拔掉，拔除之后尿不出来咋办？不是还得再次插尿管，太痛苦了。尿管里产生絮状物是因为长时间插尿管，尿路出现炎症导致的。尽管我一再苦笑，不想拔除尿管，医生还是一再坚持。最后我只好无奈地妥协,上午约九点半,尿管再次拔除。

上午开始输美罗华,护士过来做准备工作。美罗华比较特别,需要专门的监测仪器——输液泵,用输液泵控制滴速,精确到每一分钟滴多少滴液体。护士很小心地将输液泵固定在输液架上,让输液管从输液泵中间通过,固定好之后又在我肛门里塞了半片药片,说是防止药物过敏,又打了一针防过敏呕吐恶心的针剂。医生过来交代输液过程中可能遇到的状况,输液过程中病人会出现昏迷,化疗药会对身体有严重的损伤,建议在身体里埋上PICC管,专门作为化疗输药用。家人总感觉往身体里插管子很恐怖,体内插管子对身体肯定不好,还不如多受点罪,每次输液时扎针,就没让埋管。

化疗药通过留置针输到体内,留置针可以在身上保留三天,这样可以减少扎针次数。其实用不用留置针真的无所谓,我已经习惯了每天扎针,习惯了每天扎针的痛苦。美罗华输上五分钟之后,我开始迷糊、浑身乏力,迷迷糊糊就睡着了。妻子在旁边时刻盯着滴速仪,一旦发现异常马上叫医生,中间也按医生嘱咐,定时检查体温是否正常。

我睡着之后做了一个梦,梦里来到了武侠时代,布衣神相赖布衣身受重伤,正躺在铺有稻草的石床上被同道好友医治。突然死敌闯入,同道好友为掩护赖布衣的安全,和敌人拼杀起来。几个回合之后败下阵来,被对手一掌打倒在远处的墙脚。对方眼露凶光,看到赖布衣躺在石床上无法动弹,残忍地一笑,然后纵身一跃,向赖布衣飞去。这一掌下去怕是生命不保,眼看着这一掌向赖布衣击去,距离越来越近,铁掌已经到达赖布衣的脸前。说时迟,那时快,只见那赖布衣双眼猛然睁开,使出浑身力气,用

三、山重水复疑无路　柳暗花明又一村

食指和中指点向敌人的眉心。对方万万没有想到,也来不及回防,眉心被猛击一下受了重伤,摸不清虚实,灰溜溜地逃跑了。

我猛地一下睁开双眼,梦境依稀记得,这是我入院前看的一部电影的情节。醒来之后满头大汗,妻子正在为我擦汗,看到我的反应,意识到我可能做噩梦了。我把梦境叙述了一遍,她听了之后不断地鼓励我,赖布衣能大难不死,我也可以挺过来的。中午陪护买来了我平时最爱吃的西红柿鸡蛋盖浇饭,现在我一直处于半昏迷状态,妻子用勺子喂到我的嘴里,我都没有力气吃,迷迷糊糊吃了两口又睡着了。

说是睡着是因为我一直处于昏迷状态,乏力,睁不开眼。眼睛是闭着的,心却一直感觉是明朗的,可以通过心来看事物,嘴里还在不断地说胡话。中间还绑了仪器,身上和手心一直在冒虚汗,我让妻子给我抓痒。她认为我在昏迷中说胡话,还一直问我哪里痒,挠哪里。手指之间的缝隙痒,自己闭着眼也不知怎么描述,让挠自己的"蹼"。鸭和鹅的脚掌上面有蹼,可以游泳,我也是"蹼"的位置痒。睁不开眼睛,也动弹不得,就一直要求挠自己的蹼。她好像领会了我的意思,帮我挠痒,挠过之后问还痒不痒。我要求她把十根手指缝隙之间都挠了一遍。

下午两点钟时,我睡醒了,液体也输完了。我不知道什么时候护士已经拔了液体,睁开眼睛时看到妻子正趴在床头看着我。也许是输液过程中的昏迷不醒把她也吓了一跳。我神志不清的情况在以往还没遇到过,虽然医生输液前也说过可能会出现这种情形,但她还是被吓到了。她不知道神志不清是福是祸,一直注视着我醒来。我醒来之后,她迫不及待地问我知不知道在输液的过程中说了什么话。我把脑海中说过的话又重复了一遍,大部分都吻合，她才松了一口气。知道是药物的反应，我内心是清醒的。知道中午我没吃饭，问我想吃什么，去给我准备吃的东西，我现在没胃口，什么也吃不下。输了几瓶液体，肚子感觉胀胀的，想排尿，尿管已经拔出，只能先试着用尿壶排尿。试了几次，只是感觉憋得慌，就是尿不出来。用毛巾给龟头上滴水引尿还是引不出来，有尿意，仍旧尿不出来，又把医生叫过来，护士给我打了一针利尿剂。继续尝试排尿，最终还是以失败告终。我心里又开始焦躁起来，每次焦躁浑身都会直冒虚汗。直到下午六点，尿管再次插上，一口气排出500毫升，顿时舒坦很多。又回到了插尿管的日子，需要定时排尿，记录尿量。这一天没有排大便，刚到一个陌生的环境，又连续折腾两天，浑身也没力气，就想着第二天再排。

晚上并没有早早睡觉，前一天晚上睡眠充分，白天输液时又睡了一会儿，不算困。病房里也不知聊什么，气氛总是那么沉重，这里的气氛更是沉重。整个房间静悄悄的，后来我才知道，这个肿瘤科是专门的癌症科，住的全是癌症病号，怪不得气氛这么沉重。病号之间或者陪护之间聊天说话内容也无非问下家住哪里，哪里得的病而已。都是不好的病，不能问得太仔细，再说话就是问家里几个孩子，都做什么工作等等。在这间房子里，只有我的床热闹。妻子在我精神好的时候会尽量陪我多说话让我感受到温暖、看到希望，姐夫也会问我出院之后都想干什么；妹妹妹夫时常来看我，总会带一大堆好吃的，不管我吃不吃得下都要带好吃的；陪护也会在网上搜索一些励志演讲之类的视频让我看，一是打发无聊，二是增强我的斗志。

印象最深的就是新东方英语创始人俞敏洪老师的演讲，讲述

三、山重水复疑无路　柳暗花明又一村

自己的创业历程。最艰苦的阶段,自己贴的海报被别人撕掉,自己还受到了人身攻击,痛苦万分,心灰意冷。创业太难,真的想放弃了,可当自己决定放弃的那一刻,突然电话铃响了。电话那头传来学生的声音,声音依旧是那么清脆,充满了对知识的渴望。学生问老师:"今晚还上课吗,现在上课的时间到了,老师怎么没来?"听到这个电话后,俞敏洪用坚定的语气告诉学生:"今晚上课,我马上就到!"俞敏洪老师擦了擦眼泪,夹着书本就向教室走去,他对自己说——不是我不想放弃,只是我别无选择!这句话一直激励着我,是啊,俞敏洪老师都别无选择,我呢,我有选择吗?如果说我有选择,那就是选择活下来!

病房显得格外宁静,能清晰地听到病号和陪护熟睡的声音。57床躺着一位老人,七十岁左右,哮喘声从未间断。他儿子在旁边小声叫着父亲,怕打扰到别人休息,听哮喘声感觉病情挺严重,他的陪护也进进出出,可能是去医生办公室反馈病情吧。深夜的时候发生了一件让我意想不到的事情,他的两个陪护把他抱走了。他哮喘得厉害,为什么要把他抱走呢?在医院都哮喘得这么厉害,回去怎么办?我一直在想这个问题,最后带着这个疑问进入了梦乡。

11月15日,这是转到肿瘤科的第三天。昨晚的情形在我的脑海里重复浮现,和我爷爷临终前的情形很相似,我还疑惑地想着在医院都这么严重,回去岂不是无救?越想越害怕,这让我感到了恐惧。

上午鲁一医生过来查房的时候,我问了他一句话,也是我自己一直疑惑的问题。我问他我是不是癌症,这句话把他问愣住了,他双眼看着我,一下子没有回过神儿来。我想他可能也没想到我会问他这个问题。他或许以为我是知道自己的实际病情的。他停顿了一下,他似乎意识到我根本不知道自己的实际病情,他瞟了一眼站在床边的妻子,似乎从妻子的眼睛里读懂了什么。又转向我,语气坚定地回答:"你不是癌症,你这是恶性肿瘤!"(后来我才知道,原来恶性肿瘤就是癌症)妻子在一旁也帮忙解释:"没有治的才是癌症,你这属于有治,不是癌症!"听到这句话,我心里平静了许多,初中的生物就学过癌症,谈癌色变,癌症意味着死亡,还好我不是癌症。

我从昨天第一次用化疗药就开始忙碌起来。每天除了输液之外,还有吃不完的口服药、通便灵、养正消积胶囊。最难吃的就是醋酸泼尼松片,这种药片是激素药,为了减小化疗后的副作用。药片很小,不过每天要吃 20 片,苦不堪言,难以下咽。躺着吃药本来就下咽困难,何况我还无法枕枕头。平躺在床上,经常都是一粒药片喝几次水才能咽下去,一旦咽不下去,药片就会贴在舌头上或者粘在喉咙里,苦味直接渗透到心里。每天这 20 片药能把我吃得恶心,可没办法,只能皱着眉头咽下去。醋酸泼尼松片我一般会选择在早上吃,早上喝稀饭,用稀饭吃药比用水吃药相对容易。通便灵放在输完液体后吃,养正消积胶囊放在下午吃。其实我也想一次吃完的,只是药物放到一起吃得太多,对脾胃伤害大。本来脾胃消化能力就差,再者这药透心"苦",我一次根本吃不完,只好分开吃。一天时间就在输液和吃药中度过。

上午输液的时候,双臂也有短时间剧烈的疼痛,只是相比转科前好了一些。输的药也能止住疼,就没再吃吗啡片。身上的麻木感也有所减轻,左手依旧疼痛,只是握力增强。右手还是伸缩

三、山重水复疑无路 柳暗花明又一村

困难，蜷在被窝里不愿活动。抓痒挠鼻这些简单的动作，还是由左手完成。陪护看着液体的时候，妻子就会去医生办公室和医生讨论下一步的治疗方案。妻子和医生会谈论很多，比如就我目前的状况需要化疗几个周期，化疗过程中会出现什么状况，遇到出现的状况应该如何应对。右手神经压迫的问题该如何解决恢复，能不能恢复，能恢复到何种程度。鲁一医生很热心，就这些问题一一做了详细解答，并积极帮忙联系相关的医生。

今天下午有一项艰巨的工程，化疗第一周期需要在脊柱里注射药品，身体必须蜷起来才能进行。注射药品需要外科室的医生协助完成，我躺在病床上无法动弹。虽然也时常侧翻身移动压床部位，但是要把身体蜷起来还是不可能，总感觉蜷起来会把脊柱压断。和医生商量之后，讨论得出的最后结论是：做脊柱注射液体手术时戴上支具，这样捆绑牢之后，无论怎样蜷身体，颈椎和脊柱都是一条线，不会扭伤颈椎。虽然试戴过两次，支具医生也现场指导示范，妻子和姐夫、陪护还是不敢独立给我试戴，生怕操作不好。下午的小手术还得提前和支具医生预约。

下午做手术的医生按照预约时间到了现场，支具医生紧接着也赶了过来。手术需要一段时间，妻子和陪护立马把我的病床移出，平时习惯左侧翻身，医生也正好在正手位操作手术。这样病床移出来之后，妻子可以站在病床的左侧扶住我不至于翻倒。支具医生当着妻子和陪护的面帮我试戴支具，边示范边指导。戴上支具确实安全很多，尽管支具会夹得身体难受，前后胶带粘得很紧，头部后面正好放在支具里面，固定得严严实实。左侧翻之后，把折叠好的睡裤放在头下，正好让头部和颈椎脊柱在一条水平线上，这样一个人就可以把我扶好。

医生开始消毒，让除病号之外的闲杂人等全部在病房外等候，妻子留在了病房，她扶着我放心。医生准备完毕之后开始抱着我往床边拖，拖我并不难，体重很轻，一个人就可以把我抱起。只是手术之后身体移动必须在同一水平面，头部颈椎脊柱必须在一条直线上，所以每次移动都要三四个人协助。现在是戴上了支具，上身完全被固定牢，随便你怎么折腾，颈椎都不会扭伤。医生几下就把我整个身体移到了床边上，要给脊柱里注射药品，必须得让我的身体缩成一团。我是一点力气都使不上，医生抱着我的腿往里面缩，尽量把我的身体蜷成一个圆弧，脊背尽量往外拱，这样才能把脊椎骨头之间的缝隙撑开，方便注射液体。

医生用力给我蜷了三次，测试注射药物的部位，但还是不行。医生让妻子压住我的身体，再次用力拱了拱，体位基本摆放到位。这种姿势蜷得我很难受，本来身体虚，没法弯曲，这么大强度的弯曲，不难受才怪。医生也意识到我的难受，边操作边陪我说话，分散我的注意力，说马上就好了。马上就好？还没开始操作呢，怎么可能马上就好，一听就是骗人的话。只是医生好心，怕我坚持不住，说了一句善意的谎言。医生在我的后背，精确地讲是尾椎上面开始用指甲按，在脊柱两块骨头之间用力按。他需要把两块骨头的连接处用指甲按出缝隙，这样才能把针穿进去，按得确实很疼。医生边按边鼓励我："再坚持一会儿，快好了。"骨缝终于按开了，医生在后背开始注射麻药。穿针也是手术，属于小手术。麻药注射之后，医生开始穿针，尽管注射了麻药，穿针时的疼痛还是令我皱眉咬牙，可以清晰感觉到针从骨缝穿进脊柱。穿进之后开始抽出一部分脊髓液，然后再注射进药液，这样可以使内外压强平衡，再者注射药液的原因就是防止癌

三、山重水复疑无路　柳暗花明又一村

细胞侵蚀大脑。终于注射完毕，我也松了一口气，又挺过一场战役。别看这虽然属于手术，不过医生倒是没感觉累。反倒是我，既没体力，又一直弯曲过度，真是累得够呛。

注射过药液之后需要在床上平躺六个小时，不能枕枕头，让头部和脊柱在同一水平面以保持压强平衡。这个倒是没什么，不注射液体，我也枕不得枕头，就还像平时那样一直平躺在床上。

今天已经是转科之后第三天，从转科的那天起，就没再排大便。排大便是一件痛苦的事情，但是长时间不排的话后面会更难排，今天晚上必须要排大便。按照医生嘱咐，平躺过六个小时之后就开始做准备排大便，妻子和陪护需要重新把床移出来给左侧留出站人的空间，以便侧身时扶住我。每天吃饭、侧身，到排大便都要把床重新移出来，有时一天需要移动四五次。妻子闲时和我开玩笑还说起，她的臂力比以前强了很多，每天抬床，我的病情恢复得怎样不说，这臂力是练上去了。

今天我想戴上支具排大便，这样把我固定好之后，侧身时一个人扶住我就可以。解支具容易，把粘带解开就可以，戴支具对妻子来讲确实还是个挑战。支具医生给我佩戴支具时看着挺简单，可真要自己操作才意识到确实不是件容易的事情。姐夫、妻子、陪护三个人配合把我侧翻之后，妻子把后背的支具放在我的身下，按照头部的位置对齐，然后再把我平放回去。躺在支具上面感觉不舒服，没有摆放到位，又把我再次侧翻。翻的幅度更大，把支具尽量往左侧身下推，推好之后再次尝试身体是否平躺到位。如此三四次之后，身体终于稳稳地平躺在支具里面。之后再把胸前的支具压在肚子上，按照医生指导的步骤，先扣哪根胶带，再扣哪根胶带。刚开始扣的时候都留有余量，等两侧平衡对称之后，再扣紧。扣好之后用一根手指伸入支具里面，摸了摸下巴和支具之间的缝隙，看是不是顶得下巴难受。几次尝试之后才完全粘好。

父亲这一天一直没走，非要等我完成所有的任务之后再离开。他就站在左侧扶住我，妻子把尿垫铺到我的身下，又去护士站借来四扇屏风。我这张床特殊，左侧靠墙，没有帘子，另外两张病床都是垂直我这张病床平行放置。我是左侧翻，屁股正好对着人家多不好，每次排便都要找来屏风遮挡一下。陪护在一旁拿着开塞露，还是按照惯例打开三支开塞露，挤进去之后，肚子里开始翻滚，只是感觉不明显。没有翻江倒海般的剧烈感，一直没有到憋不住的程度。妻子在后面一直捂着，有足足五分钟，我打算尝试一下。松开手之后，开塞露液体全部流了出来，大便随着开塞露出来一点点，硬硬的。我开始用力排便，手握病床左侧围栏，肚子憋足了劲儿，感觉要把胶带挣断一样，可还是排不出来。无奈之下让妻子继续塞开塞露，第四支、第五支、第六支，肚子里再次翻腾起来。约莫有把握排出来的时候我让妻子松开了手，开塞露再次泄出，大便还是出来一点点。我又使出浑身力气，浑身直冒虚汗，还是排不出来，感觉大便到了肛门口，就是排不出来，肚子里憋得难受。让陪护把尿管打开，平时排大便时也会排尿，在想是不是没开尿管的原因，打开尿管之后排出50毫升尿液。再次用力，大便还是排不出来，痛苦得直喘粗气，像是农民工不间断地从事了一天重负荷劳动一样。

妻子帮我擦了擦额头上的汗，安慰我放松、放松。休息过之后，我又再次用力尝试，还是没能排出来。太累了，太痛苦了，太难受了。肚子憋得胀胀的，就是排不出来，急得我汗珠直流。

三、山重水复疑无路　柳暗花明又一村

妻子只好去叫护士过来灌肠，晚上的值班护士少，病号多，护士还在忙着给病号输液，输完液过来灌肠。五分钟过去了，护士没有来，侧身回不去，大便排不出来，进退两难的境地，憋得好难受。十分钟过去了，护士还没忙完，我让妻子又去催了一下护士。护士还在忙，说一会儿就过来。十五分钟过去了，护士还没到，我实在憋得难受，让妻子再次去找护士。妻子走的时候没有关门，老远我就听到护士不耐烦的口气："知道了，知道了，不是说了忙完就过去嘛，不用再催了。"两分钟后护士拿着灌肠的液体走了进来，边走边唠叨："一直催，没看到还没忙完嘛。"我连忙用祈求的语气给护士解释："不是想一直催你，用了六支开塞露，尝试了几次，半个多小时都没能排出来，这才不得已去叫你灌肠。"看到我的情景，听了我的解释，护士没再说什么。是啊，我也被人催过，也知道被人催的滋味让人心烦。要是开塞露能排出大便，我也不愿意选择灌肠，最后也是实在没办法了，才让护士过来灌肠。

灌肠已经尝试过两次，流程对我来讲并不陌生，灌进去之后并没有在外科灌肠的那种憋不住想一泻千里的感觉。慢慢地，慢慢地，翻江倒海的感觉越来越强烈。感觉实在憋不住时让妻子松开了手，大便随着灌肠液体一起流出，只是没能一泻千里。让我自己有点意外，怎么和以前灌肠不一样啊？大便排出一些，并没有一下排完，用力之后感觉还是排便困难。问护士用的什么药品灌肠的，怎么和外科用的灌肠药不同，有没有外科用的那种灌肠药。护士回答这个科室都是用甘露醇灌肠的，让我再试着用力，灌肠之后肠道里的粪便会被不同程度地稀释，自己用力可以试着排出来。每排出一点，妻子都用卫生纸帮我抓掉，生怕大便压到我的身下。足足一个半小时，筋疲力尽，肚子里感觉空空的，应该排完了，自己也没有了力气。妻子帮我收拾完毕之后，又盛来温水，用毛巾把我身体擦洗干净，防止细菌感染尿管。

现在我一个人用了三个盆子，一个盆子放排大便时擦洗的毛巾，一个盆子做尿护用，一个盆子放洗脸用的毛巾。妻子都会小心翼翼收好，买的时候分开颜色，防止搞混。排大便不是好"差事"，让别人扶着我，我自己也感觉别扭，父亲每天都是在我排完大便之后回去，就像上下班一样。我什么时候排完大便，他什么时候下班，卸下支具，我筋疲力尽，平躺在床上之后就睡着了。

睡得早，夜里三点半醒了，醒来之后感觉疲惫感消除许多，便把睡在旁边陪护床上的妻子叫醒给我削苹果吃。我是最不愿意醒了之后还躺在床上的，平时在家里睡觉，只要一醒来就得起床。躺得时间久了，起来后会感觉头晕头疼。有时自己也和自己开玩笑，我天生不是享福的命。现在我是无法动弹起床，醒来之后也不愿意再睡，只好把陪护人员折腾起来。其他病号和陪护还在梦乡，妻子小心翼翼地起床打开我的床头灯，不至于影响到别人。吃过半个苹果之后让妻子继续去睡觉，我躺在床上发呆，后来迷迷糊糊又睡着了，再次醒来的时候已经早上六点钟。

每天时间都被安排得满满的。早上六点五十陪护去外面买饭，七点二十开始吃饭。吃过饭后吃药，赶在八点十五护士过来输液前把药吃完。每天早饭吃得早的另一个原因就是脾胃消化不好，天天躺在床上更是消化困难，吃得晚的话中午不饿。上午输液时感觉左胳膊疼痛，这种疼痛和以前肿瘤压迫手臂的疼痛不同，何况肿瘤也没压迫左臂。当时最严重的时候也只是压迫到左手疼痛发木，更严重的话才能影响到左胳膊，胳膊疼得有点蹊

三、山重水复疑无路　柳暗花明又一村

111

跷。一大早妻子就在医生办公室门口等散会，散会之后没让医生忙自己的手头工作，直接拉到我病床前。

医生拿起我的左胳膊仔细看了看，说不是肿瘤的原因，应该是前天输化疗药损伤了皮肤导致的，可以在左臂疼痛处贴一些土豆片缓解。陪护立马下楼去超市买土豆，回来切成薄薄的土豆片往我左臂上贴，贴得满满的。这一次化疗没能埋PICC管给我的左臂留下了永远的痛，化疗药物腐蚀性太强，强得让你无法想象。怪不得赵本山和范伟演小品提起"化疗"时，范伟直接抽过去了。化疗药直接把我左臂内侧的血管烧坏了，皮肤变黑，活像没有烧完的木材，肉摸起来是硬邦邦的。这种烧伤以后也不可能再恢复，真的太可怕太恐怖了。没碰到火，只是输液，居然能把体内血管烧焦，下次化疗前绝对要提前埋PICC管。后来遇到新来的病友时，我都建议埋PICC管，免得再像我一样留下遗憾。

肿瘤压迫神经的疼痛感减轻，也使我的精神状态好转。不过肌肉的萎缩、功能的退化又显得格外明显。医生过来查房的时候要求手术后十五天内坐起来，我没听错吧？我没听错，确实是要求十五天之内坐起来。11月4日做的手术，今天11月16日，距离半个月也只有三天期限，从病床上坐起来，自己感觉不太现实。以我目前的体力，排大便都排不出来，怎么能够坐起来？医生还是一再坚持，要不功能会退化得更严重。躺在床上的时候要训练自己勾腿、勾脚、平蹬，活动自己的手腕，练习手指伸缩，最好再买一个橡胶球锻炼自己的握力。

上午输液的时候，我自己躺在病床上开始试着勾腿、勾脚，妻子让陪护看着液体，自己去商店帮我买橡胶球。其实去买橡胶球的事本可以让陪护过去买的，但妻子总怕别人办得不够好，感觉稍微有一点点对我重要的事情都要亲力亲为，专门去体育器材室买的体育专用。我看着妻子对我充满了信心的样子，可拿在手里，我怎么用力也握不动。这个是针对成人锻炼握力用的器材，以我现在的体力根本握不了，但我还是很感动，我感受到了妻子沉甸甸的爱。

下午我做了一件了不起的事情，那就是尝试坐起来。躺在病床上已经二十来天，从手术算起也有十二天了。十二天来我只能平躺在病床上，无法枕枕头，躺得我头晕目眩，一直有种被拴住脚，倒吊在树上的感觉。也只有侧身翻的时候，能够好受一点点，坐起来？我早就想坐起来了！我甚至想站起来！我还想走路，我还想跑步，我还想重返赛场……现在我要试着坐起来。妻子和姐夫把床移动出来，全副武装。妻子帮我穿上"铠甲"，有了上一次独立穿"铠甲"的经验，这一次穿比上一次更熟练。我浑身无力，妻子在旁边看护着我，陪护在床尾开始把床往上摇。直到今天我才知道原来床头还可以起动，其实每一张病床都可以起动床头，只是我只能平躺，没有起动的必要。这一刻，我要重新改写过去，床头缓缓启动，缓缓地，缓缓地，十度、十五度、二十度、三十度，"停！"我叫了一声，陪护立马停止摇动。

我感觉我的身体在向下滑动，很累，需要中途休息一下。妻子把眼镜递给我，这是我搬入这个病房后第一次看清病房的样子。虽然眼睛还是重影，但不影响看的清晰度，屋子亮堂，墙壁洁白，看到了病房里的病友。58 床是位七十来岁的老人，老伴一直伺候着他。白天女儿也会过来探望，偶尔也会见到儿子过来；57 床换了新的病号，年龄六十岁左右，爱好养花。今天他们看到我坐了起来，也很意外，准确地讲是我把头抬了起来，他们可以

三、山重水复疑无路　柳暗花明又一村

113

清楚地看到我的样子。我来这个屋子的时候是被平抬着进来的，肯定病得不轻。这个科是癌症科，来这个科室的病号都是不好的病，何况我还是被抬着进来的。一直躺在病床上没坐起来过，只是听着声音年轻。他们一定也好奇躺在这个病床上的人长的什么样子，今天他们终于看到了我的样子。我看到他们脸上的表情很复杂，有吃惊，吃惊的原因大概是没有想到我坐了起来。更没想到我这么年轻就躺在了这里，现在还满身"盔甲"，靠着支具固定才能抬起头来。也有惋惜，在我眼里，估计在他们眼里也是这么想的。癌症都是七老八十的人，或者五六十岁的人才会得的病。我居然这么年轻，还没到三十岁就躺在这里。躺在这里的病号基本都是被判定死刑的，只是看自己的造化，早一天或晚一天执行的事。

"可以坐起来了。"57床的陪护很会说话，然后就开始唠起家常，做什么工作？姊妹有几个等。短暂的休息之后，我想大胆尝试，就是提升高度，继续坐直。三十度身体就开始下滑，必须床尾放上物品或者坐人来阻止我身体下滑。姐姐在我的脚旁边挡上一箱营养快线，正好塞满脚和床尾的空间。陪护继续转动把手，床头在慢慢升起，三十五度、四十度、四十五度……六十度，"停，停！"再次被我叫停，自己感觉腰部支撑不住，腿部有被压弯的感觉，体力也只能支撑到六十度的高度，只坚持了五分钟就让他们把我平放回去。

躺平之后解下"铠甲"，身上穿着"铠甲"确实不舒服，硌得难受。躺在床上，激动的心久久不能平静，我今天终于坐起来了，这是我手术后第一次坐起来，住院之后我经历了许多第一次：第一次躺病床、第一次做B超、第一次坐轮椅、第一次插尿管、第一次手术、第一次……每一个第一次都是病情在不断地恶化，今天的第一次是历史的转折，将要改写历史，预示着我的病情将会越来越好，我看到了希望，我对自己充满了信心，我给自己打气，我不会倒在这里。

晚上没特别的情况，八点钟是准时排便的时间。冬天八点钟，病号和陪护都已经吃过饭躺下，选择这个时候排便对别人影响较小。有时想想自己都感觉好笑，别人都是有感觉了才去排便，我是指定排便时间，想什么时候排便就什么时候排便。我再也不敢隔几天排一次了，用开塞露都不管用，灌肠的滋味太痛苦了，还是老老实实每天坚持排便吧。"铠甲"、屏风、开塞露，按照惯例排便，用了三支开塞露，这次排便还算通畅。

11月17日，早餐换了换口味，让陪护去买了一碗玉米粥、半张煎饼、一份绿豆芽，实在是吃不下大力水手的菠菜了。昨天试坐成功也给了妻子很大鼓舞，上午输上液体之后，妻子回神经外科咨询为我做手术的医生，积极备战后期的康复训练。一般来讲，脊背伤口愈合需要一个月才能做化疗。如果提前做化疗会导致刀口愈合迟缓，目前在刀口愈合与肿瘤治疗两者之间，肿瘤治疗显得更为迫切，成为问题的主要矛盾，因此只能愈合期间化疗治疗。后期刀口恢复，以及康复训练必须保持头部颈椎脊柱在一条直线上，起码需要三个月时间。脊柱不让扭伤的根本原因就是手术需要在脊柱上开槽，一旦扭裂，问题相当严重。至于后期的体能康复训练原则是动作要慢，不能猛烈，不能负重训练，更不能有拉动背部伤口肌肉的训练，重点是按摩手臂肌肉，防止进一步萎缩，其次就是请医生做专门的康复训练恢复神经功能。

早上醒来没有食欲，也许是用药的原因。化疗期间容易无食欲、恶心、呕吐，这都是化疗药的正常反应。陪护每天都会为我的吃饭问题发愁。我空闲下来就会想今天中午该吃什么饭，鸡蛋面、卤面、西红柿鸡蛋盖浇饭、腐竹盖浇饭、菜椒回锅肉、青椒炒肉、豆角炒肉……我虽然没有离开过病房，也没去过医院后面的餐馆，菜单我是倒背如流。每天所有的菜谱我都要听上三遍，可悲的是从头听到尾，还是没有想吃的饭菜。陪护接下来的工作就是出去巡逻，把街上附近的小吃再"扫荡"一遍，看有没有没吃过的"漏网之鱼"。

  电话铃声响了，姐夫帮我接通电话放在我的耳边，陪护今天发现了"新大陆"——沙县小吃。说实话，这个名字我还是第一次听说，以前根本不知道沙县小吃有什么特色，现在也不知道。陪护开始给我报菜谱，蒸饺、馄饨、各式大米套餐、海带排骨汤、乌鸡汤、鸽子汤……沙县小吃里面的菜谱又给我从头读到尾。我边听边考虑要吃什么，陪护读完之后开始给我描述沙县小吃的汤有多美、多鲜，味道有多好，说得我真有了想喝的欲望。反正没食欲，吃不下饭，就来碗汤吧。排骨汤以前在家时常吃到，乌鸡汤，提到乌鸡汤脑海里立马浮现出乌鸡白凤丸，乌鸡汤是女人补的。还是来份鸽子汤吧，以前也没喝过，尝尝味道，也换换口味。鸽子汤来喽，你别说，这味道还真是不错，鲜而不腻，很清淡的熬法，没放太多的佐料。不一会儿，我就把汤和鸽子肉吃完了，鸽子本来就小，肉少，这汤做得更舍不得放鸽子肉，吃完之后有点"汤虽尽而意未绝"的感觉，这是我第一次认识沙县小吃。

  下午没有安排输液体，继续我的康复训练。昨天可以起坐六十度，今天将要有新的突破。坐立康复训练前我躺在床上闭目养神,养精蓄锐,休息了一会儿之后开始做起坐准备。移动床位,佩戴"铠甲",我是真的勇士,身披"白金"铠甲,脚蹬营养快线,一切准备就绪后,陪护开始缓慢转动提升把手,我的头部在缓缓起升,妻子在一旁守护着我,防止我在起坐的过程中倾斜。慢慢起升,三十度、四十五度,像是飞机舱里的飞行员在调整座椅一样,六十度,到了昨天的高度,身体感觉有点累,让他们暂停休息一会儿。

57床病友朝我笑了笑,冲我竖起大拇指,告诉我——"了不得!"我自己也感觉了不得,从平躺到能够起坐,今天还要继续尝试突破昨天的高度。我也对他笑了笑,笑得很开心。只是动作不够自然,下巴被支具顶着,活动确实受限制,但这并没有影响到我们交流。按辈分我得叫他姨夫,他妻子很和蔼,也很健谈,经常和我妻子聊天谈心,我们叫她姨。她嗓门比较大,姨夫经常叫她小声点,他们两个人时常拌嘴,有时我们也开玩笑似的调和。看着他俩也挺有意思,都六十岁的人了,一辈子磕磕碰碰,这个年龄还时常争吵。不过他们之间的争吵拌嘴都是鸡毛蒜皮的小事,争吵对他们来讲也算生活的调味品,也许真有那么一天不再争吵,反而会感到孤单。

他家里是新乡市区的,离医院近,阿姨有时回家捎点好吃的也不忘给我带一份。他只有一个独生子,晚上阿姨陪护,白天儿子也会过来。我和他也算忘年之交,谈天说地,嘻嘻哈哈,从历史谈到诗词。我们的陪护都很开心,并不是对我们谈话的内容感兴趣,而是我们能忘却病痛,在一起开心聊天,有益于病情的恢复。休息片刻之后,我再次尝试挑战更高的高度,七十度、七十五度,"停!"高度越高,腰部感到的重力越大,越感到吃力,明

三、山重水复疑无路 柳暗花明又一村

显感觉到腿部在竭尽全力蹬着营养快线箱子防止腿部弯曲下滑。停顿之后,再次起升,八十度……一直到病床提到所能提的最高高度,成功了!成功了!我完完全全坐了起来!这是我坐在床上的最高高度,有种"会当凌绝顶,一览众山小"之感。整个病房尽收眼底,这时纠正了我一个错觉,我躺在病床时一直以为病床很高,直到现在我才清楚地看清病床的高度。自己坐在床边,脚尖应该可以点到地面。

妻子看到我坚强地坐了起来,也乐开了花,二十天的坚守、二十夜的煎熬、二十日的期盼,终于看到我真真正正地坐了起来。陪护在一旁为我们拍了一张合影,很久没有拍过照片了。一是对自己长相不自信很少拍照;二是生病以来,病情加剧恶化,哪还有心情拍照。在这张照片上,我清楚地看到了自己的样子,杂乱的长发,邋遢的胡子,支具固定在脸上的绷带,双目无神,和在一旁妻子的灿烂笑容形成了强烈的反差。这也许是手术后身体虚弱的缘故吧,只是病情的好转,更加坚定我活下来的信心。

我想再做一次大胆的尝试,那就是离开靠背。坐在床边,虽然是坐了起来,靠着靠背还是感觉腰累。妻子左手抱紧我的后背,右手伸到我膝盖下方,轻轻地把我向右旋转,慢慢地把腿放在床沿。由于平躺的时候都是躺在病床的中间,移过来时腿部膝盖弯曲处不在床沿。妻子抱着我又向外挪动了挪动,把膝盖弯曲处正好放在床沿上,这回舒服多了。她一刻也没敢离开我的身体,担心离开靠背之后我自己无力支撑身体,就会倾倒,她在我身旁一直护着我。我戴着支具,不能扭头,只能看到正前方视野里的东西。坐在床沿,换了一个视野,我看到床头柜上姐夫为我买的墨竹,依旧那么翠绿。即使在冬天,也没有丝毫泛黄,多么旺盛的生命力啊！这墨竹更像我，面对死神，面对疼痛，丝毫没有畏惧，丝毫没有退缩。我坚信自己可以活下来。

这一天从试坐、到体力不支躺回病床，整整坚持了一个小时。父亲、姐姐、姐夫看到我能坐起来，别提有多高兴了，都为我鼓掌。在试坐的过程中妹妹打电话来询问我的病情，一听到我可以坐起来，她立马在电话那头叫好。陪护值班现在开始轮流制，每个人都有自己的工作，我的病也不是一两天能够出院，不能总靠着一个人。妻子是"长驻军"，一天二十四小时寸步不离。陪护是每天都在，姐夫姐姐一组，妹夫妹妹一组，妻子那边的哥哥嫂子一组。每天都要来一个人，穿戴"盔甲"时两个人不够。白天又要去咨询别的科室医生，还要看液体、买饭菜，两个人也不够。这让躺在病床上的我真真切切地体会到，如果有可能，人生应该多生个孩子。当你躺在病床上不会动弹、不会吃饭、不会大小便的那一天，你会真正地意识到如果身边能多一个人，那该多好！这是无法用金钱买到的。父亲如果没有特别的事情，每天还是会来医院"上班"，直到我排完大便，才能"下班"回家。

傍晚依旧没有胃口，自己也不知想吃什么。陪护买回来的小米粥我也没喝，都让妻子帮忙解决了。晚上睡觉前感觉肚子有点饿，辛苦陪护又跑楼下买了一块面包，喝了一盒粗粮王，才饱饱地睡觉了。

11月18日，半夜醒来睡不着。现在的我就像刚出生的孩子，有时能睡到天亮，有时半夜就醒，有时白天还要继续睡觉。睡觉不规律。醒来之后就睡不着了，把睡在陪护床上的妻子叫醒。妻子每次睡觉都会把陪护床紧紧贴着我的病床摆放，以便我有动作或者发出很小的声音，她都能听到。她起来之后用开水帮我冲了

三、山重水复疑无路　柳暗花明又一村

一包椰子粉，天天吃药嘴里发苦，喝点椰子粉，体会一下甘甜的感觉。喝完之后我让她先去睡觉，我躺在病床上握了握自己的右手，疼痛感依旧存在。手指还是无法伸展，像是机器人的手，只是握手力度比前几天有些增强。医生建议活动活动手腕，我也会让胳膊肘垂直放在床上活动手腕，左手也时不时给自己的右手揉捏揉捏，缓解一下麻木感。

早上妻子给我排尿时发现尿管里再次出现絮状物，像棉絮一样，医生在查房时也查看了一下尿管里的絮状物，安排护士膀胱冲洗。一听膀胱冲洗我就心里发毛，膀胱冲洗，膀胱在里面，怎么冲洗呢？是不是又要上"大刑"啊？鲁一医生看着咧嘴的我，想必明白了我的顾虑，以开玩笑的口吻说："看把你吓的，没事，扎在尿管上，关闭尿管，往膀胱里输瓶盐水，憋一会儿，等排尿时一起排出就行。"这句话才使我把心放在肚里，护士来输液的时候"双管齐下"，一管输液，一管输盐水，两不耽误，盐水在输液结束前输完了。

输液期间我要做一项功课，那就是考虑中午吃什么饭。想起吃过沙县小吃的鸽子汤，至今还在回味儿，中午交代陪护买一份乌鸡汤，换换口味儿，现在也需要大补。57床的姨夫听到我在讲沙县小吃，他也跟着起劲儿，也想尝尝沙县小吃，陪护也顺带给他捎了一份排骨汤。沙县小吃的蒸饺我是享用不了，总感觉皮儿硬，不容易消化。主食报了一份西红柿鸡蛋烩菜套餐，好久没吃过地锅烩菜了，今天突然想起妈妈用地锅炖烩菜的味道，报了一份烩菜套餐。

今天中午饭量可以，吃了半份米饭，喝了一碗乌鸡汤。中午小眯一会儿，下午继续进行坐立训练。现在身体上的疼痛感减轻很多，精神和心情都美美哒！上午输液，下午是自由活动时间，"汤"足饭饱，精神好好。"铠甲"伺候，身穿"铠甲"，又像是登上了战场。这次陪护转动提升把手不用中间停顿，一鼓作气，直接升到最高高度。妻子小心翼翼地把我挪到床边。57床的姨夫又开始和我聊天，问我大学在哪里读的？学的是什么专业？平时都有什么爱好？谈到诗词，他也喜欢，我平时爬山游玩之后，喜欢用简短的诗句来表达自己游玩时的感受，自娱自乐。古代诗人真了不起，简单的诗句都能描绘出精美的图画。我喜欢诗词的原因就在于用最简练的语句，可以描绘出最优美的画面，给读者足够想象的空间。

我也会和他分享我自己创作的诗词，他也津津有味地倾听。有时还会给我修改一两句，改之后也许他觉得更完美，只是感觉改变了我最初的本意，所以我还是会坚持自己的观点。只是也不争论，这种乐趣在于分享，而不在于争论。每当他给我改诗词时，阿姨都会打趣他："人家浩铭是文化人，写得很有意境，你才读了几年书，就给人家改。"姨夫也不示弱："我虽然不会写诗，但会欣赏，也有自己的感受啊，我们在交流感受。"

阿姨挺喜欢和我们聊天，也挺喜欢姨夫和我们聊天。我们是晚辈，身上透露出一种朝气，总会给人希望。她知道我的病情之后，对我感到很惋惜。这么年轻就生病，也对妻子打心眼里佩服。一个小姑娘，这么年轻就要经受老公重病的折磨。她的压力是最大的，人生有太多的不可预料。谁曾想到昔日驰骋球场的小伙子，一周之后要躺在病床上与死神搏斗。谁曾想到恶性肿瘤会降临在这么年轻的小伙子身上，这个小伙子竟然是我。这些残酷的事实她都需要去面对，她也只能去面对。我的离去意味着她将

三、山重水复疑无路　柳暗花明又一村

失去老公，她将不得不再改嫁，孩子将沦为……一切的一切她都不敢想。她唯一的选择就是把我从死神手里抢回来，为此她二十四小时陪护；为此她拿着检查报告跑遍各大医院会诊；为此她临危不乱，手术之后决定强行转科化疗；为此她从来没有顾过自己的身体。她心中唯一的信念，就是让我快点好起来，我们可以一起回家，我可以骑着单车，带她去想去的地方……

她在我住院之前已经开始咳嗽，咳嗽是一件很烦人的事情，不像发烧，吃了药很快就可以退烧。咳嗽拖得时间长，咳嗽严重时还会引起肺部疼痛。但是我的病情不断恶化，医生不断强调无救，让她的精神二十四小时一直处于高度紧张的状态。除了为我想办法，根本无暇顾及其他，甚至于连自己的身体都顾不得，咳嗽和牙疼也一直没去检查治疗。医院确实不是一个好地方，尤其是肿瘤科。一个正常人整天待在这里，时间长了都会感觉自己像病人。何况她二十四小时待在这里，除了给我联系医生，从不出病房大门，整天看着走来走去的癌症病号。半夜里我经常被她的咳嗽惊醒，都快一个月了，她的咳嗽丝毫不见好转。咳嗽时都不敢用力，生怕引起肺部疼痛。听说癌症是炎症长期不断恶化导致的，这也让她开始担心，自己会不会也得了癌症，于是趁着陪护看护液体之时硬是强求我的主治医生给她开个磁共振检查。医生哭笑不得，说她只是普通的咳嗽，没必要拍片检查。妻子硬是坚持，我的主治医生拗不过，给她开了一个 CT 检查。谢天谢地，检查显示只是炎症，只是拖得时间太长，医生开了一些口服药。

58 床的病号始终没有和我说过话，也没和其他病号说过话，只是静静地躺在床上。老伴守在床头，按时喂他吃一点食物和水。他有时会和老伴简单说两句话，声音很低，可以听出他病情的严重。女儿时常送来饭食,二儿子偶尔也过来探望,他老伴偶尔会和我们聊上两句。他们的大儿子在北京工作,一年有时才回来一次。他是知道父亲病重的,无奈工作忙碌,请不了假,只好一拖再拖。老伴讲这两天老头的饭量越来越小,怕是坚持不了几天了。听到这话我心里挺不是滋味,女儿在病房给她大哥打过电话,意思就是:"咱爸看样子快不行了,尽快请假赶回来吧。"家属的心情肯定是沉重的,我们也不知道如何安慰。生怕口无遮拦再徒增伤心,就很少和他们说话,只是简单地礼貌问候。

下午的康复训练很成功,我在床上整整坐了一个小时,并且变换不同的姿势。陪护尝试用后背靠着我的后背,只是我腰部无力,时间稍微一长,就会倾斜翻倒。陪护立马向后伸出双手护住我,腰部始终无力,无法独立支撑住自己的身体。外人在一旁看着我总是弯着腰用屁股使力,我也想腰部用力,只是用不上力。

正在锻炼的时候,鲁一医生过来了,看到我可以坐起来,他也为我高兴。过两天需要进行第二期化疗,今天下午安排护士给我身体里面埋 PICC 管。PICC 管是一种经外周静脉插至上腔静脉的导管,利用 PICC 可以将药物输液注在血流量大、流速快的中心静脉中,避免患者因长期输液或输注高渗性,有刺激性药物对血管的损害,减轻因反复穿刺给患者带来的痛苦,常应用在需化疗的患者身上。

PICC 对病人"一针治疗"的优点:

1. 静脉输液全程"一针疗法"。

2. 避免反复穿刺静脉给病人造成痛苦。

3. 方便病人,对于化疗间歇期间的病人,只需每周用生理盐水封管一次,不用肝素,操作简单。

三、山重水复疑无路 柳暗花明又一村

4. 安全无威胁病人生命的并发症。

解"甲"归床，人为刀俎我为鱼肉，我又被平放到病床上。来了两名护士，开始消毒。把无菌医疗巾铺在病床上，然后把我的左胳膊放在医疗巾上，反复用碘伏棉球擦拭消毒。准备完毕之后开始打麻针穿管，一想到要把管从胳膊上穿进自己的身体，穿到胸腔，那是一件多么恐怖的事情，得穿进多长管子啊。我害怕得把头扭到另一边。麻针让我感觉疼痛，之后护士开始穿管，起初疼痛厉害，自己能感觉有管子穿进自己的胳膊。随着管子的推进，疼痛感逐渐减小，身体里隐隐约约能感到东西在游动。固定完毕之后，医生交代了一下注意事项：PICC管很细，很薄，用手一摸都会弄破，平时需要小心看护，不能被尖锐物体划到。此管只能输液、输血，其他一律禁用，更不能注射液体，否则压强的增大会导致管道在体内破裂。每七天需要换一次胳膊上粘的封膜，需要冲洗一次PICC管，严禁沾水，严禁提十斤以上的重物。

11月19日，体温正常，每三个小时都要测一次体温。重症患者免疫力低下，容易出现发烧的情况，所以要求每三个小时量一次体温，以便出现高烧及时处理。手术以来我的体温一直恒定。上午输液的时候，医生推着"高新武器"过来，每次看到"高新武器"，我心里都会毛毛的。虽说进入医院之后"十八般酷刑"都尝遍了，但我还是不想再经受更多的痛苦。这次还好只是检查，并不"上刑"，属于只打雷不下雨。前一天胳膊上埋的PICC管，需要检查一下埋得是否到位。妻子和姐夫连忙把病床移出来，病床一天到晚移进移出四五次。只见那医生把"高新武器"推到我的床前，在我的胸前晃动。我想这仪器应该可以清晰地看到PICC管在我身体里的样子，从胳膊到胸腔，自己想想都感觉恐怖。

有时躺在病床上会想一个问题：自己这辈子肯定做不了医生，别说握手术刀给病人做手术，就是给病人打针输液，自己都会心疼。平时护士打针扎针，自己都不敢看的。医生用"高新武器"在我身体上"扫荡"完毕之后说了一句话："应该没什么大问题，等报告出来之后再看。"上午输了大大小小六瓶液体，五颜六色的，第一次见到五颜六色的液体时内心也害怕，只是怕也没有用，该输还得输，还是听医生的吧。

中午头疼的问题：中午该吃什么饭，今天中午报了一份沙县小吃的馄饨，外加一份海带排骨汤。以前不喜欢吃馄饨，今天吃着觉得好像也没么难吃，也许是医院的伙食太差了吧？吃什么都没胃口，偶尔吃一次馄饨，感觉味道还不错。午休之后的坐立康复训练，对现在的我来讲就显得有点小儿科。陪护摇起床把手的时候无须停顿，直接升到最大高度。只是腰部无力，坐起来之后还需要旁边有人搀扶，陪护人员一直不敢松开我的身体。

今天坐起来之后妻子想为我洗洗脚，我心想从没下过病床，脚肯定也不脏，不用洗的。她还是执意要帮我洗，说脚上的死皮很多，床上脱落了一大片。我这才想起每天早晨护士都会过来扫床。我的床很容易打扫，身体无法移动，病床基本上不用打扫，只是打扫一下脚部位置，每天都会扫下去一片脱落的死皮。妻子专门买来洗脚盆为我洗脚，现在我一个人要用四个盆子。妻子打来开水，把手放进去试水温，等水温合适后再把我的脚泡进去。脚部神经多少也被压迫受损，温度感觉和正常人有偏差，总感觉水凉，又重新加入开水，直到我自己感觉水温合适。妻子帮我洗脚时，我有种说不出的感觉，有无奈，但更多的是感激，妻子低

三、山重水复疑无路　柳暗花明又一村

着头,轻轻地给我捏脚,不一会儿,盆里漂的到处都是我的脚皮。

印象当中妈妈给我洗脚还是儿时的记忆,长大以后都是自己洗脚,看着妻子在低头为我洗脚,我的鼻子酸酸的。想了很多,什么叫幸福?有人说有钱就是幸福,可以买别墅,可以买豪车,可以买好多自己喜欢的东西;有人说有权就是幸福,可以命令好多人为自己办事;有人说能出名就是幸福,万人追捧……是啊,这都是幸福。自己躺在病床上无法动弹时,妻子不离不弃,管我吃喝拉撒,照顾得无微不至;时时刻刻心疼我,做我的精神支柱,现在又为我洗脚,这才是最大的幸福。复杂酸涩的情绪喷涌而来,妻子为我擦干脚起身去倒洗脚水时,发现我的眼泪在眼眶里打转,妻子又把洗脚水放下,为我擦了擦眼泪。她轻轻地抱着我:"老公,没事的,我会一直陪着你,以后天天为你洗脚。你会越来越好的,等你好了之后,我们一起回家。"说完之后在额头上给我一个深深的吻。

PICC管检查报告晚上八点钟取出来,报告显示穿的管子在体内长了4厘米,护士又根据报告结果向外拔出4厘米。

11月20日,早上终于不用再吃难以下咽的醋酸泼尼松片了,前一天吃完了最后的20片,少了一项"工程",顿感轻松。上午输液期间没什么感觉,下午再次起身的时候发觉浑身无力,支撑身体困难,没能坚持一会儿就躺回去休息,和前一天判若两人。自己一直以为是前一天锻炼过度,妻子也为我担心,立马向鲁一医生说明情况。鲁一医生也不敢掉以轻心,放下手中的工作过来查看,询问我饮食吃药的情况。询问完毕之后得出结论:这种乏力是停用醋酸泼尼松片的结果。醋酸泼尼松片属于激素药,有给化疗之后的病人暂时补充体力的作用，停药两天后恢复正常。

听到这话后，妻子才松了一口气。今天体力不支，没做过多的坐立训练。妻子让陪护陪着我，自己去联系别的医生咨询我的神经压迫如何恢复。如果神经长时间遭到压迫，错过最佳治疗恢复时机，就麻烦了。多次会诊之后，讨论出来两套方案，一种是针灸刺激神经恢复。二是高压氧舱，促使神经生长。和鲁一医生商量之后，果断地排除高压氧舱治疗，高压氧舱在促使神经生长的同时也会促使肿瘤猛长。就我目前的状况，鲁一医生给我最好的方案是：每天打一针鼠神经因子，促使神经恢复，同时找针灸医生来病房针灸刺激神经恢复！妻子连忙去预约针灸医生，针灸科的病号挺多，医生每天忙得焦头烂额，都是病号自己过来针灸。并且还要排号等候，让医生来病房为我针灸有点不大现实。妻子就去找针灸科主任，说明我的病情状况，也希望医生能够抽出时间去病房为我针灸。主任被妻子的真诚和渴望感动，安排薛医生从22号开始，每天上午十一点钟来病房为我针灸。

我感觉后脑勺不舒服，憋得慌，挺害怕肿瘤向大脑转移。左胳膊皮肤因化疗"灼烧"得厉害，皮肤发黑，疼痛感加强，如针扎一般。有时真的怪怪的，身体一不舒服，感觉哪里都是毛病，真有点"破屋更遭连夜雨，漏船又遇打头风"的感觉。又把医生叫了过来，凭医生的经验判断，这种肿瘤唯一能让人安慰的就是不会向大脑转移。我后脑勺昏沉不舒服也许是因为长时间躺在床上的缘故，安排我第二天早上抽血做血常规检查。左胳膊的皮肤烧伤没有更好的治疗办法，医生开了一些中药，交代熬好之后给我热敷。陪护去取中药，找专门熬药的地方熬好药，妻子用毛巾蘸过药之后热敷在我的胳膊上，热腾腾的感觉，疼痛感有所减

三、山重水复疑无路　柳暗花明又一村

轻,敷了一次又一次,直到中药变凉。

晚上吃了一份粉浆面条,喝了一份乌鸡汤,浑身无力,也没再尝试排大便,前一天因劳累,也没尝试排大便,只好等到明日。

11月21日,休息了一个晚上,醒来之后感觉体力比昨天有劲儿。身体好受时,就不愿闲着,自己躺在病床上尝试着举右臂。用力握紧拳头,咬紧嘴唇,右臂在颤抖中摇摇晃晃地举了起来。突然想起了奥运赛场上的举重运动员,十年的训练、十年的负重、十年的期盼,带上自己的梦想,带上亲人的祝愿,在杠铃被高高举起那一刹那,所有的期盼、所有的祝愿、所有的努力都化成了泪水,喜极而泣。"成功了,成功了,我的右臂可以举起来了!"妻子被我的呐喊声惊醒,也把病友吵醒了。我的右臂终于举起来了,妻子为我高兴。我又骄傲地给妻子表演了一遍,虽然举得是那么吃力,举起的过程中也在发抖,但最终还是举了起来。只是举起之后坚持不住,立刻就会摔下来。这都不重要,重要的是我可以举起右臂了。病友也为我高兴,他们喜欢我的乐观,也佩服我的毅力,看到我一天天好转,他们也为我开心。

抽血护士按时到达,叫到我的名字时,我爽快答应,好像是去领奖而不是来给我抽血。主要是今天能把右臂举起来,太兴奋了,离"革命"成功又近了一步。妻子和陪护连忙把我的床移出来,护士看到我的左胳膊时也吓了一跳。皮肤发黑,像烧焦了一样,摸着硬硬的,忙问怎么回事,得知是被化疗药烧坏时很为我惋惜。今天抽血感觉没有上次痛,可能是今天右臂能举起来太过激动,转移了注意力吧。护士走后,我没让陪护再睡回笼觉,看到窗外蒙蒙亮就让他出去买吃的。他整天和我待在一起,对我的情况也熟悉，知道没有胃口就变着花样买，天天早上不是玉米粥就是小米粥，配着千层饼，加一份豆芽，今天必须换样，要不就别回来。

今天早晨陪护逛了一圈，终于有了新发现，在医院的后门有一家卖莲子粥的。大大的凤头壶，长长的壶嘴，看着挺个性。知道我入院以来从未吃过，立马打电话汇报，要不要来份莲子粥？名字听起来还不错，就让他买来一份尝尝。他在后门巡视了一周，还是没找到好吃的，又拐回去前门巡逻，在路对面找到一家狗不理包子。狗不理包子是天津的特色，以前上大学时也吃过，味道不错，只是外面模仿较多，不知道正宗不正宗。陪护说看样子挺正宗的，我就让他买两个尝尝，陪护看着包子的个头小就买了四个。这家狗不理包子味道确实正宗，早晨我一口气吃了三个，一个韭菜鸡蛋馅，一个香菇肉丝馅，一个包菜肉丝馅。莲子羹的味道也美，酸酸甜甜，有山楂糕、葡萄干、芝麻花生，今早的饭食挺合口味，吃得很饱。

现在早上不用再吃醋酸泼尼松片，就调整了一下药片的出场次序。养正消积胶囊安排在早上吃。养正消积胶囊属于中成药，装在胶囊里面，躺着吃药连药片都难以下咽。每次吃都要把胶囊掰开，药品倒在勺子里，倒上水搅拌之后直接喂到嘴里，苦不堪言。胶囊咽不下去，只能这样吃。上午正常输液，输液期间护士过来做尿护，顺带查看了一下尿袋上的日期，今天是插尿管的第七天。按规定尿袋只能用七天，七天之后需要重新换新的。一听到需要换新的，瞬间不高兴起来，再没有了右臂能举起来的兴奋。尿管要重新拔出，再重新插上，太痛苦了。后来才知道是尿袋只能用七天，七天之后需要换的是尿袋而不是尿管。理解错意

三、山重水复疑无路　柳暗花明又一村

思真可怕,自己吓自己。不过插尿管时间长,尽管每天都做尿护、消毒,尿管里还是有棉絮,尿道口有炎症,瘙痒厉害,每天都要往尿管里输盐水,"双管齐下"冲洗膀胱。

  输完液体之后,我就迫不及待地坐起来。自从长本事之后,能坐一会儿,我就不愿躺着。中午吃饭时也尝试坐着吃饭,这是手术之后第一次坐起来吃饭。与以往不同的是需要带着支具,靠着床背。妻子只能坐在高凳子上喂我吃饭。坐着吃饭确实比躺着吃饭舒服多了,只是戴着支具,下巴被顶得难受,嘴巴张不大,每一勺都要分两次喂。妻子小心翼翼地一勺一勺把米喂进我的嘴里。我突然意识到,以前妻子喂我吃饭的时候是半蹲着身体的,坐在小凳子上高度不够,站直了又高过了病床的高度。只能半蹲着,弯着腰,始终保持着这种难受的姿势一勺一勺喂我吃饭、吃药。吃稀饭需要两个碗,一个碗盛饭,一个碗冷饭。妻子自己先尝一口,确保温度合适,再喂进我的嘴里。旁边会事先准备一条毛巾,以便饭食沾到嘴边马上擦掉。现在终于可以坐起来吃饭了,饭食再流出来的可能性小,就是嘴巴无法张大,吃饭费力一点,不过相比躺着吃饭好很多,妻子也相对轻松一点,不用再一直弯着腰喂我吃饭。

  下午的必修课程——坐立训练,"嗖嗖嗖"病床直接摇到最高高度。只要背部不离开床背,腰部的力量可以支撑身体,就可以不用陪护搀扶。但一离开床背时,就无力支撑身体平衡。我坐累的时候就平躺下休息一会儿,休息好了再继续坐立训练。我正在训练的时候来了一位医生,年龄三十多岁,看起来资历尚浅,一直从事康复训练。一问得知工龄已有十年,够专业,主要负责心脑血管病人治疗后的康复训练。了解到我的病情之后对我的神经康复信心十足,我印象最深的一句话:"肿瘤方面只要鲁一医生能够控制住,神经康复训练包在我身上,没问题。"这句话也给了我十足的信心,神经被压迫,已经导致手术前右手不会伸缩。现在肌肉萎缩严重,难道真的可以恢复如初吗?我一直坚信自己能够好转,看到右手的样子,能恢复如初?我自己也没敢想过,只是一直期盼能好一点。既然医生都这么说,以她十年的经验,肯定是有把握的。不管日后能恢复得如何,起码听到这话心里舒坦。病号在医院除了药物的药效,恐怕作用最大的就是信心了,这话比一直讲无救好听多了。

接下来江医生就我目前的状况做康复指导,现在的主要康复任务就是防止右手肌肉继续萎缩,同时增强右手手指的灵活度。江医生边讲边演示,具体工作如下:陪护尽可能抽出更多的时间揉捏虎口位置,防止肌肉进一步萎缩,同时协助弯曲手指,增强手指灵活度。江医生又让陪护亲自操作,不符合标准的动作又做了纠正指导。

下午,58床的大儿子回来了,老父亲病入膏肓,一直在等着大儿子回来。据说老父亲住院半年了,也许他从住院的第一天开始就盼着看到大儿子。大儿子在北京工作,总说忙,请不了假。一拖再拖,整整拖了半年,拖到了父亲病入膏肓。大儿子年龄五十来岁,一看就是知识分子,戴着眼镜,拿着公文包,左手佩戴手表。大儿子一直是父母的骄傲。老母亲和我们聊天时,让她感到很自豪的是大儿子考上了大学,留在了北京工作。当年自己是多么的辛苦,为了能让孩子上学,再苦再累也没抱怨过。大儿子也争气,考上了大学,留在了北京,这一直是老母亲的骄傲。平时女儿来送饭时总和老母亲商量给大哥打电话,把大哥叫回来。

三、山重水复疑无路 柳暗花明又一村

母亲总是为大儿子辩解找理由,说大儿子忙,北京又远,回来一趟不容易。自己还能照顾老头子,硬是不让她给大儿子打电话。也是我搬入这个病房之后,老父亲病入膏肓,无法进食的时候,女儿又再次要求,母亲才给大儿子打了电话。

老母亲放下电话之后,面无表情,有一些失落,自己一直为大儿子找借口开脱。等到也许老父亲等不上再见他一面的时候才给他打了电话,他说他还是忙,尽量请假回来一趟。妹妹还在抱怨大哥,老母亲面无表情地坐在那里,一声不吭。她这一生都在盼,孩子小的时候,盼孩子赶快长大;孩子大点了,盼孩子早点上学;孩子上学了,盼孩子成绩好,将来能考上大学;孩子考上大学了,盼孩子能找到一份好工作;孩子工作稳定了,盼孩子能找位好媳妇;孩子结婚了,盼孩子能给自己生个孙子;一直都在盼。孩子终于考上了大学,留在了北京,在北京成家有了孩子,她还在盼。她在盼过年,过年不是意味着能穿件新衣服,能吃上山珍海味,过年意味着大儿子可以回家一趟。也许她和牛郎织女一样,一年就盼望见上大儿子一面。如今老头子住院了,她自己心里清楚,癌症的结局就是离开,这一天来得总是让人无法预料。自从老头子米水不进的时候,她也意识到这一天不远了。

她又在盼,盼望大儿子早日过来,她怕,她怕老头子走的那一天还等不到大儿子回来。她在盼,她在焦急地盼望。大儿子终于赶在老父亲走之前回来了。也许走到病房里的他,自己也不会想到,母亲和妹妹给他不断地打电话说父亲住院严重,催他回来,没想到今天回来了,父亲再也无法和他说话了。他轻轻地把公文背包放下,趴在父亲的耳边,深深地叫了一声"爸,儿子回来了!"躺在病床上的父亲呻吟了一声,这一声呻吟告诉他,爸已经听到了,知道你回来了。老父亲已经多日米水不进,靠营养液来维持最后一口气。父亲很想说什么,已经说不出来了,只是尽力呻吟了几声。这一声"爸"把老母亲叫哭了,终于把大儿子盼回来了,老母亲抑制不住自己的情绪哭了起来:"你爸一直没闭上眼睛,就是一直在等着看你最后一眼,要不是你一直没回来,恐怕他也闭上眼睛了。"老母亲边用衣角擦眼泪边说,大儿子也不知说什么才好,守在父亲的床前紧紧地握着父亲那只青筋迸出、骨瘦如柴的手,默默地低着头。

此时此刻他会想些什么呢,后悔自己没早点回来照顾父亲?后悔没把妻子孩子一起带回来?后悔自己当初不应该留在北京?后悔……也许此刻,他除了后悔,还是后悔。他突然想起了什么,急忙打了一个电话,他给妻子打通了电话,告诉妻子,父亲不行了,马上请假赶回来。说完之后又把电话放到父亲的耳边,让妻子和孩子给父亲说几句话,也许这是父亲最后一次听到儿媳和孙子的声音。说完之后儿子又给父亲重复了一遍,说妻子马上坐火车回来。孙子在家里很听话,在学校表现良好,成绩优秀,老师经常表扬他。躺在病床上的父亲呻吟了一声,示意已经听到了。

晚上大儿子一直在病房里陪着老父亲,时日不多了,以后想陪伴也没机会了。二儿子和女儿也都在病房陪护。二儿子说话依旧那么粗鲁,心中总有怨气。每次探望父亲总会抱怨大哥,好像父母亲眼里只有大哥。今天听他说话的语气应该是喝酒了,又吵又闹,母亲和妹妹都在吵他回去。大儿子没再催促二弟,本来二弟对他满肚子意见,再一催促,更激化矛盾。二儿子硬是不回去,大家也都不再说什么了,由着他去。十点多的时候,二儿子

三、山重水复疑无路 柳暗花明又一村

打电话过来，说是喝醉了不知怎么被关到电梯里出不来了，妹妹已被他气得没了脾气，母亲吩咐出来之后直接送他回家，别让他再来病房。妹妹回来之后，母亲说大儿子来回奔波辛苦，催促大儿子回去休息，病房里留她和妹妹陪护。大儿子执意不回去，母亲还是再三劝嘱，最后大儿子依依不舍地离开了病房。

11月22日，我一觉醒来，精神抖擞，看到58床大爷的大儿子已经在他父亲身边陪护。经过两天的休息恢复，自己感觉体力已经恢复到吃激素药时的程度。醒来之后就开始在病床上做举臂练习，每一次举臂时，我心里都在默念"冲啊，冲啊"，我一直认为我是在打仗，一直都要保持高昂的斗志，一直都是在打冲锋。右臂举起来还是坚持不了几秒，但我会一直坚持举臂，增加试举次数来增强体力。

早上吃饭依旧是躺着吃饭，吃饭之后就到了输液时间，摘戴"盔甲"也不是件轻巧的事，早上吃饭就不啰唆了。自从埋了PICC管之后，也省去了扎针之痛，每次输液只要连通在PICC管上就可以，简单方便，更重要的是无痛。现在每天头疼的是尿管里有絮状物，尿道有炎症，每天夜里阴茎瘙痒难耐，插着尿管也没法动弹。早上液体插上之后，护士就会过来做尿护，碘液刺激得龟头疼，但比痒的感觉好受一点。顺便把盐水插到尿管上"双管齐下"做膀胱冲洗，也只有膀胱冲洗之后，尿管里暂时没有絮状物，瘙痒感暂时减轻。肿瘤压迫神经的疼痛感在转科之后控制住了，现在埋管之后也不用扎针输液了，疼痛受罪的"大刑"暂时也不用上了。

为了能让我早日恢复，妻子和鲁一医生总是让我不得喘息。今天开始注射鼠神经因子，促使营养神经快速恢复。提起打针我就屁股疼、头疼、心疼，没更好的办法，受罪在所难免。妻子和陪护把我侧翻过去，护士开始用酒精球轻轻地在右屁股上擦洗消毒，我还叮嘱打针温柔点，护士看到我挺紧张，就不停地安慰我，"放松，放……松，越紧张，肌肉会绷得越紧，打针感觉越疼。"她在不断提示我放松，我还是放松不下来，针往我身上扎，能不疼吗？记得还在神经外科，护士给一老者扎针，看到老者紧张，护士安慰扎针不疼，老者不耐烦地回了一句："又不是扎树上，能不疼吗？"正在我回味这句话时，"噌"地一下针头扎进去了，疼，除了疼还是疼。心里一直在抱怨，扎进去之后还不赶快注射，还要一点一点停顿式注射，增加痛苦。针头拔出来之后我才长舒一口气，想想以后每天都要注射，好日子刚刚开始，又到头了，我心里那个苦啊！

输液的时候我也没有放松自己，一直在不停地试举右臂增强体力，累的时候就让陪护帮我扶着右手做康复训练。右手做康复训练的时候还是感觉别扭不灵活，像机器人的手，但也得坚持。只有坚持才能训练灵活，自己总感觉右手的筋短一截儿似的。中指可以伸展开来，但用了很大的力气，无名指和小指始终伸展不开。陪护会用手给我掰直，被强迫拉直的感觉有点疼。不过经过这几天的恢复，臂力有所增强，腰部也有力了，坐立的时间也比以前长了，总体情况都在越来越好。

输液结束我就迫不及待地穿上"盔甲"坐起来，其他病友和家属都习惯了我的样子。58床的大儿子看到我的样子还是吃了一惊，毕竟他以前没见过我穿上"盔甲"的样子。现在坐立起来并不费力，只要不离开靠背，我自己可以坚持15分钟。正在训练坐立的时候，病房里来了一名医生，我以为是去58床检查病情

三、山重水复疑无路　柳暗花明又一村

呢。谁知道她认识我妻子，她就是传说中的针灸医生，对，没错，手里拿着针灸家伙。看到钢针我就胆怯害怕，住院前的针灸经历还心有余悸，这是又要上大刑的前奏。薛医生说明来意，就开始准备给我试针，我连忙让陪护把我平放回去，解下"盔甲"平躺在床上。扎针我是不敢看的，薛医生边询问病情，边拿起我的右胳膊仔细看了一遍。说目前的情况可以针灸，时间不算晚，有利于神经恢复。

然后开始擦酒精消毒，消毒之后开始下针，我把头扭向左边。说是扭向左边，其实现在头部还无法扭动，只是眼瞟向左边。薛医生把我的右胳膊轻轻放平，从上臂开始往下扎，"砰"一下，肩膀位置进去一根针。我皱了一下眉头，咬了一下牙冠，只是没出声，憋着一口气。"砰、砰、砰、砰"上臂扎上四针，紧接着小臂扎上四针，扎好之后，薛医生又把我的手平放在病床上。重新擦酒精消毒。消毒完毕之后，开始在手背上扎针，"砰"地一下，虎口位置扎进一针。紧接着，食指和中指之间，中指和无名指之间，无名指和小指之间都扎上去。我一直在紧咬牙关，默默数着，十二针，薛医生收拾器具，看样子是扎针结束了。

我松了一口气，还是不敢看针扎在身上的样子，右臂平放在病床上一动也不敢动。医生去走廊溜达了一圈儿，约莫十分钟之后又走进了病房。捻了捻扎在我身上的针，捻的时候又让我咬牙切齿。感觉针又在往里面深扎，说不出的感觉，也不是疼，但很沉，每根针都捻了一遍。几分钟之后，她用酒精球按住针的根部，"噌噌噌噌"像拔草似的都拔了出来。薛医生边收拾器具边讲话："今天只是试针，以后周一到周六，每天上午十一点过来针灸，周日休息除外。"以后又得过上每天上大刑的日子了，想想每天需要注射鼠神经因子,每天上午都要针灸。我的天哪,哪一天才是星期天啊。

午饭的菜谱像出场演出一样,在脑海里过了一遍又一遍,还是想不起来吃什么好。突然想起一家店——张家米线,这家店已经经营十五年,米线是店里的特色,做法和其他店做法不同。先把米线煮好,调料和料碗分开,根据自己的口味放调料,肉也是生的,切得很薄,看起来像是透明的,放到米线汤里就熟了,味道不错。以前和一个同事去吃过一次,味道还记忆犹新,边讲边描述。57床的姨夫也听得津津有味,也想吃张家米线,阿姨又在一旁打趣他:"人家浩铭说吃什么,你也跟着吃什么,好,只要你愿意吃,想吃什么都给你买。"我让陪护买两份,调料之类的直接倒进去。57床的姨夫中午也吃了一份张家米线,汤也喝了个底朝天,阿姨挺开心,姨夫得了胃癌,平时都不怎么吃东西,今天能吃完一份米线已经算是很不错了。虽然阿姨平时和他抬杠,但把他照顾得很是周到,为了能让他吃得好,还专门跑很远的路去买他指定的那家猪蹄。

中午睡了一会儿,前一天晚上因58床的陪护多,折腾得晚,没能休息好。中午吃过饭,饱饱的,暖气暖暖的,也容易犯困,躺下来就睡着了。一觉睡到两点半,醒来之后开始做坐立训练。穿戴支具需要精确固定身体的位置,每次穿戴还是由妻子负责,陪护负责升床。经过几天的坐立训练,自己有一个强烈的渴望,就是站起来。离开病床双脚站立在地上,这种渴望在内心愈演愈激烈。今天我要做一次大胆的尝试,无论能不能站立起来,自己都要尝试一次。在床边上短暂休息之后,我开始做站立准备。妻子站在我面前,轻轻地把双手从我的腋下伸到后背,针灸医生说

三、山重水复疑无路 柳暗花明又一村

我的肩部肌肉有可能粘连，不能猛一下动作太大。妻子小心翼翼地往后背伸手，双手扣严之后，做好半蹲，保持扎马步的动作。我咬紧牙关开始用力，她用力轻轻地把我慢慢托起。我的身体在慢慢前移，重心也在慢慢下移，前脚尖点到了地面，我自己双腿开始用力。慢慢地，慢慢地，脚尖着地，脚后跟着了地，她丝毫不敢放松，等我双脚站在地面时，她还紧紧地抱着我，我终于站起来了！

　　我站起来了，我终于站起来了。双腿还在不停地颤抖，妻子紧紧地抱着我，这一刻成功的站立又是一次新的突破。这是手术之后第一次站立，也是与病魔斗争取得的新阶段的胜利。终于站起来了，尽管双腿无力，站立时还在颤抖，还需要妻子抱着。但是这一刻我感到了自己的伟大，从躺在病床上无法动弹到今天的站立，确实不容易；也感叹古人的智慧，古人在造字的时候，把一撇一捺作为"人"，简单而又寓意深刻。简单来讲，就是双脚撑着自己的身体站起来。深刻的寓意告诉人们，活在世上要做到顶天立地。我现在可以站起来了，站立很稳。稳的原因是只能做到站立，动弹不得，双腿像注满铅水一样，抬不起来，只能"稳稳"地站着。妻子站在病床旁紧紧地抱着我，不敢离开病床。一是自己双腿无力走不动，站立时还一直颤抖；二是离开病床，怕体力支撑不住时很难回到病床。

　　一分钟过去了，体力还可以坚持，两分钟过去了，感觉还可以勉强坚持。三分钟过去了，还能再坚持一会儿，还能再坚持一会儿。四分钟、四分半钟、五分钟，很累，我才又重新躺回病床。陪护轻轻地把病床放平，卸下"盔甲"，平躺在病床上的我，喘着粗气，心跳加快，好似刚参加过大强度的剧烈运动。卸下

"盔甲"，平躺在床上时才感觉到全身的放松。迷迷糊糊又睡着一会儿，养足了精神，再做一次尝试。这一次我要挑战走路，"整装戴甲"，陪护再次把床背升起。这次起来之后并没有靠着床背休息，而是直接让妻子抱我起立，起立之后我想试着走路。妻子内心有点害怕，表情有点不自然，她担心我体力支撑不住，我还是一再坚持尝试，她只好答应试试。她紧紧地抱着我，向后退了一小步，这一小步如履薄冰，一旦我体力不支坚持不住时能立刻使力把我抱住。她先迈的是左脚，以便我第一步可以先迈右脚，她站稳之后等着我开始迈步。我绷着嘴，咬紧牙，用力抬起右脚。右脚离开地面那一刹那，身体颤抖得厉害。明显感觉一只脚支撑很困难，身体前倾，向妻子肩膀倾倒，妻子增加力度把我抱紧。我迈出了第一步，新的人生第一步，显得那么吃力。紧接着开始迈第二步，用力抬起左脚，妻子用力抱紧我，走出了第二步、第三步、第四步、第五步……

我走到了床头的窗户下面，透过窗户，我看到了外面的世界。窗户外是一所小学，小朋友们在操场上踢足球、打乒乓球。躺在病床上时只知道窗外是一所小学，每天都能听到孩子们的吵闹声，今天我终于看到了学校的样子。窗外的树叶都已飘落，记得我刚入院的时候，树上还都是满满的黄叶。今天再次看到的时候已是光秃秃的树干，真是物"非"人非，心中难免产生凄凉之感。身体有些支撑不住，开始转身往床边走，我好像刚学游泳的人不敢离开岸边一样，终于回到了病床，有种凯旋的感觉。躺回病床，放松一下疲惫的身躯。今晚轮班到我妹妹妹夫，姐姐等不到妹妹过来接班，就把我可以下床走路的好消息告诉她。电话那头传来尖叫声，妹妹喜出望外，我可以下床走路，绝对是一个惊

三、山重水复疑无路　柳暗花明又一村

喜。躺回病床的我，激动的心久久不能平静，我能下床走路了，我今天可以下床走路了。这是以前想都不敢想的事情，今天实现了。

"哥，你今天可以下床走路了？"妹妹和妹夫掩饰不住内心的喜悦，傍晚过来接班，进病房第一句就惊讶地问。姐夫、姐姐和父亲傍晚才回去，今天他们是带着满满的喜悦和欣慰回去的。这一段时间他们的思想和情绪一直紧绷着，随我喜而喜，随我忧而忧。今天看到我可以下床走路，心里倍感欣慰，一个月来的付出看到了收获。晚饭时我说我想吃粉浆面条，妹妹立马下楼去买，心情好，晚上也吃得饱，足足吃了一份粉浆面条、半张杂粮饼。

刚把床放平躺回去休息，58床的陪护突然忙碌起来，进进出出，一会儿值班医生也跟着进来。并且不止一位医生跟着进来，一下子进来两三个，鲁一医生也过来了，我感觉形势有点不妙。紧接着护士们也跟着进来，戴着呼吸机等一些抢救的仪器。平时感觉鲁一医生挺随和，说说笑笑的，但是此时他在抢救病号时动作麻利，按住病号胸部实施抢救，还可以清晰听到鲁一医生用力时的喘气声。边抢救边催护士注射升压针，血压在下降，病房里的气氛异常凝重。57床的姨夫行动自如，去外面暂时回避，我躺在病床上无法动弹，妻子和妹妹妹夫，三个人也无力把我抬出病房，我只好静静地躺在病床上，屏着呼吸，大气也不敢喘，妻子站在我的旁边，摸着我的脸安慰我："没事，没事，不要害怕。"

听到58床的老伴和儿女的哭泣声，我心里毛悚悚的，说不害怕那是假话，这一场景也是人生第一次遇到。病人暂时抢救成功，靠药物维持着血压，医生说瞳孔在发散，血压一旦下降就不行了。半小时之后，监测仪器提示病危，医生匆匆赶过来做了最后的抢救。无论如何抢救，58床的病号都没再反应，监测仪器一直在长鸣。我想起了电视里面的场景，监测仪器显示的波浪线最后变成一条拉直的直线，同时长鸣，人也就走了。医生无奈地摇了摇头，相继离去。陪护们失声痛哭起来，大儿子更是嗷嗷大哭："爸，爸……我来晚了啊，我还没能好好陪你，你就走了。爸，我是个不孝子啊。爸，你受了一辈子罪还没来得及享福就走了，我对不起你啊！我对不起你啊！你儿媳妇和孙子还在路上呢，你也没看上最后一眼，爸，爸……"边哭边拍打自己的头部，他妹妹在一旁拉劝，也无法劝阻他内心的懊悔，他太难过了。从小父亲抚养他长大，供他读书，供他考大学。毕业之后还为他操心工作，工作之后还操心他娶媳妇，娶媳妇之后操心孙子……为他操的心一直没能操完。他一直想让父母去北京安享晚年，他一直想带着父母去全国各地游游转转，他一直想……他脑海里有千千万万想为父母做的事情，此刻这些事情都已成为泡影，再也无法实现。他忙于家庭，忙于事业，到最后父亲病重也无法在父亲床前尽孝，只赶上见父亲最后一面。树欲静而风不止，子欲养而亲不待，这将成为一个终生都无法弥补的遗憾。

　　我躺在病床上害怕得不敢闭上眼睛，盯着头顶的那块天花板，我害怕自己闭上眼睛之后也会离去。我狠狠地把眼睛睁大，瞪着天花板，脑海里浮现出一首歌《父亲》：

　　　　那是我小时候，
　　　　常坐在父亲肩头。
　　　　父亲是儿那登天的梯，
　　　　父亲是那拉车的牛。

三、山重水复疑无路　柳暗花明又一村

忘不了粗茶淡饭，
将我养大；
忘不了一声长叹，
半壶老酒。
那是我小时候，
常坐在父肩头。
父亲是儿那登天的梯，
父亲是那拉车的牛。
想儿是一封家书
千里写叮嘱，
盼儿归一袋闷烟
满天数星斗。
都说养儿能防老，
可山高水远他乡留；
都说养儿为防老，
可你再苦再累不张口；
儿只有亲歌一曲，
和泪唱，
愿天下父母，
平安度春秋。
……

月有阴晴圆缺，人有旦夕祸福，一切都来得那么突然，一切都不给人们考虑的时间。58床走了，没有痛苦，走得是那么的自然，走得是那么的了无牵挂。也许这一刻他是满足的，看到了孩子长大,看到孩子上大学,看到孩子工作,看到孩子结婚,看到孩子给自己生了孙子……临终前还看到了大儿子回来,他知足了。

我躺在病床上浮想联翩,除了感慨就是害怕。妻子和妹妹妹夫也是第一次碰见这样的场景,都是相互打气鼓励。要不是我躺在病床动弹不得,他们怕是早跑得无影无踪了,现在只能想无法动弹的法子。我让妹妹去外面给家里打电话"支援",再给陪护打电话去附近店里看看能不能买到红布。妻子把我的红色羽绒服从柜子里拿出来盖在我的身上,住院时还给我买了一套红色的秋衣秋裤,也拿出来给我贴身搭在了身上,妹夫连忙去护士站借来屏风遮挡一下。妻子属牛,妹夫属龙,按照农村迷信的角度来讲是大属相,避邪能量足,站在我的右侧,距离 58 床近。妹妹属相小,站在左侧,像护法的护卫一样。时间确实太晚,陪护跑了好几家店也没能买到红布,打电话问怎么办?妹妹向我请示,我让他穿件红衣服先过来。不一会儿陪护赶了过来,站在了左侧,"四大护法"全部到齐,我紧张的心渐渐安定。姐姐、姐夫、父亲、岳父、大叔也都在赶来的路上。

58 床的家属买来了寿衣,在痛哭声中给老人穿上,抬走了。人就这么走了,这让我第一次真正体会到了从未有过的恐惧。一直以来,我以为生病只要去医院就可以治好。平时也听到过死亡,但那仅仅只是听到。今天眼睁睁地看到病友在自己的旁边穿上寿衣被抬走,才意识到死亡和自己的距离竟这么近。会不会有一天,我也会这样被抬走。这时我又想起刚转科第二天看到的那位患有哮喘的老人,起初我一直不理解那么重的病情,他的陪护为什么把他抱走,现在我想通了。那是生命临终前,孩子想让老

三、山重水复疑无路 柳暗花明又一村

人死在家中，死得其"所"。

十点半的时候，姐姐、姐夫、父亲、岳父、大叔赶到了医院，援军一到，我紧张的心一下子就放松了。陪护把屏风往后面移了一下，病床拖出来，给我穿上"盔甲"，转移阵地。姐夫和大叔托着我的头部肩部，岳父和陪护托着我的腰部，妻子和妹夫抬着我的腿部，连同被褥一并托起。有支具固定身体，移动也方便，颈椎脊柱不会被扭到，他们在抬起的过程中非常小心翼翼。这是转科之后，第一次被抬起离开床面，以前被抬离床面的疼痛感还记忆犹新。抬起那一刹那我还是异常紧张，我怕疼痛难忍，抬起之后疼痛感还可以忍受，没有以前那么厉害，我稍微放松下来。他们一步一步把我从病房里抬到走廊，放到空床位上面，有的病号白天在医院输液，晚上回家休息，所以晚上走廊里能够空出床位。

57床的阿姨和姨夫也在外面的空床位上坐着，看到我被抬了出来，阿姨走到我跟前，趴在病床前小声地问了一声："刚才你一直在病房里？""是啊，刚才一直在病房里，太突然了，我又无法动弹，连转移的时间都没有。"后来又商量晚上怎么睡，反正是不回去了，就在走廊里找张空床铺睡觉。病号死在病房，病房里瘆得慌，又是大晚上。姐姐姐夫从家里来的时候带来了红布，剪下一条去病房里点燃驱驱邪，剩下的放在我的头下枕着。

家人们一直陪我到深夜，陪护床也抬了出来，放在我睡的病床旁。妻子躺在旁边陪着我，安排妥当之后，让他们回家休息，走廊里也没那么多空床位，等第二天医生过来看看怎么安排换房间。夜里58床的家属又回来一趟拿遗物，生前叫衣物，死后叫遗物。也就一刻的时间，阴阳分别，名称转换，太可怕了。这一晚睡得很晚，醒得很早。睡在走廊，很早就有阿姨打扫卫生来回经过，加上前一晚的心惊，也睡不踏实。

11月23日，太阳依旧照常升起，地球离了谁都照常转动。人生确实变化无常，生命如此脆弱！目睹了生老病死，方知人生的珍贵。58床走了，我还要继续活着，躺在走廊的病床上，吸引了众多诧异的目光。上次转科时我是傍晚转过来的，直接被抬进了病房，再也没有出来露过面。今天这个严重而又年轻的病号暴露在众多病号和陪护的目光之下，在这个病号大多都是五十岁甚至六十岁以上的癌症科室，一个不到三十岁的小伙子躺在这里，而且全身无法动弹，不得不让别人投来诧异的目光。还好我已经习惯了这种目光，从我躺在病床上无法动弹的那一天起，我就开始慢慢适应、接受这种眼光。因为我无法改变别人的眼光，自己只能去选择适应，我唯一能改变的就是保持好的心态，积极配合医生的治疗，积极配合康复训练，早日康复。

医生过来查房时，得知了58床病逝的消息，也看出了我的紧张和恐惧，一直在旁边给我打气鼓励，说生老病死在医院是很正常的现象，尤其是肿瘤科。他让我保持好心态，我的病情现在治疗效果明显，是可以治愈的，和其他病人的情况不同，不要受其他病人的影响。话是这样讲，但看到病人在自己身边去世，穿上寿衣被抬走，说不害怕那是假话，我只能努力做到乐观积极。谈到调换床铺换房间时，鲁一医生特意去查看了一下病床，专门为我挑了两个病情轻的房间。一个是23床，一个是64床。提到这两个数字时，我的脑海第一反应就是23床，23号是2和3依次增大，寓意着旭日东升，前途光明。我立马让妻子去看23床的位置，没特殊情况赶快订23床，生怕被别人抢跑。

三、山重水复疑无路　柳暗花明又一村

145

23床病房属于大病房，共有6张床位。23床是靠近房门的位置，顺次24，25，26，平行放置。对面有两张床，27床和76床，27床和76床中间墙壁上有壁挂电视，我坚定去23床，原因有二，一是23数字含义吉利，二是23床病房人多，阳气足。23床的病号下午出院，也就是说我还要在走廊病床待上大半天。鲁一医生今天来查床时专程看了看我的尿管，看过之后，露出那种苦笑的表情。接触时间长了我也喜欢和他开玩笑，年龄相仿，和兄弟俩差不多。一看到这种表情，准没好事，又不知打什么坏主意呢。我只有一个担心，就是怕他说再拔尿管。你说这人也真是的，你怕啥他偏给你来啥，他半开玩笑半当真地说了一句："尿管拔了吧，好几天了，神经压迫也该恢复了。插尿管时间长了会导致排尿功能退化，这几天尿管里一直出现絮状物也不好，拔了吧。"这句半开玩笑半当真的话语搞得我又得重新寻找东西南北了："拔掉尿管再不会排尿咋办？"我怀疑地追问。"不会的。"他的回答倒是挺坚定，最后我又在无语中被拔除了尿管。

上午父亲和母亲一块过来看我，妻子通知姐夫、岳父下午换病房，让他们准时来医院。输液照常进行，液体挂在走廊病床的输液架上。母亲一直守在我身边，母亲平时天天在家里带孩子，今天为了来看我，把孩子交到妹妹那里。母亲看到我之后并没有表现得喜出望外，虽然也听到我可以起床走路，但看到我的时候状态的确不佳。尿管被拔除之后，输液产生尿液，尝试几次无法用尿壶排出来，心情又开始变得烦躁，浑身直冒虚汗。母亲在病床旁边开始不停为我擦汗，时不时往上拉拉被子，我又扒下去。难受、热、烦躁，加盖被子更难受更烦躁。她怕我出汗着凉，不断地给我拉被子，我烦躁不安，不断地往下扒被子，实在受不了了,不耐烦地吵她不要再拉被子。额头上的汗珠直冒,她一直在为我擦汗珠,一张纸、两张纸……除了烦躁,就是冒汗,床单和被罩又被汗水浸透,还是虚汗不止。

躺在病床上是尿不出来了,我一直盼着液体输完。输完之后打算穿上"盔甲"站起来排尿。十一点的时候负责针灸的薛医生准时到达,我太难受了,根本无法平静,坚持不让针灸。盼星星,盼月亮,终于把液体输完了。妻子做好准备为我穿戴支具,母亲还一直担心,浑身是汗起床之后会不会着凉。现在憋的尿不出来,哪顾得上那么多啊,想办法尿出来再说。"盔甲"整装完毕,反穿睡衣睡裤,平时睡衣都是反穿,主要是颈椎做了手术。颈椎的位置用颈托固定,后面突出,正穿衣服的话,前面的扣子无法扣上,只好反穿睡衣,给人的感觉总是那么个性。穿好衣服之后,妻子抱我起床下地,也许人在特殊的环境下可以爆发出超人的能量。在走廊中间撒尿,始终感觉不雅观。下地之后我在妻子的搀扶下直接向59床病房的走廊拐角走去,浑身是劲儿,走出了六七步,已经超出了前一天的运动量。

妻子用肩膀扛住我的身体,我的左胳膊搭在妻子的肩膀上,右臂下垂,右胳膊神经压迫还没恢复,抬不起来。妻子低着头用尿壶帮我接尿,似乎又回到了原来的感觉,尝试了一下,还是尿不出来。我又重新轻轻闭上眼睛,放松自己。想象自己闲游在山水之间,或泛舟江上,或陶醉于琴瑟之音。慢慢地放松,继续放松,放松之后还是尿不出来。无奈之余,瞪大双眼,使尽全力,憋得虚汗直冒,还是尿不出来。不行了,不行了,身体体力实在支撑不住了,只好速回病床,太累了。最终还是没能尿出来,再次把值班医生叫过来查看。医生用手指弹了弹我的小腹,轻轻地

三、山重水复疑无路 柳暗花明又一村

拍了两下。膀胱里有尿液，不是特别满，也许是长时间插尿管的缘故，有了尿液就感觉憋得难受。医生让等一会儿再尝试一下自行排尿，长时间插尿管，尿管拔出之后尿不出来也是正常。交代护士注射了一支利尿剂，帮助排尿。

躺回病床，我依旧虚汗直冒，焦躁不安。中午什么也不想吃，没心情也没胃口。买来我平时爱吃的西红柿鸡蛋盖浇饭，饭菜喂到我嘴边时，我也只是敷衍地吃了两口。妻子很无奈，只好再次去值班室把医生叫过来。值班医生又查看了一番，说我这种焦躁不安、直冒虚汗有可能是血糖低，让护士过来抽血查看血糖。只见护士拿着一个钢笔尖似的东西在我中指上扎了一下，测试结果：血糖正常！唉，人在医院漂，怎能不挨刀，又让我白挨一"刑"。值班医生也没办法，只好给我的主治医生鲁一打电话，鲁一医生让我们等他下午过来。在我痛苦焦躁时，姐姐姐夫、岳父、大叔也都赶了过来，除了给我擦汗别无他法。鲁一医生过来之后，没去办公室，直接向我走来。我看到他，苦笑了一下，还是尿不出来。他询问了一下情况，直接去护士站查看23床是否已经办理出院手续，当得知23床出院后，直接让把我先抬到23床，再插尿管测试是不是因为拔出尿管，无法排尿的原因。

妻子轻轻地把病床向23床病房推去。23床的病房正好对着护士站，病床在护士站停了下来，护士连忙给23床换上新的被套、床单，姐姐、姐夫、岳父、大叔、妻子陪护共同用力，在病友诧异的目光下，把我从移动病床抬到了23床。

四、拨云见日层层起　风吹愁散些几许

23床，我又到了一个新的环境。房间靠南，采光好，屋里比上一个房间明亮，病友多，房间属于大房间。六位病号，虽说人多有点不方便，但阳气足，我内心还是挺满意的。只是尿排不出来还是憋得难受，呼叫鲁一医生。鲁一医生马上安排护士过来插尿管，插尿管的感觉依旧痛苦，但总比尿不出来憋死强。尿管插上之后，像洪水决堤一样，一泻就是满满一尿袋，爽！终于排出来了，浑身顿时舒服多了。看来烦躁不安、浑身冒虚汗还是尿不出来的原因。

过了一会儿，鲁一医生来检查我的情况，见到他时，体内的"焚寂煞气"和"洪荒之力"在涌动，只是浑身无法动弹，施展不开，只能苦笑作罢。"说了不让拔，你非要说拔了之后会排尿，拔了之后可好，还是不会排尿，化验血糖时还挨了一针，这不最后又得插上尿管。"我没好气地说。他也不生气，接触时间长了我们经常开玩笑。他站在那里看着我傻笑："想着功能应该可以了，谁知道还不行。哎，再插一次就再插一次吧，反正都插过三次了，也不差这一次。"他还有点幸灾乐祸，我给他做了一个鬼

脸回应。想想挺可怕的，这次是第四次插尿管。20天了，整整插了20天了，还是不会自行排尿，这是一件很恐怖的事情。该不会日后都得插着尿管过日子吧？还是别想了，想太多只会给自己增加烦恼，现在不是已经插上尿管把尿排出来了嘛。

妻子、陪护开始回去整理衣物，长期作战，"粮草"准备得绝对充足。被子、衣物、礼品把两张陪护床都占满了。妻子和陪护抬着陪护床过来时，把护士站的护士都吓到了，护士一直在提示把没有用的物件带回家去，病房里放不下这么多东西。没用的东西不用她们交代都已带回家去了，剩下的都是有用的。抬进病房的时候，病友和家属都在看着，我一个人的物件绝对比他们两个还要多。柜子里，床下面，塞得满满的，病床的内侧也都放上，能放的地方全放上。每一件物件都是妻子亲自摆放，搬"家"的衣物多，她怕让别人摆放的话，等到用的时候找不到，费了好大工夫才忙完。

我在病床上躺着，休息了一会儿之后，我打算坐起来。一是看看新的环境，二是我要证明自己可以坐起来，不想给新的病友留下我无法动弹的印象。妻子和陪护、姐夫帮我穿上"盔甲"，陪护把病床升起来，我看到了新的环境。窗外的阳光很美，其他病友有的躺在病床上休息，有的在看报纸，还有的在吃零食。他们年龄都在五十岁左右，有的年龄更大，看到我坐了起来，他们都看向了我，眼睛里透出诧异。对于这种眼神，我已经习以为常，如果第一次见我，没有惊奇或者惊讶，我反而感觉不正常。坐起来之后，我想尝试站立。妻子站在我面前，紧紧地抱着我，慢慢地把我移到床边，小心翼翼地用力把我抱起来，我慢慢地站了起来。她退一步，我进一步，一步、两步、三步……慢慢地向窗台走去。窗外阳光明媚，我对窗外的世界充满了幻想，好比生活在大山里的人一样，总是想知道山外的样子。

陪护拿着椅子在后面紧跟着，一旦体力不支，马上可以坐到凳子上休息。也许是内心渴望的力量，也许是自己永不服输的性格，促使我没有停歇地走到了窗台前。窗外真美，有来来往往的行人，有停放整齐的汽车，有高大的树木，远处还可以看到马路，太美了！好久没看到过这么美的场景了，整天躺在病床上，除了看到身边的亲人、陪护、几个同一房间的病友，就是盯着天花板。今天我终于可以通过窗户，看到外面远处的景象，内心小小的激动。直到自己站累了，才恋恋不舍地回到自己的病床。

傍晚时分，看到病友吃油条，我也想吃油条。陪护去楼下帮我买来三根油条，可又没胃口。只是感觉口渴，白开水喝着又没味，妻子专门为我冲了一碗鸡蛋水。有的地方是不喝鸡蛋水的，在我们这里是专门为生孩子之后的产妇或者病人准备的。打一个鸡蛋，用筷子打散，然后用 100℃ 的开水冲开，营养价值高，利于身体恢复。晚餐我吃了两根油条，喝了一碗鸡蛋水，父母看着我把饭吃完才回去。算上今天已经四天没排大便了，不过由于今天刚到一个新的环境，还不熟悉，有些不好意思，就打算再往后面推一天。

晚上躺在病床上睡不着，这个病房靠南，窗外就是医院的大院，可以听到车辆行驶的声音。我睡觉轻，外面有嘈杂声就睡不着，时而听到车辆行驶声和鞭炮声，伴着几声啼哭声，又一位病友走了。晚上的医院显得格外宁静，外面的风吹草动都能听得清楚。鞭炮声和啼哭声又打乱了我的思绪，人的生命如此脆弱，来到这个世界上到底为了什么，求官？争权？为名？为利？当躺在

四、拨云见日层层起 风吹愁散些几许

病床上的时候，才能体会到，什么功名利禄，什么富贵荣华，一切都显得那么苍白无力！婴儿呱呱坠地，来到这个世界上的时候紧握双手。想必是要告诉人们，来到这个世界之后要努力抓金钱名利。伴有啼哭声也是告诉世人，活在世上不容易，真到离开这个世界的时候，双手是平伸开的。想必那时候真正明白了，也真正想开了。离开这个世界时，什么也带不走。

一觉醒来，又是新的一天，"我若安好，便是晴天"。病友走了，我还要继续活着，我也必须好好地活着。为了父母、为了妻儿，为了朋友，为了我的梦想，我必须要活下来，并且要活得更好。醒来之后，又躺在病床上开始我的举臂练习，左臂神经基本没受影响。做举臂练习轻松自如，右臂无力，试举总是那么吃力，一、二、三、四……十……十五。累的时候就休息一下，休息之后再次训练，没有更好的方法。体力恢复只能靠自己的训练，谁也替代不了。每天的晨练是我的必修课程，一直练到自己疲惫才停下来。天快亮的时候让陪护下楼买饭，要赶在输液前吃完早饭。可以坐立之后，我就不喜欢再躺着被喂饭，始终感觉不方便，也感觉别扭。饭菜买来之后，陪护协助妻子帮我穿上"盔甲"。我现在能够穿衣服活动，躺着时就会把睡裤穿好。尿管塞在裤子里，尿袋留在外面。今天我穿了一身妻子专程为我买的红色的新睡衣，显得吉利。妻子逛遍了附近商场，男式睡衣没有红色的，只好给我买了一身红色的女式睡衣。厚厚的，现在在医院里住院治疗，哪有那么多规矩讲究，怎么好怎么来。睡衣还是反着穿，因为颈椎后面有支具支撑以至于无法扣扣子。反着穿时可以扣上几颗，不过脖子位置的扣子没法扣上，所以妻子在我的脖子后面塞了一条厚毛巾防止刀口的位置进风。穿好之后妻子开始慢慢扶我起床,这身装扮惹得过道上的病友和家属都自发为我让路。走到窗台床头柜的位置,每位病号床头都有一个床头柜用来放药品物件,也可以当饭桌吃饭。我的床头柜在床头,只是两床之间的过道狭窄,我穿着"盔甲"挤不进去,吃饭要借用病友的床头柜。

紧靠窗台的那位病友我一直还没见到,趁着他还没来,暂时就先借用他的床头柜吃饭。起立困难,坐下也不容易,需要陪护先把凳子放在我的屁股下面,然后妻子抱着我,扶我慢慢坐下。因为没有体力支撑,下蹲到一半时,我就会恐惧,总是感觉后面不安全,只有妻子抱着我时,才会感觉到踏实。坐下来之后,妻子似乎想起了什么,跑回病床整理了一番,又把我抱起来。她嫌凳子硬,让陪护把她刚才叠好的衣服放在我的屁股下面当坐垫,尿袋拴在椅背上。早上换了换口味,买的是胡辣汤和油条。今天我想尝试一下自己吃饭,虽然右手手指伸不开、无力、不灵活、无法使用筷子,但我可以尝试用勺子。妻子把勺子递给我,我用左手接过勺子,再用左手把勺子送到右手上。右手现在还是无法正常拿勺子,只能放在食指和中指之间夹着,靠大拇指的固定来舀饭吃。

费了很大气力,手指还在发抖,终于把第一口饭颤抖着舀到了自己嘴里,这又是一次标志性的胜利!这是我手术之后第一次可以自己舀饭吃,我又创造了一个第一次!尽管动作是那么僵硬,吃饭如此费力,浑身冒汗,但是妻子在一旁乐呵地看着我终于可以自己拿勺子吃饭,心里无比的满足和欣慰!用勺子舀了几勺之后,感觉还可以适应,就用左手拿油条吃,右手拿勺子。我真的是长本事了,妻子在一旁用手机为我拍照,记录下这重要的

四、拨云见日层层起 风吹愁散些几许

时刻！手指不灵活，加上戴着支具，无法张大嘴巴，吃饭速度很慢，中间累的时候还要歇一歇，一碗胡辣汤我吃了整整半个小时。妻子等我吃完饭，开心地把我抱起来放回病床，解开衣服和支具时发现我浑身是汗，又用干毛巾赶快擦干，等我躺好之后，她才开始吃饭。

上午输液的时候，我见到了昨天一直没能见到的同房病友有说有笑地进来了。他叫老张，一米八的个头，帅气十足，五十岁左右。"张腾腾，输液！"进屋时他冲护士站大声吆喝了一声。护士站有位护士叫张腾腾，他在这里想必有一段时间了，和护士都熟悉。护士们上午总是忙得一路小跑，这个病房正对着护士站，输液拔针直接对着门口吆喝一声就可以。腾腾护士直接拿着液体进来了，如果不是亲眼看到他输液，真不相信他是位病号。进屋后他看到换新病号了，冲我笑了笑，我也看着他笑了笑。今天白天姐姐过来看我，闲聊之时，和他开玩笑说他不像病号。聊天时才知道他是肾上的毛病，2008年发现肿瘤，做手术切除了一个肾，当时没有输化疗药，只是吃药化疗，现在复发，再次接受治疗。我对复发这两个字没有概念，只知道他现在病情复发需要再次治疗，从他的言行举止和脸色来看，并无大碍。聊天期间，我时不时也插上两句。整天躺在病床上输液也是件无聊的事情，我也挺开心有人可以陪我说话，老张这人很开朗随和，也喜欢开玩笑，聊天时我们也总是相互打趣开玩笑。

上午十一点钟，给我针灸的薛医生准时赶到。来了之后直接去59病床找我，没找到，打电话询问才知道我转到23床了，转床也难逃"大刑"。走进房间时我本来半靠着床背坐着输液，看到薛医生进来，马上让陪护把病床放平。把头扭向左边，右胳膊伸出来，做好挨"大刑"的准备。薛医生用她熟练的手法，"砰，砰，砰砰"，钢针扎满了胳膊，扎上之后薛医生出去了，说是还有一个病号也要针灸。过了一会儿又过来给我捻了捻针，捻针的滋味真不好受。每次捻针时我都是憋着气、绷着嘴、闭着眼。今天针灸结束拔针的时候，医生说需要行针测试手指神经的灵敏度。我也不懂什么叫行针，行针就行针呗，医生让怎么做就怎么做。

只见薛医生把我的右臂高高抬起，从针盒里拿出新的钢针，在我的上臂内侧神经穴位"砰"地扎进去，然后开始用力往里面捻，"啊……"疼得我直叫，正在输液的老张在里床半开玩笑半幸灾乐祸地打趣："不许叫啊。"薛医生边捻边问："哪根手指疼？""中指，中指。"我咧着嘴连忙回答。"不对！"她继续用力往里面捻针，我感觉钢针马上要穿透我的胳膊："啊……小指，小拇指。"我急切地回答。"还不对，看来神经还是感觉错误，日后通电刺激一下。"薛医生并没有再往里面捻针，边讲边拔针，我感觉自己像抗日战争时被鬼子抓到上大刑一样。针灸结束之后，我长舒一口气，这哪是行针啊，这分明是行刑。

老张的液体输完了，只见他躺在床上对着房间门口大声吆喝："张腾腾，拔针！张腾腾，拔针！……"腾腾护士匆匆赶了过来，边走边唠叨："来了，来了，别喊了，跟叫魂儿似的。"拔完针之后，老张开始收拾，回家吃饭。他家离医院不远，每天也只是上午输三瓶液体，输完之后自己开车回家，走到我病床前还不忘和我开句玩笑话："以后针灸不许再叫了啊！影响我们输液的心情。"疼啊，你试试就知道了。他是我最羡慕的病友，来去自如，不用家人陪护。我有时在想，哪天我能像他一样，可以行动自如，输完液可以回家吃饭，想想感觉还挺美好。不过这对现在的我来讲还是一个愿望，一个美好的愿望，有时我也喜欢这样的愿望，也许某年某月某一天真的能够实现。

中午陪护去楼下买饭，实在没什么可买时就会买鸡蛋西红柿盖浇饭，这是保底的选择。今天外加了一份沙县小吃的茶树菇排骨汤。坐在凳子上吃饭，我终于看清了沙县小吃排骨汤的样子。沙县小吃的汤做得很精致，每一份都是单独熬制。有几块，准确地讲有两三块排骨，几根茶树菇，没有过多的调料，清淡不油腻，量少，算起来也不便宜，只是吃起来有味道。现在能吃下东西已属不易，因此我想吃什么就会给我买什么。每次沙县小吃的汤我都可以喝完，米饭套餐很费力地吃了半份。

冬天里，医院的暖气十足，加上这个病房朝阳，中午暖洋洋的。饭后人犯困，妻子把陪护床展开，趁中午时间也午休一会儿。房间的空间有限，晚上睡觉时妻子才可以把陪护床展开，早上阿姨来打扫卫生的时候，再折叠起来。中午午休的时候趁着没人过来，再次展开，条件有限，只能将就，陪护去走廊上找了一张空床位休息。一觉醒来，精力充沛。现在可以下地走上几步路，就一刻也不愿意在床上躺着，我想出去病房看看。转到肿瘤科已经十多天了，还不知道肿瘤科的样子。换病床时在走廊里待了一上午，可一上午都是躺着，就排尿那几分钟是站起来的，浑身憋得难受，尿都尿不出来，哪有心情去欣赏肿瘤科什么样子啊。

今天我给自己定的目标是一定要出病房，看看病房外面的世界。走路是肯定不行的，体力不支，顶多走到病房门口，探出头看看就可以回来了。妻子太了解我目前的体力状况，去护士站借来一个轮椅。护士站有两个公用轮椅供需要的病号临时借用，妻子把轮椅推到病房里面，姐姐和陪护帮忙。三个人为我穿戴"盔甲"，整装完毕，病床起升，我慢慢地坐立起来。现在坐轮椅也是手术后第一次尝试，妻子站在前面，从我的腋下把双臂伸到身后抱紧我，再轻轻地把我抱起来。陪护在一旁拿着尿袋，等我慢慢地走到轮椅前，姐姐就在轮椅后面顶着，防止坐下的时候后移。妻子抱着我往轮椅上放的时候，我还是能明显感觉出来双腿无力，向下坐的时候支撑不住，"砰"的一声降下去。妻子把我的双脚放在轮椅的脚蹬上，现在自己的腿部还无力抬起，陪护把尿袋系在轮椅上，妻子又把毛巾塞到我颈椎后面，裹得严严实实。正要出病房门的时候，又转身回去，把衣柜里的帽子找出来给我戴上，生怕走廊里的凉气吹到刀口。

出门！这又是抗病战争中的一次胜利，这是我第一次坐轮椅走出病房，从手术以后就再也没有坐轮椅出过病房门。应该说是住进神经外科移到病房之后，就再也没有坐轮椅出过病房门。肿瘤科是个什么样子呢？心中的兴奋像皇帝出紫禁城微服私访一样，终于可以看到外面的世界了。第一感觉是走廊里的空气太新鲜了！整天在病房里待着，时间长了也适应了病房里的味道，走出病房才体会到走廊里的空气太新鲜了，真是有比较才有差距。首先映入眼帘的是护士站，身穿洁白护士服的护士都在低头忙碌着。肿瘤科的病号多，走廊里放满了加床，护士总是在不断地忙碌。上午忙着给病号扎针输液，下午还要整理档案，一天下来挺辛苦。

缓缓地在走廊里行走，我感觉这里给人的感觉没有神经外科干净。也不是打扫卫生的阿姨打扫得不够干净，只是因为这栋楼

四、拨云见日层层起　风吹愁散些几许

是以前的教学楼，年限长了，而神经外科大楼是新建的楼房。有的病号已经输完液回家，走廊的病床上稀稀拉拉地坐着几个病号，偶尔也有病号和家属经过，看到我就像看到了稀罕物。可能我的样子太特别了吧，上身穿着"盔甲"，包裹得严严实实，一身红色的女装，坐着轮椅。怕是整个肿瘤科也就我一人这样的装束，行人、医生看到我都为我让路。轮椅在走廊上缓缓滚动，中间路过电梯的位置，我挺想从电梯旁的窗户看看外面的世界。可妻子说电梯处的风大，没能同意，就朝着走廊的另一头推去。走廊的另一端外没有高楼遮挡，阳光充足，在走廊里根本感觉不到现在是冬季。走着走着，碰到熟人了，是57床的姨夫和阿姨，他们正坐在走廊的空床位上晒太阳。有缘无处不相逢，分开之后他也不知我去了哪间病房。走廊两边满满的病房，病号太多了，现在在走廊里遇到，真是太巧了。阿姨一眼没能认出我来，毕竟原来在同一病房的时候，我是穿着男式薄睡衣，现在换病房后也换了装束，穿一身红色的女式睡衣。阿姨看着我，仔细打量了一遍，乐呵直笑："浩铭，这一身打扮跟仙女儿似的，是不是穿你媳妇的衣服啊？"我也冲着她笑了笑："还真是穿我媳妇的衣服，按着她的身段帮我买的。"我们在一起聊了好多，她也夸我年轻，恢复的速度快。刚认识的时候我还躺在病床上无法动弹，现在可以起来坐轮椅，也能够走几步了，以后会恢复得越来越好的。物有两极，万事有阴阳，也许上天是公平的，好的坏的都不会全部放到一个人身上。我是不幸的，这个年龄段不应该得这样的病；但我又是幸运的，相比起来，恢复的速度要比上了年纪的人快。

晒着暖阳，我们边聊天，边吃她递给我的饼干，认识时间长了，熟悉了，有好东西也都相互让着吃。直到我感觉身体疲惫，才让妻子和陪护推着我回病房。走在回去的走廊上，看到一位小伙子，年龄和我相仿，高个头，不低于一米八，可能个头高的缘故，显得有些偏瘦。吸引我眼球的是他腰上也别了一个"尿袋"，心里顿时产生一种怜悯之情。他也这么年轻就来到这个科室，也是不幸的。原来我一直以为这个科室就我是最年轻的，原来还有一位。他在我的视野里向走廊的另一头走去，似乎拐向了卫生间，估计是去倒尿袋里面的尿液。我心里有点疑惑，为什么看着他行动自如，也需要插尿管呢？但第一次看到，又不认识，何况这个科室的病症都不好，也就不方便问。

　　回到病房立马宽衣解"甲"，躺回床上，游转一圈儿确实感觉疲惫，躺在床上吃点儿香蕉，补充补充体力。病房里静悄悄的，26床的老路平时躺在病房里也不说话，五十多岁，据说和我是老乡。只是他躺着的时候都是脸扭向窗户侧着身体，背对着我这边，从来没和我以及其他人说过话。他是在我转到这个病房前两天住进来的，妻子和儿子在医院陪护。大女儿嫁到了洛阳，说是把工作安排一下就过来；二女儿怀有身孕，行动不便，经常来看他，但没有长时间坐班陪护。据他妻子反映，他得的是肺癌，只是自己不知道，也没告诉他。平时小便也都在床上排尿，今天非要起床上厕所排大便。妻子和儿子让他在病房里解手，他脾气倔，硬是不同意，妻子和儿子只好扶他起床上厕所。他走起路来速度挺快，只是有点摇晃。半个小时之后回到了病房，又继续躺在他的病床上，依旧脸朝窗外不说话。每次看到26床老路吃饭，我都心疼，吃饭前需要检测血糖，然后再打一针胰岛素，之后才能吃饭。太痛苦了，他是肺癌，加上血糖高，伴随着多种综合征，医生说很麻烦，弦外之音就是这病难治。

今天是换床后的第二天,新病房的环境和病友我都已基本熟悉。已经三四天没排大便了,今天不能再拖了。陪护去护士站借来屏风,准备好开塞露,还是以前的惯例,准备好三支。妻子把尿垫铺在我身下,妻子事先让父亲专门从家里带来一瓶香油,妻子先在我的肛门口涂上香油润滑,之后再把开塞露挤进去,确实容易许多。也许囤积粪便的时间太久,三支开塞露进去,并没有感觉到肚子里翻江倒海,我就再等了一会儿。大概十分钟之后才稍微有了感觉,感觉不算明显。我想尝试一下,就让妻子松开了手,开塞露液体流出来了,大便还是没能排出来。这在我意料之中,四天没能排大便,肯定干结,排便困难,只好让妻子再挤两支开塞露,再次排便,还是没能如愿。无论我如何用力,只是感觉粪便到了肛门口就是排不出来。几经尝试之后,还是选择了放弃,只能让护士再来灌肠。

今天晚上护士不是太忙,叫过之后,几分钟就掂着药品过来,灌肠还是有效果的。不一会儿肚子里就开始翻腾,感觉受不了时让妻子松开了手,粪便随着灌肠水出来一些,果然干结严重。肚子里还是胀胀的,侧着身体,用手握着床栏,使出浑身力气,还是排不出来。继续咬紧牙关使力,只感觉虚汗直冒,依旧排不出来。松了松气,短暂地休息一下,再次做了尝试,还是没能排出来。妻子帮我擦了擦汗水,安慰我放松,不要太过紧张,只是感觉憋得难受。休息过之后再次发力,体内的"洪荒之力"和"焚寂煞气"都感觉发出来了,还是没能排出来。我喘着粗气,太累了,太痛苦了。还是排不出来,怎么办呢?妻子看着我也很痛苦,找护士看看还有没有其他办法。护士说可能肠道里的粪便稀释程度不够,等一会儿再用力排下,我又等了一会儿,狠咬牙关，憋足劲儿，握紧床栏，使尽全身力气，都想大叫出来，感觉都快要把身上的"盔甲"绑带挣断，但还是没能排出来。

灌肠之后仍旧排不出来，用力之后总感觉粪便到了肛门口，喘着粗气，无论如何用力，最终都无济于事。只是不停地冒着虚汗，妻子在一旁不断地鼓励我，但就是排不出来。我让她再去找护士看看有没有办法，护士给她一双皮手套，如果再排不出来的话，只能把手指伸进去抠出来。我又用力尝试，脖子使劲儿往外挣，仍旧没有效果。妻子只好戴上手套把手指伸进去，约好同时用力，手指触碰到了粪便，我继续用力，她抠出来了一点。和我的感觉一样，粪便就在肛门附近，只是排不出来。现在在我用力地同时，妻子可以给我抠出来一点，我继续用力，她继续往外抠，慢慢地把粪便抠出来了。太累了，我中间又休息了一会儿，感觉肚子里还没排干净，休息过后继续用力，排出来了！终于排出来了！排完之后，妻子立马把我放平躺回去休息。整整花费了两个小时，虚汗直冒，床单被单全部湿透。有种要虚脱的感觉，这一次排大便更像女人生孩子，太痛苦，太难受了。以前每次排大便之后我都要喝一碗鸡蛋水补充一下体力，今天累得什么都不想喝，只想睡觉。

我一躺下就睡着了。妻子看我一直喘着粗气，就没敢躺回去休息，一直看着我。时不时摸摸我的额头，虚汗还是冒个不停，她感觉不太对劲儿，额头发烫，伸手摸了摸我的身子，身子也烧得厉害。按理说出汗之后身上应该凉凉的，可现在浑身烫得厉害。找护士拿来体温计，妈呀，39.5℃，怪不得身体这么烫。护士连忙叫来值班医生开始输液，太累了，输液过程中我进入了梦乡。

四、拨云见日层层起　风吹愁散些几许

11月25日，早上醒来有点晚。一觉睡到七点，还是困意满满，无精打采，可能昨晚排便太累了吧。陪护早早地把饭菜买了回来，我坐在床上吃的早饭，还没等吃完，护士就过来输液。这一段时间，上午的任务一样，就是输液、打针、针灸，加上尿护。液体依旧是五颜六色，有白色的、红色的、黄色的，每天上午还要打一针鼠神经因子，营养神经。起初几天我都是在屁股的同一个地方注射，当时想着反正都是疼，一边疼总比两边疼要好。现在感觉不行了，照着一个位置打，次数多了，那块肌肉僵硬，不利于注射吸收。没办法，今天开始换着边儿打，以后只能左右开弓。负责我们病房的护士是张腾腾，做事干脆利落，动作麻利，不一会儿就将病号的液体全部输上。

"李浩铭，打个针吧。"张腾腾一进病房就开始叫唤，听到这句话我就不开心，又要挨针了。是福不是祸，是祸躲不过，每天都要挨一针，早受罪早解放。我让陪护把病床放平，侧着身子，嘴里还在小声嘟囔，让张腾腾打针温柔一点。只见张腾腾用酒精棉球擦了擦打针的位置，之后"噌"地一下，就扎进去了，直接注射液体，中间没有停顿，疼得我憋着一口气。针头拔出来之后，我开始唠叨她怎么打针一点都不温柔，她还冲我笑了笑说："大男人，还害怕打针啊？"哎，谁不怕疼啊，她是不知道我挨了多少针了。说起打针，护士和护士真的有区别的，有的护士打针动作温柔，不怎么疼。有的护士打针迅速，确实疼，张腾腾是属于打针疼的护士。打过针之后一并把尿护工作完成，虽然每天都要做两次尿护，可尿道口还是感染了，尿管里有絮状物，才换过尿管两三天又得每天用盐水冲洗膀胱。

鲁一医生现在查房没那么上心了，以前都是晨会前先来看看我的情况，现在是晨会后按照顺序查房。用他的话讲就是我的病情现在暂时稳定住了，度过了最危险的时期，按部就班输液化疗就行。每次看到他的时候我都会冲他笑，他看到我的时候也会冲我笑，可能是他看到我的样子感觉可爱，看他的样子我也感觉挺可爱。今天来查房的时候，他和张主任还有他的助理何大夫，看我转到肿瘤科之后病情一直在好转，挺有成就感。他伸出手来试握我的右手，其实我的右手知觉很差，一直感觉不像自己的手。他握住之后用了用力，然后让我用力，来感受我的臂力恢复。我是用尽了全力，让他感觉是多少有点握力，走之前又试了试我左手的握力，恢复了好多。手术及时，左手神经受影响小，神经感觉都已恢复。看过我之后，主任又去查 26 床，他不断地安慰病人放平心态，正在找针对他病情的靶向治疗药物。除了主任来查房的时候，他会说几句话，平时都不交流的。

　　十一点钟，薛医生总是来得那么准时，讨厌的十一点钟。据说今天扎针还要通电刺激，通电刺激？什么样的感觉，想想都觉得恐怖，这种场面我只是在电视上看到过。人被死死地绑在座位上，然后通上电流，全身都在颤抖，生不如死，我不会也要经受这些吧？薛医生进来的时候，带着"先进武器"，看样子像物理课上老师用的电流表之类的东西。看到薛医生进来，我的表情瞬间严肃起来，绷着脸，皱着眉头。想着今天还要通电，嘴也不自觉地撅起来。陪护先把我的病床放平，我把头扭向另一边不敢看薛医生、不敢看针灸、更不敢看通电，右胳膊爽快地伸给她，大有"要钱没有，要胳膊一只"的豪迈。薛医生抬起我的胳膊，用她熟练的手法，给我的右胳膊扎满了针。接下来就是通电刺激，我是撅着嘴、憋着气，薛医生在旁边边用通电的镊子夹针，边安

四、拨云见日层层起　风吹愁散些几许

慰我："没事的，不用过分紧张，只是通电刺激，电流很小，不会伤到。"我也一直在安慰自己，可还是紧张，薛医生也看出了我的紧张，用镊子夹针时小心翼翼，一根、两根……每根针都夹上夹子。

开始通电，通电那一瞬间，胳膊不由自主地蹦了一下。我明显感觉到发麻，薛医生急忙调低电流，可能刚开始电流调得有点大。陪护在一旁看着，以前看医生给我针灸的时候也没感觉什么。今天突然通电刺激，看到通电的钢针在我的胳膊上乱跳，他也不敢看了，估计挺恐怖吓人。等一切整理好之后，薛医生和妻子交流我现在的病情恢复进展。得知我现在还无法大小便，她建议再针灸一下大小便的神经。说完之后，把被子又给我掀起来，要往肚子和小腹上扎针。我是苦不堪言，手臂上有骨头，扎针还没什么感觉。但在肚子和小腹上扎针，没有骨头怎么行呢？薛医生站在床边从正面往肚子上扎，我头都没地方扭，只好把眼睛紧紧地闭上。薛医生开始下针了，"砰"的一声，肚子上扎上一针，我条件反射地颤抖一下，毫无"还手"之力。脑子里浮现出电视里的打人画面，两个人一人扯一只胳膊，然后开始照着肚子打，根本没有还手之力。肚子又是身体最薄弱的地方，每扎一针，我都会本能地反弹一下。

肚子上扎了四针，薛医生又把被子往下面拉了拉，开始在我的小腹上扎针。扎的那种感觉特难受，又说不上来，不是疼也不是痒，"砰砰砰砰"又是四针。今天是第一天往肚子上扎针，先不通电刺激，适应一下扎针，扎上之后，又轻轻地把被子给我盖上。我都一直在担心，被子这么重，针扎在身上，再盖被子会不会把钢针压进去，我还胆怯地问薛医生："扎上针再盖被子，会不会把身上的针压进身体?"她的回答肯定而坚决:"不会的!"说完之后就出去给另一个病号扎针了。胳膊上的针依旧在跳动,通电之后也适应了这种感觉,不适应也没办法,只能去适应,不是我不想放弃,是我真的别无选择!

约莫过了二十分钟,薛医生进来了,说:"好了。"真是等了好久终于等到了这句话,我大气不敢出,一直憋着一口气。终于等到针灸结束,像等领导开会宣布"今天的会就开到这里"一样,才长舒一口气。她先拔掉钢针上的夹子,一个、两个、三个、四个……一共十二个,夹子去完之后开始拔针,用酒精棉球按住钢针根部,"嗖嗖嗖嗖"像拔草一样,把十二根针拔完了,紧接着就是拔肚腹上的针。她掀被子的速度很快,我心里还在想医生怎么一点都不温柔,碰到针受罪的是我,怎么也不考虑考虑我的感受。还没等我想完,针已经都拔完了,好像有一根针拔出来之后见血了,薛医生重新用棉球帮我擦了一下。

经历过昨天排便的痛苦,从今天开始又得顿顿吃菠菜,过"大力水手"的日子。中午肚子饿,想吃大米,还想吃红烧肉,土豆炖的那种红烧肉。陪护专程跑到医院后面的老胡同大米套餐店给我买来红烧肉。我都快馋死了,好久没吃过红烧肉了,还是原来的味道。立马让妻子和陪护帮我穿戴"盔甲",坐在靠窗的床头柜旁边,狼吞虎咽地把一份红烧肉吃完了,好饱。吃完之后让妻子扶我起来,在病房里锻炼走路。妻子以半抱我的姿势护着我,一旦我体力不支她可以立马将我抱住。现在我走起路来比以往有力度,腿脚上的力气也明显增强,只是走起路来速度比较慢,可谓一步一个脚印。双腿尽量分开,利于身体平衡,一步、两步、三步、四步……十步。

四、拨云见日层层起 风吹愁散些几许

从窗台走到了病房门口，我感觉自己的体力还行，就从病房门口又走到了窗台。刚坐在凳子上休息，电话响了，另外一个朋友家生孩子让我帮忙取名字。听到这电话我就激动，这是对我能力的认可，朋友说是等着办理出生证明，所以要尽快。放下电话我就让妻子拿笔拿纸帮我记录，她和姐姐不想让我现在劳心劳神地给别人起名字，自己都无法拿笔写字还帮人家起名字，我倒是挺来劲，她们也只好顺从我。

26床的大女儿挺好奇，主动过来聊天，很好奇我做什么工作。我就让她猜，好多人一猜就说看着像教师，我反问了一句："是不是戴着眼镜的看起来都像教师？"她笑了笑没好意思再问，我知道她的疑惑，就主动解释。"我业余时间会看一些书，一次偶然机会给一朋友家的孩子取了一个很满意的名字，结果朋友之间传开了，现在每逢谁家生孩子都找我起名字。"

谈到看书，她也来劲儿了，问我喜欢看哪方面的书？有什么心得体会？两个人开始辩论起来，从人物传记谈到诗词历史。她吃惊我现在还能随口背出"夏商与西周，东周分两段，春秋和战国，一统秦两汉，三分魏蜀吴……"历年朝代顺序表，我很意外一位女孩子会对历史感兴趣。后来又谈论路遥，谈到《平凡的世界》，我读初中时这本书已经成名，只是当时没有引起我的注意。大概是名字取得太普通，写的又是农村里的故事。在改革开放之后，经济迅速发展，人民更崇尚李嘉诚、王永庆这样的经营之神，总觉得《平凡的世界》很低俗。直到后来翻起，认真读完，方感震撼。并不是所有的人都能成为马云、马化腾、刘强东，太多人拼尽全力，也没有到达罗马，而是只维持了基本的生存，但他们通过自己的劳动，通过自己的努力，同样值得尊重。

《平凡的世界》给人们呈现出来的就是普普通通的劳动者努力改变命运的情景。有老汉孙玉厚的辛勤劳作，尽管年年欠钱欠粮，仍坚信来年光景会好一点；有孙少安的不屈命运，挣脱底层的倔强，最终通过办砖厂改变了命运，当然也因为爱而舍弃与润叶的苦恋；还有上学读书时的孙少平，一次次失败回家，一次次又去远方找寻理想。谈到孙少平，我说孙少平的身上有路遥的影子，作者不管如何编写，里面肯定会留下自己的影子，孙少平就是。26床的大女儿为田晓霞的死去感到惋惜，也为孙少平和田晓霞的树下之恋感到遗憾，为什么就不能写圆满，让两个人有个美好的结局。我说路遥老师写不好，26床的大女儿用疑惑的眼光看着我，我说原因有三：一是路遥老师的婚姻不幸福，他没有享受过美好的婚姻，感情方面写成美好的结局，对他来讲会感觉写得不像；二是这种悲壮的结局，把田晓霞的形象更衬得高大，更能催人泪下，圆满的结局达不到这样的效果；三是孙少平在煤矿，因为感恩对惠英嫂已经产生感情，如果让他夹杂在两份感情之间，没法收场。

　　就这样相互谈论自己的见解，相互辩论，不知不觉外面的高楼已经亮起了灯火，妻子、姐姐、父亲催促我回病床上休息。中午就没休息，又忙着给朋友的孩子取名字，接着又高谈阔论了一下午，大大超出了平时的运动量。其实中途家人很想打断我，但看到我的兴奋劲又不忍心。"解甲归床"，躺在病床上之后，才感觉到疲惫。26床的大女儿又给我送来香蕉、核桃露，我还和她开玩笑："经常用脑，多喝'六个核桃'！经常讲解，更得多喝'六个核桃'！"说完我俩都笑了。香蕉我很少吃的，吃了不容易消化。下午说话多，口渴，陪护帮我削了梨子，用开水泡热，我用

四、拨云见日层层起　风吹愁散些几许

勺子舀着吃。想想刚做过手术那段时间，喝水吃东西都是在床上躺着让陪护或者妻子喂着吃，现在吃梨都可以自己用勺子舀着吃了。

　　傍晚吃过晚饭之后，我想去走廊上转转，今天都还没出去过。妻子和姐姐帮我穿好"盔甲"，陪护去护士站借来轮椅，妻子搀扶我坐上轮椅。照旧在我背后刀口位置塞上毛巾，戴上帽子，裹得严严实实，开始出发。晚上的走廊比白天多了几分宁静，有的病号回家休息了，看望病号的亲朋好友也都回去了，护士站还有几个护士在整理白天的病例。妻子推着轮椅在走廊上徐徐走动，生怕打扰到其他病人休息，同时也不想打破这份宁静。陪护在后面跟着，把我推到了走廊的另一头，站在那里可以透过窗户看到医院外的夜景，真的很美。

　　好久没看到窗外的夜景了，生病前晚上很少出门，住院后也没机会再看夜景。妻子扶我从轮椅上站起来，走到窗户旁。这里的每一扇窗户只能半开，用钉子固定住，也许是防止病人想不开做傻事吧。外面的霓虹灯格外明亮，尤其是高楼上的广告牌，以前每天上班经过的地方，当时只是看到白天的样子，没想到晚上的景色更加迷人，别有一番韵味。看着熟悉的道路，想起了以前上班的日子，每天都要从这条路上经过。那时最不愿意做的事情就是上班，每天重复同样的工作，按时上班，按时下班，感觉特无聊。从周一上班就开始盼周五，一过周三就看到了胜利的曙光。现在再看着外面熟悉的马路，如果能去上班多好啊，心中不免感慨万千。看了一会儿，我又转到另一个方位的窗户旁边，从这里的窗户可以看到远处的商场，商场顶楼还有一个KTV，名字叫歌神，灯光耀眼。歌神这两个字晚上显得格外醒目，名字大气，规模也大，曾经和同事一起去唱过歌，仿佛又听到同事在唱《再回首》：

再回首
云遮断归途
再回首
荆棘密布
今夜不会再有难舍的旧梦
曾经与你共有的梦
今后要向谁诉说
再回首
背影已远走
再回首
泪眼蒙眬
……

今夜想起这首歌，我真的泪眼蒙眬，再回首，是不堪回首。短短一个月，物是人非，仿佛经历了沧海桑田。如果有一天，如果有一天我能走出医院，再次走进KTV，我要大吼一曲《今天》："等了好久终于等到今天，梦了好久终于把梦实现……"站得累了，我坐上轮椅返回病房。

睡醒之后，病房里黑漆漆的。病号和家属还都在睡觉，我躺在床上开始锻炼自己的手臂胳膊，做胳膊试举运动。一、二、三、四……二十五、二十六……三十，累的时候休息一下，休息过后再次试举，一、二……三十五……四十，超过了第一次的次数。试举运动对我当时来讲很累很辛苦，可是这条路只能自己走过去，谁也替代不了。病房外响起了脚步声，护士推门进来抽血化验，每周都要抽一次血。妻子连忙起床帮忙，抽完血之后我没让妻子再回床睡觉，天也快亮了，早饭前我想喝鸡蛋水。

医院的热水器烧的水好像没达到100℃，鸡蛋水总感觉没冲开似的，我们就偷偷地用烧水壶自己烧开水，天天像打游击战一样。科室有位专门负责秩序的刘老师，刘老师是医院的退休人员。退休之后又返聘过来，在科室负责病房的秩序杂事，用烧水壶这块也归她管。她每天都要来病房里巡查，一经发现，先警告，再次发现就要没收。所以每天用烧水壶烧水都要偷偷摸摸的，趁刘老师上班之前或者下班之后用。刘老师人挺好，和蔼可亲，每天过来发费用单时我们也喜欢和她开玩笑，就是用烧水壶这块我们都是抗议。如果医院提供的开水炉可以正常供应开水，谁也不愿意费事自己再去烧开水。换位思考一下，刘老师也有为难的地方，医院的规章制度要求不能私自拉线用电，尤其是用烧水壶烧水，功率太高，容易出现跳闸或者事故。有一次一个病房差点着火就是因为烧水壶，所以这块她检查得很严，我们只好玩猫捉老鼠的游戏，趁她没上班时偷偷用。

这个病房的电视机自从我来这就没开过，问过才知道原来是电视有点问题，没人会调试，所以就一直在那里挂着没开。输液是件无聊的事情，一上午只是躺着输液多浪费啊，陪护趁着病号们输液的时候去捣鼓电视机。你别说，不一会儿还真把电视机整好了，可以出来图像，只是可以搜索到的频道少，不过也能将就着看，总比没有电视看好多了。电视里正播着《射雕英雄传之东邪西毒》，八三版，绝对的经典版，这一部武侠剧伴随着我们这一代人长大。郭靖刚从大漠回到中原，呆头呆脑，出场的黄蓉一身叫花子打扮，天天逗郭靖玩。不止这些片段，《射雕英雄传》所有的片段我都耳熟能详，现在看着依旧那么亲切，也许这就是经典的力量吧。输液的时候可以看着电视，再吃点零食，也算是苦中的一种享受。上午的时间总是过得很快，不知不觉时间已经到了十一点，薛医生还是按时赶到。我今天心情挺好，看电视也能转移注意力，躺平的时候直接爽快地把胳膊递给薛医生，大有"英雄流血不流泪"的气概，真是看武侠剧看多了。

今天扎针时也没那么紧张，薛医生边扎针，我还跟她开玩笑："找老婆不能找女医生，尤其是会针灸的女医生。"说到这里，她停顿了一下，看了我一眼，又继续扎针，反问我："为什么男人就不能找会针灸的女医生？"我说："这要是两个人吵起架，女医生直接拿着针，砰砰砰砰扎得老公满身都是，他算是不敢动弹了！"薛医生扑哧一声笑开了："哪有你说的这样，针灸是工作，生活是生活。"我继续穷追猛打："这两人要是真吵起架，都在气头上，哪还分什么工作和生活啊。"病房里的病号和陪护都笑了，薛医生也没生气，也知道我在开玩笑，不过薛医生有没有结婚我还真不知道。

针灸结束，我就让妻子和陪护帮我穿"盔甲"起床。输完液就不喜欢在床上躺着，中午吃了一份大米烩菜，现在右手拿勺子仍旧很勉强，但也要尝试锻炼。妻子说我今天状态很好，吃过饭之后想给我拍张照片，我欣然答应，这是我入院以来最开心的一天。想想刚来的时候是被人抬进来的，躺在病床上无法动弹，即使邻床病号在病床上去世，家人在病房为他穿寿衣，自己都无法转移阵地。现在可以穿上"盔甲"起床，也能来回走动，虽说体

四、拨云见日层层起　风吹愁散些几许

力还是差，走不了多远，但和过去相比已经是一个天上一个地下了。我反穿着妻子买的那身厚厚的红睡衣，在病房里格外显眼，穿戴的支具像飞行员一样，头发高高耸起。在妻子拍照的时候，我用左手骄傲地摆出"V"型。这是胜利的姿势，标志着我的病情在逐步好转，不是我不想用右手摆胜利的姿势，而是现在右手不灵活，还无法摆出胜利的姿势，只能用左手代替。这一张照片我一直珍藏着，后来生活中认识了新的朋友，当朋友想看我的照片时，我说发张最帅的，就把这张照片传给了朋友，朋友的第一反应就是好笑，一身女式睡衣，还戴着夹板，样子太可爱了，还自豪地打手势。这张照片猛一看确实好笑，当我把自己的故事给他们分享的时候，他们再也没有笑话我。这是我认为我最帅气的照片，从无法动弹到今天可以站立行走，已经是巨大的胜利，它见证了我的勇敢和坚强！

浑身充满了力量，我想自己尝试站起来，这又是一次新的挑战。妻子和陪护都担心我一下子站不起来又跌回凳子上，我对自己充满信心，我要做一次尝试。这一天，这一次尝试已经在我脑海里预演了无数次，我曾无数次想象自己独立站起来的样子，今天我必须尝试一次。内心强烈的愿望无法压制，我让妻子和陪护站在一边，自己闭上眼睛，深呼吸，咬紧牙关，握紧拳头。憋着一口气，双脚用力蹬地，使出浑身气力，起立那一刹那憋出"嗯"的声音，站起来了！我站起来了！陪护和妻子在一旁为我拍手鼓掌，我终于站起来了，不再当奴隶的人们，不再是疾病的奴隶，这一刻的激动不亚于举重运动员在赛场上最后稳稳举起杠铃夺冠的时候，太激动了，这标志着在抗癌历程中我又一次取得巨大胜利！

站起来之后我准备步行走出病房，陪护把拴在椅子上的尿袋解开，系在我身后衣服的扣子上，妻子在前面护着我。这是我第一次独立走出病房，一身飞行员的装备，出病房门时我自嘲是杨利伟出舱。走起路来像鸭子，更像机器人，陪护在我身后推着轮椅紧跟着。楼道里的病人、陪护、医生、护士看到我都要为我让路，每次出门总会吸引众多目光，他们总是偷偷侧着眼看我这个稀罕物件。在走廊的病床上看到前两天遇到的年轻小伙子，这是在这个科室遇到仅有的一个和我年龄相仿的人。他旁边坐着一位姑娘，正端着大盆碗吃饭，个头不高，胖胖的圆脸，和他高高的个头形成鲜明的对比，她看到我之后冲我笑了笑，带着友善和理解。

　　都在肿瘤科室，也都是老公生病，我们年龄又相仿，更多的是理解。聊开了，我就问了她一个我心里一直疑惑的问题，看她老公行动自如，怎么也和我一样插着尿管？她的一句话让我恍然大悟："那是引流管，身体里有积水，插管向外引流，不是尿管！"我才知道，原来身上插的管不都是尿管啊，看她说话挺随和就和她开玩笑："你怎么吃这么多饭？"她笑了笑："老公输化疗药没胃口，又不想浪费，所以把他那份也吃了，要不我怎么能长这么胖呢。"她看起来确实有点胖，这句话我深有体会，化疗期间恶心呕吐没胃口很正常，这都属于输液反应。家人都想让多吃点东西增强免疫力，买的饭菜多，病号又吃不下，妻子只好把剩下的饭菜吃掉。走道里来来往往的人挺多，我站在走道中间确实挡路，聊了一会儿就继续向前行走，走到了楼梯东边的走廊，阿姨和姨夫正在楼道的病床上坐着晒太阳，看到我时满心欢喜："浩铭恢复得真不错，今天都能够从病房走到这里了，一天比一

四、拨云见日层层起　风吹愁散些几许

天好了。"我也挺开心，确实恢复得不错，她连忙给我挪位置让我坐下休息，姨夫也问我最近有没有新作。我这才意识到自己已经好久没有写过诗词了，躺在医院的病房里生命垂危，浑身难受，哪有灵感写诗啊。这句话提醒了我，最近身体恢复得不错，心情也好，是应该写点东西了。

晒了一会儿太阳，身体感觉疲惫时，就坐上轮椅回病房了。25床的病号在抱怨他老婆，虽说病号的心情都不好，但陪护心理压力也很大，都不容易。他脾气暴躁，说话难听，有时和他老婆说话还带脏字。他老婆生气地出去了，只剩下他一个人坐在病床上还在唠叨，自己好好的咋就得胃癌了呢？不停地唠叨，没人接他的话。他和26床病号老家离得不是太远，有共同认识的熟人，不过26床知道他脾气不好，懒得理他，整天都背对着他。今天他可能心情不好，非要问老路为什么整天背对着他，老路躺在病床上没有答话。他一个人还在自言自语："我得的是胃癌，住在这里，老路，你得的什么病，怎么也住这里啊？"老路有点不耐烦地把身子往里面挪动了一下，还是没有答话，他一个人也感觉挺没趣就不再说话了。我吃了一个苹果，然后躺在病床上构思我的诗词，春夏秋冬四首诗词已经写好三首，还有一首冬天的诗词没有完成。望着窗外飘着的雪花，冬天真的来了。想起以前在景区游玩的日子，冬天山上的雪景会是什么样子呢，我躺在床上静静地冥想，仿佛自己又走进了大山，看到了漫漫白雪，人迹罕至，静静在感受，静静在山中前行，终于来了灵感，写下一首《冬情》：

漫山飞雪无处家

忽见炊烟升后崖
白云知倦随风去
数点寒梅斗春花

赶快让妻子帮我用本子记下，灵感总是稍纵即逝，当时不赶快记下来就会容易忘记。真是太兴奋了，终于把春夏秋冬四首诗词完成。晚饭之后我坐在护士站，用颤抖的右手，捏着笔，歪歪扭扭地写下这四首诗词：

春　游

清明细雨桃花开
偷闲携朋踏青来
玉树舞姿揽春色
日落西山不知还

夏　行

轻舟浮碧水
淡云绕秀峰
蝉鸣庭院树
游人醉乡情

秋　语

月高风清霜降寒
叶落草枯鸟飞南
起早田地忙农事

饭后喜言谷仓满

冬　情

漫山飞雪无处家
忽见炊烟升后崖
白云知倦随风去
数点寒梅斗春花

看着写得东倒西歪的文字，自己都觉得想笑，这哪是当年的字迹。当年的字迹刚劲有力，现在连横竖都写不直。反过来想想住院后一路走来也挺知足，现在已经能捏笔写字了。虽然拿笔还是那么的吃力，写字时也不像是自己的手，但能够写字也是一大突破。

11月27日，今天在走廊的床头柜上吃早饭。正吃饭时看着鲁一医生从走廊那头走过来，医生办公室紧挨着护士站，等他快要走到办公室门口时我叫了他一声。他看到我有点惊奇："今天怎么在外面吃饭呢？""外面的空气比病房的空气好，就在外面吃饭，我现在可以自己站起来了！"我激动地回答，他似乎有点不相信，走到我的跟前让我给他演示一下。我鼓足气力，重新站了起来，他轻轻地拍了拍我的肩膀："不错，恢复得不错！"

上午针灸结束，我迫不及待地起床拿着前一天晚上自己写的诗词向鲁一医生展示。他看着我写的字挺欣慰，从神经压迫到手指无法伸展到现在可以握笔写字，已经是难以想象了，什么时候横能写直就说明神经恢复得差不多了。今天老路转移病房，搬到了二人间，在走廊遇到他大女儿，说是她爸讨厌25床。病房里少了一些热闹，下午我照常去走廊另一头走路锻炼加上晒太阳。

回来的时候26床又安排了新的病号。年龄有六十来岁，个头不高，瘦瘦的。也许是长时间生病，瘦得只剩一把骨头，还需要氧气管协助呼吸，看上去病情有点严重。这人挺健谈，我走回病房时，听到他在讲他的病史，底气很足，精神状态不错。他身患癌症八年了，做过几次手术，后续一直靠化疗维持。医生也说没得救了，几经生死，算是抗癌英雄，确实不容易。他的妻子和两个女儿替换陪护，他和我一样，大小便都得在病床上解决，看到他，我心里充满了同情，但更多的是佩服。身患癌症八年，这是需要惊人的毅力，经受常人难以忍受的痛苦。多少人在化疗过程中忍受不了痛苦而放弃治疗，多少人又在化疗过程中扛不住化疗的副作用而病逝，他能一路坚持过来，真心不容易。

我躺回病床，听他讲辉煌抗癌史，病房里又热闹了起来。等我再起身的时候，妻子发现床上粘有好多头发，我意识到我要开始掉头发了。自从我可以走出病房时，就看到来来往往的病人都是光着头，这是化疗药的副作用。我也要成"和尚"了，前两天邻床还说我怎么化疗头发还是长得这么好，说什么来什么，现在开始掉头发了。为了使头发再多保留两天，我不让妻子动我头上的头发，即使不动，头发也像稻草一样，刷刷刷地一把一把往下掉。两天之后额头上面只剩下仅有的三根头发，我也成了"和尚"，不过我一点也没感觉到自卑和伤心，这是药物的正常反应。这个科室的病号都是光头，无论男女，所以谁也不会笑话谁。每天起来，我都要到医生办公室的镜子前照照自己的样子，额头上的三根毛发屹立不倒。鲁一医生每次碰到我照镜子都会笑我说："把你那三根毛拔了吧，难看得很！"我一副不屑加倔强的语气：

四、拨云见日层层起　风吹愁散些几许

177

"就不拔,你没看这三根毛屹立不倒吗?这是坚强的象征,象征着我不会在病魔面前屈服,更不会折腰!"

11月30日,外面的天阴沉沉的,病房里的气氛也显得凝重。护士站的公示牌每天都会公示每个病床的责任护士,以及特殊病号的病情,比如插尿管的、导管引流的等,还有病危的病号。以前无法下床的时候看不到公示栏,能够走出病房之后我每天路过都会看下公示栏,我是榜上有名,在插尿管一栏。今天看到老路搬迁的病床上了病危栏,看到他的病床号时我有点不敢相信自己的眼睛,我又仔细地看了一遍。没错,是他搬过去的病床号。我还是不敢相信,自己又一摇一摇地走到他的病房外看了一眼他的病床号,想着是不是他后来又换病床了。看过之后我才肯定他没有换病床,确实是给他下的病危。我简直难以相信,他才住院十多天,怎么好好的人就下病危通知书了?前两天还在病房商量等化验结果出来去找靶向治疗药物,怎么刚搬走两三天就下病危通知了?后来才得知化验报告显示,那种靶向治疗药物不适合他的病症。病房门口聚集了他的亲属在商量下一步怎么办,现在的情形要么就这样干等,要么进ICU重症病房做最后的努力。亲属们的目光都聚集在他妻子和儿子身上,妻子红红的眼睛像是刚哭过,儿子年龄不大,和他爸一样,高高的个头,二十三四岁,还未结婚。他爸怕是等不到他结婚的那天了,这么小的年龄本该是谈情说爱享受生活的年龄,却要承受父亲命运抉择的重任。医生把病人的详细情况给家属讲清楚之后就离开了,家属商讨之后也都散去,到走廊休息区的椅子上等着,他妻子和儿子在商量最后的决定。

12月1日,老路的家属陪护都离开了六楼,说是搬到了ICU

重症监护室做最后的努力。后来再听到他的消息就是他儿子回来开证明,说是老路已经不在了,回到老家的时候,儿子叫了一声:"爸,咱们到家了。"老路用最后的力气睁开眼,看了看自己的家,就这样永远闭上了双眼。又一个病友离开了,听到这个消息的时候,我内心充满了恐惧,太可怕了。我搬到23床的时候,老路也不过刚入院两三天,那时还可以自己上厕所,每天可以自己坐起来吃饭,他的陪护还和我说笑。短短十天时间,他就离开了人世,太可怕了。如果说以前58床病号是我第一次看着从身边离去的病号,那么老路就是我第一个看着从他发现癌症到离去最快的病号。谈癌色变一点都没夸张,太快了。我真的害怕,害怕有那么一天,我也会这样离开。妻子不断地给我打气,鼓励我。说我的病情是在一步步好转,肯定可以挺过去的,不要胡思乱想。

晚上鲁一医生值班的时候,我又去了他的值班室和他聊天,也聊到了老路的情况。鲁一医生给我解释:"老路发现癌症时已是晚期,癌细胞已经在体内扩散,并且没有能够靶向治疗的药物。你的病情和他是两个概念,现在已经得到有效控制,不用瞎担心。明天下午做磁共振检查,看下恢复的情况,准备第二期化疗。"这段话算是给我解了解压,让我知道自己肯定有救,肯定可以扛过去。我的内心虽够强大,可整天待在这种地方,身边的病友不断离去,难免心里发怵。从医生值班室出来,妻子帮我打来开水洗脚。能够下床之后,每天晚上排大便之前都要洗脚。病房里的凳子低,妻子去护士站搬来了高椅子让我坐着,她坐在凳子上为我洗脚,来来往往的病人和家属路过时都会多看我一眼。除了我的穿着装扮个性吸引他们之外,就是妻子对我的体贴和照顾是其他陪护家属做不到的。洗过脚之后再回病床排便，这一段时间天天吃菠菜和通便灵的效果不错，每次用三支开塞露就可以顺畅排便，晚上睡觉前再喝一碗鸡蛋水，在医院的日子就这样单调而有规律地过着。

12月2日，又是新的一周，一大早护士过来抽血，我已经习惯了一周一次抽血化验的日子。今天是化疗第二周期前的系统检查，需要抽血，还需要做磁共振检查。一大早妻子开始通知家里人下午三点半做磁共振检查。现在做磁共振检查我仍然需要别人把我平托到检查仪器上。其实我是想吃一些肉食的，但由于医生交代尽量吃清淡一点，中午饭还是报了一份西红柿鸡蛋盖浇饭，外加一份沙县小吃排骨汤。下午要做磁共振检查，中午我要吃得饱饱的，保持充足的体力。姐姐、姐夫、岳父、大叔、父亲从家里准时赶了过来，现在不用再把我平托到移动病床上，只需给我穿上"盔甲"，我就可以自己走到移动病床。被子、帽子、羽绒服一应齐全，妻子给我裹得严严实实。磁共振室外楼道里的气流有点大，妻子在旁边又把被子压了压，等到叫我的名字时，把"盔甲"给我解了下来。磁共振室不能见金属物件，只能平托着我进检查室。

这是我转科之后第一次做磁共振检查，接受上次的教训，进磁共振室前我特意提醒给我塞上耳棉。我被托了起来，这次被抬在空中时，身体没有感觉到明显的疼痛，不安全感也降低了许多。我被固定在检查仪上之后，护士说要给我注射液体，我专程强调身上埋的PICC管只能输液用，不能注射液体。护士开始准备向手臂上注射，我疑惑地自言自语："以前做磁共振时没有注射液体啊？"护士听到之后开始给我纠正："上次也是增强磁共振,肯定注射了液体,只是你不记得罢了。"是啊,增强磁共振必须注射液体,也许是上次检查时,身体疼痛剧烈,注射液体时自己没有感觉。

"当当当"耳边又响起熟悉的声音。再次听到这种声响时淡定了许多,不再是一种折磨,也许是身体不再疼痛,也许是知道自己的病症能够治疗。我轻轻地闭上眼睛,静享这美好时刻,任凭身体随着仪器进进出出,我想象着各种美好事物,脑海里浮现出来各种美好的画面。一会儿在球场上和球友打乒乓球比赛,身影依旧矫健,前冲弧旋,左右开弓,把对方打得落花流水。一会儿浮现出自己在讲台上做培训演讲的情景,激情澎湃,口若悬河,学员一个个投来崇拜的目光。一会儿又醉情山水,泛舟闲游江上,迎面吹来徐徐凉风,观一片波光粼粼,赏一溪沙鸥腾空……"好了,可以进来了,明天过来拿检查结果。"护士叫外面的家属,"白日梦"被打断,我被抬回移动病床上然后推到了病房。磁共振检查做完了,我也解放了,便让家人们都回去,各忙各的事情。他们离开的时候,我想穿上"盔甲"去送他们下楼,父亲让我在病房休息,我说我可以走到电梯口,执意要送他们。

妻子和陪护帮我穿上"盔甲",红色的睡衣,尿袋挂在身后的扣子上,依旧那么阳光帅气。父亲他们走在前面,我鸭子走路似的跟在后面,妻子和陪护在我的身后像左右护卫一样保护着我。阿姨和姨夫在走廊上晒太阳,大老远看到我就用她的大嗓门喊道:"浩铭这是去送老爸啊,老爸心里肯定很欣慰,儿子能够下地走路去送老爸了。"父亲向后扭头看了我一眼,脸上露出欣慰的笑容,眼角隐约还有泪花,这是激动的喜悦。从我全身神经压迫到瘫痪,医生一直传达的思想就是没得救。到我可以靠着床

四、拨云见日层层起 风吹愁散些几许

头坐起来，又到能够站立，到今天可以走路送他们到电梯口，这在以前是不敢想的。可以说是一种奢望，也许更是梦想。今天我做到了以前想都不敢想的事情，父亲倍感欣慰。送到电梯口，我目送他们登上电梯。就在电梯关上那一刹那，又看到了父亲噙有泪花的双眼，充满了欣慰和期待。

晚上护士都下班了，只留值班护士。我喜欢坐在护士站的桌子旁写字，台面宽，我可以把双臂放在台面上。写字对现在的我来讲是一件很累的事，好比孩子刚开始学习写字一样，握笔总是那么吃力。写出来的字歪歪扭扭，每天最多写两首诗词就累了。晚上九点钟时我开始像医生查病房一样往走廊里巡视一圈儿。今晚在走廊东头遇到一位老太太，她的头发完好无损，一看就是来陪护老伴儿的，她一直看着我，我对这种目光早已习惯。这个科室的病号和陪护都认识我，尽管不知道我的名字，只要说穿一身红睡衣，戴着"盔甲"的人，大家都知道是我。我站在窗户边仰望天空的繁星，她又从头到脚打量了我一遍，语重心长地说："恢复得真好，以前见你的时候还坐着轮椅，现在都可以下地走路了。"我对着她笑了笑："你能见到我坐轮椅出病房时已经恢复得相当了不得了。之前多少天躺在病床上无法动弹，能坐轮椅出来露露头，已经是在病床上无法动弹躺了二十多天后的事了。现在恢复得更好，可以走路了。"现在在别人眼里，我绝对是被羡慕的对象。好多人住进来之后，身体每况愈下，而我的身体在逐步康复好转，而且好转的速度有目共睹。夜空星光闪烁，小的时候听老人说，每个人都对应天上的一颗星星。我在努力寻找属于我的那颗星星，看看是否依然明亮，我在极力寻找，终于找到了属于我的那颗星星，穿破云层，闪闪发光，它告诉我，我的生命力极强，可以克服各种艰难险阻，虽要经受各种磨难，最终定会光彩照人！

12月3日，第二期化疗的前一天，上午扎上液体之后，妻子亲自去磁共振室取检查结果。我的心有点忐忑，害怕检查报告不理想。妻子拿回来报告之后也没表情，她也不知道结果是好是坏，都是专业术语，还有目前的肿瘤尺寸大小。等鲁一医生查完房之后拿给他看，他看报告之后满脸喜悦："治疗效果很好，肿瘤较上次检查结果有明显的缩小，药物对症。按这个效果进度，再有三个周期，肿瘤可以消除。"妻子带着满心的喜悦跑回病房向我报告这个好消息，我听了之后心里激动万分。想起当时往这里转科的时候，妻子说她预感我转到这个科，鲁一医生能把我治好。她说鲁一医生这个名字很特别，第一次她看到这个名字的时候，想起的第一句话就是"卤水点豆腐，一物降一物"！鲁一医生一定可以降住我的疾病，事实证明当初鲁一医生说出的话是有把握的，当时说我有救不只是为了安慰。妻子赶紧打电话把这个好消息告诉家里人，父亲、姐姐、姐夫、妹妹、妹夫、岳父、岳母、大叔他们听了都很高兴，这一段时间的辛苦见到了成效，大家也对我的康复越来越有信心。

姐姐下午抽空过来看我，外面的天空晴朗无云，也没有一丝寒风，暖洋洋的阳光透过窗户照到病房。我想出去外面转一转，明天就要第二周期化疗。化疗之后的几天浑身无力难受，我想趁着状态好，出去转一圈儿。妻子和陪护连忙帮我穿"盔甲"，借来轮椅，整顿装备。预计这次出门时间较长，还带有零食，颇有诸葛亮《出师表》那种"今南方已定，兵甲已足，当奖率三军，北定中原，庶竭驽钝，攘除奸凶，兴复汉室，还于旧都"的豪迈，

四、拨云见日层层起 风吹愁散些几许

出发！一身"武士盔甲"的我走在最前面，姐姐、妻子一字排开，紧跟其后。陪护在最后推着轮椅后备，雄赳赳，气昂昂，向电梯口进军。阿姨和姨夫每天的惯例，不是在输液就是在楼道里晒太阳。看到他们我大老远就打招呼，阿姨看我精神状态很棒，问我干吗去。我说今天状态好，检查报告出来治疗效果相当理想，趁着第二期化疗前，想到楼下转一转。

他们刚从楼下吃饭回来，走出住院楼对他们、对别的病号来讲是再平常不过的事情，可对我来讲一直是一个愿望。住进病房之后，走出大楼都是因为检查，还是躺在病床上被推着出去的，还从来没有自己走出过住院楼。今天对我来讲又是一个第一次，又是一次新的突破。走到电梯口的时候，我坐在轮椅上乘电梯下到一楼，第一次看到一楼的样子。以前都是平躺在移动病床上经过，能看到的只是天花板。今天第一次看到一楼的全貌，出了电梯口就是楼道大门，电梯外的走廊上放着供人休息的椅子。妻子用手指给我指了一下不远处我做磁共振检查的地方，姐姐推着我向楼外走去。第一次沐浴到户外的阳光，暖洋洋地照在身上，我轻轻地闭上眼睛享受。冬天的气温虽然不高，天气晴朗，只要不起风，也不会感觉寒冷。姐姐推着我往院子里转了半圈儿，最后把我推到车子前面。这辆车子跟了我四年，风里来雨里去，驰骋疆场，立下赫赫战功。入院前我还一直开着去检查身体，直到右手再也无力拧钥匙打火。看着它像看到了老朋友，更像看到自己的战马，心里有种说不出的滋味。我让妻子扶我起身，我站起来用左手摸了摸自己曾经开的车，就像握着亲人的手一样，依旧那么熟悉，那么亲切。也许有一天，我能再次开着它走南闯北，让我们红尘做伴活得潇潇洒洒，策马奔腾，共享人世繁华！

外面起风了,妻子推着我返回病房,今天我第一次可以走出住院楼外,这种感觉真好!感觉人生充满了无限可能,没有什么不可以。只要敢想,敢努力,总有那么一天可以实现。

12月4日,开始第二期化疗,整个人一下子不好了,和用化疗药前判若两人。浑身无力、昏迷、恶心、呕吐,吃不进东西,连我最喜欢吃的回锅肉都看着反胃。化疗最初的几天医生建议少吃油腻的食物,可问题是看着没油腻的食物也没胃口。妻子问我中午想吃什么的时候,我是什么也不想吃,就不让给我买饭。妻子还是去沙县小吃帮我买了一份乌鸡汤和西红柿鸡蛋盖浇饭,看到妻子买来的盖浇饭,即使再没胃口,也努力着往嘴里塞。最后只尝了一块鸡蛋,就开始恶心呕吐。以前挺喜欢吃西红柿鸡蛋盖浇饭,现在鸡蛋一到嘴里就受不了那味道,直接吐了出来,实在吃不下。我缓了一会儿,把乌鸡汤喝了,只是喝了汤,没吃鸡块。每个化疗周期的第一天都需要用输液泵控制滴速,很耗时长,直到下午四点才输完液。输完液之后我还是惯例起床锻炼,在起身那一刹那,双腿发软。我一鼓作气,第一次起立差点没站起来。妻子在旁边吓了一跳,问我行不行,不行的话今天就不用锻炼了。我从来不是服输的人,决定的事也决不放弃,既然决定锻炼,就必须走一圈儿。妻子急忙从护士站借来轮椅,怕我中途支撑不住。我深吸一口气,鼓了鼓精神,"杨利伟"开始出发!

走廊里的病人有的输完液回家去了,静悄悄的。"小媳妇"在走廊的凳子上看杂志,她老公在病床上躺着休息。她老公有点内向,再加上生病的原因,更少说话。我和她老公从来没有说过话,看到对方时只是相互笑笑算是打招呼。走到"小媳妇"旁边时,她并没有意识到我经过,还在专心地看杂志,边看报纸边嗑

四、拨云见日层层起 风吹愁散些几许

瓜子。"小媳妇看杂志呢，还边看杂志边嗑瓜子，你怎么不让你家领导吃啊，只顾着一个人吃。"我见到她总是喜欢和她开玩笑，她看到我们走过来，立马给我们递瓜子，我们婉言谢绝。"小媳妇"是我给她取的名字，一直没问过她叫什么名字，也就这样一直叫着。病房里都是年龄大的病号，也就我们是同龄人，所以见面时总喜欢开开玩笑。

　　阿姨那大嗓门又叫我了："浩铭今天怎么出来得这么晚？"这大嗓门在寂静的楼道里显得格外响亮。平时形成了规律，午休之后都要出来走路锻炼。"今天第二期化疗，第一天输液时间长，出来晚了。"妻子帮我回答。见到我妻子，阿姨总会夸几句。说我妻子性格好，什么时候都是满脸笑容，会照顾人，我能恢复得这么快，全仗我妻子的贴心照顾。这句话阿姨说得一点都没错，妻子确实很好。生病以来24小时陪护，在我最难受最无助的时候给我希望。即使在医生说无救，全家人都感觉到没有办法想放弃的时候，她仍然坚信，我一定有救，从来没有放弃过救我的念头。积极为我寻找各科医生，多方位会诊，最后找到了解决方案。她是我在黑夜中航行的灯塔，有她在我就充满希望；她是我的避风港，有她在我就会感到安全。在她的精心照料下，我的病情逐步好转，吃喝拉撒都要她来照顾，怎么夸她都不为过。今天我也只是走到电梯口，没再往前面走，身体感觉有些劳累，就坐上轮椅回病床休息。

　　上午化疗时我在昏迷状态，不方便针灸，今天的针灸安排在下午进行。医院不是一个好地方，正常人待的时间长了也会感觉自己是病人。妻子仍旧咳嗽，一直没有彻底康复，总担心自己有病。薛医生来给我针灸时，妻子在谈她的咳嗽，薛医生一听，说针灸也可以治疗咳嗽。妻子想针灸一下试试效果，薛医生提示行针会痛，妻子一副大义凛然的样子。薛医生举起她的右臂，在她的右腹腰部的位置"砰"地一下，扎进去一根长针，"啊啊啊"行针时疼得她直叫。我在病床上小有得意，每次我扎针疼时她总想着至于吗，今天她也尝到了行针的滋味。不是我故意要装，只是那滋味确实不好受。

12月5日，从今天起又要开始吃一周难吃的醋酸泼尼松片，每天20片，激素药物。现在比以前好的是我可以坐起来吃药，相对容易咽一些。吃药时还是用稀饭服药，这样可以不让药片碰到舌头，不用尝到那种透心的苦味。不知不觉能比平时多喝一半的稀饭，20片药，稀饭少的话根本吃不完。上午鲁一医生来查房时问今天咋没看到我去医生办公室的镜子前晃悠，他这也是有点幸灾乐祸啊。明明知道一用化疗药，就会浑身无力，恶心呕吐，还故意问我。我是懒得下床啊，嘴里没味儿。要说没味儿也不完全正确，有苦味儿，加上吃药，更苦。

输液时陪护为我削了一个苹果，吃了半个。快中午的时候鲁一医生又来查房，还从别的科室请来一位专家。说明缘由我才知道他专门请来了泌尿科的主任，会诊我排尿的问题。这一直是鲁医生头疼的问题，也是我头疼担心的问题。从11月3日手术前一天插尿管开始，到今天12月5日，一个月了。我一直离不开尿管，拔了尿不出来，只能再次插上，这是一件很恐怖的事情。如果长时间插尿管，膀胱失去收缩功能，这辈子都无法离开尿管。让鲁一医生头疼的是为什么磁共振检查片子上显示神经不再受压迫，可拔掉尿管就是不会自主排尿呢。

泌尿科的主任掀开被子看了一眼尿管，让护士拿过来一根棉

四、拨云见日层层起　风吹愁散些几许

签。说是棉签,其实用的是棉签后面的竹签,他拿着竹签在我的睾丸上划了一下,看了看,又在上面划了一下。说现在收缩肌的功能还不够强,暂时还要借助尿管排尿。等哪一天用棉签在睾丸上划一下,肌肉立马收缩的话,排尿功能才能算是基本恢复。整天背着尿袋确实不够雅观,影响帅哥形象,更痛苦的是尿道口发炎,尿管里有絮状物,晚上奇痒难忍。现在不再是隔三岔五,而是每天都需要膀胱冲洗,我一直在想象哪一天可以拔除尿管,具体我也不敢想是哪一天。三次尝试拔除尿管均以失败告终,我确实没有勇气再尝试第四次。鲁一医生看到这种情况,私下偷偷地问我妻子,阴茎有没有勃起功能。勃起功能还是有的,只是身体弱,功能肯定差。

中午吃饭仍旧是令人头疼的问题,不用问我想吃什么,我的答案肯定是什么都不想吃。妻子也很无语,早早下楼出去帮我找吃的,看还有没有没吃过的新鲜玩意儿。看到还没吃过的食物就打电话,一会儿一个电话:"面包吃不吃,自制的。""不吃。""夹心饼干吃不吃。""不吃。""红豆饼吃不吃。""来一点儿吧。""要不要再买杯五谷豆浆。""不想喝。"她终于碰到一家卖莲子粥的,兴冲冲地给我打电话,问我喝不喝。薏米、山楂、葡萄干、芝麻、花生的样子又浮现在我脑海里,这是我唯一想喝的东西。妻子专程给我买了一大杯,酸酸甜甜,这就是我的午餐。

下午邻床转来新的病号,病房里的病号都可以行动自如,化疗几天出院回家休息。只有我一个人一直坚守阵地,连我自己都不知道自己是几朝元老了,也习惯了病号换来换去。新来的是位老年人,年龄在八十岁左右,女儿和儿子陪同过来。老头子军人出身,年轻时当过兵,脾气倔。来这个科室的都是癌症,前几年治疗过，现在属于复发转移，浑身疼痛，就是不说上医院，一个人在家里强忍。他女儿聊天说起来，他在家里疼得把牙齿咬断都不提上医院，这次还是被女儿和儿子硬逼着过来的。问老人让谁留下来陪他，老人只点名女儿留下。女儿半开玩笑半当真地问为什么不让儿子留下来陪他，他说儿子忙，还得上班。女儿开玩笑地直接回了一句："我也上班呢！"

老人没再接话，在医院时间长了我也看到一个现象。无论男女病号，女儿来陪伴的占多数。我想是两个原因：一是女人一般来讲要比男人更细心更有耐心，二是传统思想重男轻女，这位老人的想法就是代表。女儿也没抱怨什么，"慈母手中线，游子身上衣，临行密密缝，意恐迟迟归，谁言寸草心，报得三春晖。"我们一辈子报答不完的就是父母的养育之恩，无论怎样尽孝都无法报答。晚上老人的儿子过来替班，病房里人住满了。老头子休息之后，他在门外找了一张空病床休息，有什么情况病房里别的陪护也会叫他，大家都能相互理解，能帮忙的大家都会帮忙。

12月6日，早上醒来还是按照惯例自己在床上试举右臂锻炼。六点的时候叫醒妻子去烧开水，六点四十左右邻床的陪护来病房问老头子早饭想吃什么，他叫了一声："爸。"老头子没有答应，又叫了一声："爸。"老头子仍旧没答应。他想着老头子是不是没听见，或者还没有睡醒，就趴过去看了一眼。这一眼吓坏了他自己，也吓坏了众人。老头子没有呼吸，已经过世了！听到老头子过世的消息，我是毛骨悚然。我在想会不会老头子昨晚已经过世了，我在他旁边躺了整整一夜，心里毛毛的，躺在那里一动也不敢动。他的家属很快赶了过来，陪护借来屏风，放在我们两张床的中间，为我遮挡一下。寿衣也是在病房里穿的，其他病号

四、拨云见日层层起 风吹愁散些几许

行动自如，一个个都离开病房回避。只剩下我和妻子、陪护待在旁边无法移动。他女儿过来安慰了我一句："没事的，别害怕，老头子是寿终正寝。"

安慰是这样安慰，但心里还是怕怕的。他们给老头子穿好寿衣就抬着出去了，总算松了一口气。还好这是白天，要是黑夜又得搬到走廊去睡一晚了。邻床病号抬走之后，妻子陪护帮我穿上"盔甲"出了病房。病人死在病房，护士都要把整个病房消毒之后才让其他病号回去。在外面找了一张闲病床输液，妻子又回病房把吃饭用具拿出来，防止消毒液喷到碗里，顺便把饮料、面包这类吃的东西放到柜子里面。输完液之后去姨夫那个病房聊天说话，他的病房里换来一位新病号，和我是老乡。年龄七十多岁，精神矍铄，两眼炯炯有神，我叫他"矍铄老人"，一点儿都看不出来像病号。他是肺部的问题，秋天在家秋收时还没感觉到什么事，秋收之后发现有咳嗽现象。而且一直吃药也不见好，被家人逼着上医院检查呢，上医院前还在地里忙农活儿。检查出肺癌之后，孩子们都瞒着他。他眼神儿好，听力差，孩子们小声说的话他也听不到，给他说的是肺炎，输几瓶液就好了。平时都是他女儿在医院陪护，他女儿四十多岁，挺健谈，来的时候还带来两副扑克解闷。

提到扑克我就兴奋，天天憋在医院里，除了待在病房看会儿电视，就是在楼道里走路晒太阳。扑克不是什么新玩意儿，只是在医院里没有娱乐方式，能打扑克玩"双升"已经算是享受了。阿姨、我、矍铄老人、老乡四个人组合，姨夫不喜欢打牌，我们打牌的时候他就坐在床上看着。我的右手不灵活，抓牌费事，更别说洗牌了。洗牌是阿姨的任务，陪护帮我抓牌，整好后递给我，四个人玩得不亦乐乎。四个人当中就我身体最差，等我说玩累的时候散场，大家玩得很尽兴，一直玩到我憋得受不了想上厕所时才散场。说是上厕所，其实是排尿，也不好意思在别人的病房当着女士的面排尿啊。散场之后立马回到病房，陪护赶忙把尿管阀门打开，我还在等着他下一步行动，他站着不动等着我排尿。我憋得难受，着急地说："裤子没脱下来绷着尿管，尿袋在后背屁股上面挂着，咋尿呢？"陪护在一旁傻笑着，这才意识到只顾开阀门，忘记给我脱裤子，解尿袋。

陪护总是那么可爱，很实在，对我的照顾也贴心。每次多买的饭菜都要吃完，不让浪费，偶尔也会闹笑话。一次我躺在病床上口渴无味，想吃梨，我并没有直白地讲我想要吃梨，而是简单地说了一句："削个梨呗。"谁知他回了一句："我不渴。"搞得我想直接晕倒，我已经躺在床上了，不用倒，直接晕就可以了。我苦笑着说："你不渴，可以给病号削个梨吃啊。"这下他听明白了什么意思，自己也情不自禁地笑了起来。

晚上岳父和大叔过来看我，白天都要忙事情，也只有晚上能抽出时间。看到我精神饱满甚是欣慰。当时电视里正在上演抗日剧，岳父是毛泽东思想信仰者。在他眼里，没有战胜不了的困难，也没有过不去的坎儿，方法总比困难多。这是他的一贯思想。一看到抗日剧就来精神。大叔看着我仍旧插着尿管，开玩笑说："阀门还不管用？"我笑了笑："暂时还不管用，估计快了。"岳父听到我的回答也感到好笑，说起我现在头发掉光，光光的头。我也开玩笑说："只顾抗日了，没管头发，抗日胜利后，头发自然长出来。"说完我们相视而笑。晚上我们聊了很久，大多是围绕我的病情。从当时的手术，一直聊到现在，直到我感觉疲意，他们才回去。我送他们到电梯口，我想用行动告诉他们，我现在已经不是当时躺在病床上无法动弹的浩铭了。我可以送你们到楼梯口，以后还可以走出住院部，走出医院，还要走出去追逐我的梦想！

12月7日，"哎哟……"疼得我直叫，早晨起床时，妻子帮我提裤子，一下子没有提到腰部。松紧带正好绷住平时打针的位置，每天都要注射鼠神经因子营养神经。虽说屁股是左右开弓，可现在左右都伤痕累累，触碰不得。妻子吓了一跳，自从身体上的疼痛被控制之后，从没见我有过这么强烈的反应。赶忙往上面拉了拉，撒娇地抱着我："老公，我真不是故意的。"说完又吻了一下我的脸颊。

穿好"盔甲"之后，开始出发，首先要去的就是医生办公室。第一要务是站在镜子前面照照自己的样子，准确地讲是看看头上那三根毛是否依然挺拔。还好，够坚挺，屹立不倒！接下来就是在整个楼道巡视一圈，看看老病友，看看老乡，看看阿姨姨夫。每次到他的房间，阿姨总是开玩笑地来一句："浩铭又来巡逻了？"有时也会碰到每天分发日用清单的刘老师，她也喜欢和我开玩笑。时间长了都熟悉，看到我一天天好转她也高兴，偶尔我也会帮她分发病号的日用清单。

上午输的液体五颜六色，有白色、黄色、红色……排尿都显红色。鲁一医生来查房时自己带着棉签，询问过我的病情之后，掀开被子用竹签在我的睾丸上划了一下，看有没有收缩反应。经过这一段时间的辛苦锻炼，胳膊上的臂力有明显恢复，每次我都要和他握握手，让他感受一下我用力时体力恢复的情况。奇怪的是他今天不和我握手，说他的胳膊疼，抬不起来。我故意装作一副很恐怖的样子,张大嘴巴:"呀,不会也和我一样,肿瘤压迫神经,胳膊抬不起来了吧?赶快做个磁共振检查检查,最好是增强。"他看着我无语,只是苦笑:"已经做过磁共振检查了,没事。"我故作深沉地松了一口气:"那就好,你可不能得病,我现在还没有治好呢,你得病了谁来管我?"检查完之后他和张主任以及其他医生去询问其他病号的情况,医院里的医生每天总是忙忙碌碌。

上午薛医生来针灸的时候,我提了个憋了很久的问题,就是为什么我的眼睛感觉向左看的时候有重影?她把手指放在我的眼前,让我的眼睛看着她的手指,随着她的手指走,演示了两遍得出结论:"当时肿瘤压迫神经时,也轻微压迫了视力神经,可以通过针灸恢复。"听到能够针灸恢复我当然高兴,可是恢复视力神经,往哪里针灸呢,不会往眼睛上面扎针吧?我的担心是多余的,刺激视力神经是在眉头上和太阳穴扎针。往这里扎针时我更加紧张害怕,索性把眼睛闭上。薛医生不再是直接"砰砰砰砰"扎针,只是小心翼翼地扎进去,扎进去时我能听到扎进骨头的声音。眉头上四根针,两个太阳穴各扎一根,扎完之后再通电刺激,刺激完之后我明显感觉到重影感减轻了许多。

经过这一段的针灸通电刺激,右手神经也有明显恢复。手指都可以伸展开来,只是无名指无法伸直,和其他手指相比矮了一截。手指也会不自觉地发抖,不过相比以前恢复了很多。针灸之后,重影的确有所减轻。也许就像薛医生说的,我的眼睛重影程度不深,恢复得快,用不了几次针灸就可以治愈。针灸过程是痛苦的,但效果是明显的。虽然有时也和薛医生开玩笑,内心还是挺感激她的,神经的快速恢复得益于鼠神经因子针剂和针灸结合

四、拨云见日层层起 风吹愁散些几许

治疗。

　　午休之后起身直"奔"老乡那里开始"双升"大战。阿姨是鼎力配合，只要能让病号开心，她是义不容辞。今天下午我的手气真好，每次抓的牌都不赖。我们是节节高升，一路凯歌，好不容易输了一次，把对方给乐呵的，像终于熬到铁树开花似的。我们一点也无所谓，总不能一下午不让对方赢一次吧。对方的乐呵劲儿刚过，脸上又出现愁容。眼看着牌要抓完，我暗地里窃喜，我一个人拿了三个王，对方很可能亮不起来主。胜的一方必须有大王或者小王才能报，我一个人占了三个，剩余一个他们三个人分，对方是你看着我、我看着你，大眼瞪小眼。我有预感另外那个王还在我方手里，果不其然，对方没有王，乐得我哈哈大笑。有点"踏破铁鞋无觅处，得来全不费功夫"的感觉。对方破天荒胜了一次，到手的江山又得拱手让给我们。把阿姨的脸都憋红了，又气又好笑，自己也憋不住地笑出声来。这天下午我们玩得很尽兴，甚至忘记了时间。看到别的病号把饭端到病房时我们才意识到该吃晚饭了，这才散场，恋恋不舍地回病房。

　　晚上让陪护给我买了一份儿糊涂面条。从小我就爱吃糊涂面条，汤面条里放些玉米面、青菜（尤其是晒干的青菜）、花生，再用酱油、香油烹一些葱花，往面条里一搅，十里飘香。糊涂糊涂，难得糊涂，人生难得糊涂。活得太明白太累，尤其是癌症病人，好多都是自己把自己吓死的，还是糊涂一点儿好。吃过饭之后，我坐在护士站开始练字，值班护士路过时朝我笑了笑："又替我们值班呢。""是啊，你们可以休息去了，我替你们值班。"我回答得铿锵有力。状态好的时候，晚上我都要坐在护士站写写字。写字对现在的我来讲还是很吃力，歪歪扭扭，写不工整，写几个字就要停下来休息一会儿，右手还是不听使唤，用力写字时小臂有肿胀感。我写的字都是以前自己背的诗词，或者自己创作的诗词。

喜欢李白的豪迈，酒入豪肠，三分啸成剑气，余下七分酿作诗篇，绣口一吐，就是半个盛唐！当我写到"飞流直下三千尺，疑似银河落九天"时，仿佛看到了万仙山的黑龙潭瀑布；喜欢杜甫的忧国忧民，笔落惊风雨，诗成泣鬼神！当我写到"烽火连三月，家书抵万金"时，仿佛自己回到了古代战乱时期，也想骑马上阵，戍守边疆；喜欢才女李清照的委婉与忧伤，憔悴损，切盼伊人归；怨一世，且叹黄花泪！此花不与群花比，自是花中第一流！那句"寻寻觅觅，冷冷清清，凄凄惨惨戚戚"，简直成了她个人的专有品牌，彪炳于文学史，空前绝后，没有任何人能企及。于是，她便被当作了愁的化身。我会跟着她一起哀愁，"才下眉头，却上心头"。直到自己写累的时候，就在楼道里巡视一圈儿，病友称我为"巡视长"，睡觉前"例行公事"，要去楼道巡视一圈儿。如果时间宽裕的话，也会走到走廊的另一头，看看窗外的星空，约莫病房里的病友都睡着之后才回去排便。

不断的康复，也会不断面临新的挑战。一直以来我都是在病房里大小便，虽然很无奈，也能理解同一个病房的病友是很不舒服的，只是人家也没办法，无可奈何。我排大便困难，耗时时间长，虽然每次排大便前，都会把门窗打开，空气对流，但那种难闻的气味还是弥漫满屋。现在腿上体力比以前有明显增强，所以我打算尝试着在走廊上用坐便器排便。因为坐着排便可以减轻排便时用力的力度，更重要的是不用再"祸害"别人。病房是公共场合，不能因我一个人，污染一圈儿。说干就干，等到外面的病

四、拨云见日层层起　风吹愁散些几许

号和陪护大多就寝之后，妻子去护士站找来屏风，帮我遮挡一下。虽说是病号，但要是有人经过看到一个大男人在走廊上排大便也挺羞的。现在排大便不再是特别困难的事情，只是还离不开开塞露。主要是自己没有排大便的感觉，不是想排大便的时候去排便，而是借助药物人为设定排便时间，十五分钟就可以搞定。妻子帮我擦完屁股之后，还要再用温水泡过的毛巾擦一遍，防止细菌感染尿路附近。站起的那一刹那，双腿有点麻木，身体晃悠了一下。妻子立马抱紧我，问我行不行，我说没事，只是这样坐得时间长了，腿脚属于自然麻木。坐在走廊的病床上休息一下再回病房，她开始清扫"战场"。腿脚麻木感消失之后，我自己起身走回病房，陪护帮我"解甲归床"，睡觉前按惯例再冲一碗鸡蛋水增强营养。

12月8日，一大早醒来，脊柱疼得厉害，感觉如骨折一般，疼得我直想叫。坏了坏了，怎么没有一点征兆的情况下脊柱疼得这么厉害，不会真的骨折了吧，没有受到严重的撞击啊？难不成癌细胞转移？自己心里开始恐惧起来，论疼痛，远没化疗前疼得厉害，只是那时不知道病情的严重，也无所谓恐惧。现在知道了自己的病情，反而懂得了害怕，越想越不敢想。晚上姐夫值班陪护，我让妻子赶快把睡在走廊的姐夫叫醒。一听脊柱疼痛，他也吓了一跳，不过立马排除了骨折的可能。因为我躺在病床上，可以用屁股垫着病床轻微移动自己的身体。假如脊柱骨折的话，身体就像瘫痪一样，根本无法动弹。现在这种情况大家都不知所措，不等鲁一医生过来上班就赶紧给他打电话报告病情。我们这边都急得不行，他在电话那头倒是挺淡定，真是急病慢医生。他对我的病情了如指掌，癌细胞转移也不可能，只可能是别的原因导致。

　　姐夫在走廊上焦急地等待着，鲁一医生过来之后，直接来我的病房查看。妻子和陪护、姐夫一起小心翼翼地把我向里侧翻，背对着医生。鲁一医生在我脊柱上下按了按，尤其是我说疼痛的地方。那个位置确实红红的，正好是脊柱骨头凸起的地方，处于腰部上方，像是被东西硌到似的。我仔细想了想，没有被什么硌到啊？我一直戴着颈托，不可能被硬物硌到，难不成是颈托硌到了？但以前戴了这么长时间的颈托也没出现过这种现象。我突然想到前一天下午打牌的情形，由于节节连胜，我有点得意忘形，抓牌都是自己来。每抓一张牌都要身体前倾一下，坐的凳子有点低，身体前倾时夹板正好硌到那个点位。前一天下午打牌时间也确实够长，才导致了今天的状况，把大家伙都吓了一跳。找到了病因，就好对症下药，鲁一医生说买盒扶他林软膏涂抹患处消炎止痛即可。

　　科室里来了一批实习护士，都是即将毕业的大学生。虽说业务不够熟练，但做事踏实认真。每天都按时按点，每三个小时过来量一次体温。我好久没量过体温，体温一直恒定，没有三个小时量一次体温的必要。不过看着新来的护士这么细心认真，我再不情愿也要配合一下工作。接过体温计后，让妻子帮我夹在右侧腋窝下，输液期间，该说说该笑笑，完全忘记自己还在量体温。直到护士过来收体温计，妻子才把体温计从我腋下取出。知道我的体温一直恒定，取出体温计时看也没看，直接递给了护士。"38.5℃！"护士看着有些吃惊地读出来，38.5℃？也吓了我一跳，不对啊，以前37.5℃我就感觉浑身疼痛，现在38.5℃我怎么没有这种感觉，难道神经感觉异常连疼痛感也感觉不出来了吗？

四、拨云见日层层起　风吹愁散些几许

自己用左手抚摸了一下自己的额头，不热啊。妻子还是不相信，用她的额头挨了挨我的额头，和她的体温差不多啊。我让妻子把温度计甩下去再测一次。这一次严格按照五分钟的测试时间，这次我把温度计紧紧夹牢，丝毫不敢松懈。紧张的五分钟结束了，妻子小心翼翼地取出温度计，体温正常，36.5℃。测试前甩到了35℃，温度计应该没问题。护士再次来的时候，我告诉她温度正常，又追问是不是给我温度计的时候没有把水银柱甩下去，她也支支吾吾说不上来。她给我温度计的时候也没看当时的刻度，又出去问了一下领班护士，答案是领班护士给她们温度计的时候都没甩温度计。她过来之后挺不好意思说给我温度计的时候没看刻度，也没甩温度计。说完之后又补充解释了一句：在原来科室实习时，领班分发温度计时，都提前甩到36℃以下。说完之后，我禁不住笑了出来，开玩笑地说："下次再发温度计时看一下，以后可不能这样吓病号了。本来病号的心理就脆弱，你再这样一吓，更容易受伤！"她也很不好意思地红着脸道歉。

　　涂抹过扶他林软膏之后，脊背上的疼痛感有所减轻，也可能是心理作用。下午午休过后，照常起身去走廊里巡逻。出门时底气略有不足，脊柱下端还是有点疼痛，迈步比以前稍小。不远处阿姨姨夫在走廊上晒太阳，看到我之后就打招呼问下午打牌不，我笑着连连拒绝。她倒是感觉不正常，平时都是我很热衷打牌，她不想玩时还硬拉着她凑人数陪着玩呢，今天怎么我倒是拒绝玩牌了。解释过原因之后，她笑着打趣我，"下次再玩牌时自己悠着点。"今天说是晒太阳，那是瞎说。今天外面也没太阳，阴天，雾蒙蒙的。美其名曰："雾霾"。雾霾这个词语应该属于新生词语，以前没听说过。近几年环境恶化，才有了雾霾这个词语。室外一天都被大雾笼罩，我们在走廊的病床上坐着聊天。陪护在后面推着轮椅跟着，现在轮椅对我来说只能算是备用，以防万一我体力不支，可以坐着轮椅回病房。不过一般情况下，我都是可以自己走回去，还没出现过其他情况。实在累的时候，就在走廊的病床上暂坐休息。

没人打牌，我的那个老乡和她父亲——我称为"矍铄老人"的病友也出来溜达。"矍铄老人"很好伺候，只要按时把饭菜买好就行，其他的一切都可以自理。医院留一个陪护，医生找的时候有人负责就够了。他午休之后也出来散步，背着双手，踱着八字步，走起路来轻盈矫健。常年劳作，皮肤被太阳晒得黝黑发亮，根本看不出是病号。聊天时我还和老乡开玩笑，说给他一把铁耙，现在人家立马就可以下地去锄地。老乡笑了笑说："一点儿没错，父亲是闲不住的人。天天嘟囔着回家种地去呢，放不下他那二亩田地。我也一直在安慰他，等输几天液，咳嗽好了就回家种地去。"

"抗癌英雄"这两天的状态不太好，不知何时起，他的床号上了公示栏的病危格。我对他的病情有点担心，正常情况上病危栏之后三四天面临的就是抢救，再之后就是抢救无效。我害怕在不久的一天，抢救也会降临在他的身上。作为一个抗癌八年的老兵，何等的艰辛，他给癌症病号树立了一个榜样。他用自己的生命书写了"坚韧"和"毅力"，我们大伙儿都佩服他。这两天在病房里他说话很少，也许是熟悉了，没什么话可说。也许是病情的恶化，没有心思和体力再说。他的两个女儿今天都在病房里陪护，大女儿按照父亲的吩咐，专程从家里炖的排骨，看到他的胃口大好，我心里有丝丝安慰。我希望身边的每一位病友都能康复，都

四、拨云见日层层起　风吹愁散些几许

能活着走出医院。

晚上他的情况不容乐观,我刚躺到病床上想休息一会儿,他女儿就慌忙去叫值班医生,说她父亲开始咯血。我一见势头不对,立马让妻子和陪护帮我穿戴"盔甲",以前都是来不及出去,等着病号在病房里病逝穿寿衣,现在可以去外面回避,就赶紧出去。医生领着几个护士过来抢救"抗癌英雄",我在走廊上背着电梯的病床上坐着,即使有什么不测,他们走电梯也不会从我眼前经过。事情总是来得那么突然,医生和护士紧张地抢救,"抗癌英雄"的两个女儿跪在病床旁大声哭喊:"爸,你不能死,爸,你还没看着女儿出嫁呢,爸……"伴随着哭声,女孩子的声音尖,加上医生和护士进进出出病房,病房门也无法关闭,哭喊声响彻了整个楼道。坐在病房外的我听得心惊胆战,妻子坐在我旁边紧紧地抱着我,安慰我:"不怕,不怕。"

病房里的哭声越来越大,听到医生还在叮嘱现在不要哭,但也无济于事,哭声丝毫没有降低。经过半个小时的奋力抢救,最后无效病逝。哭泣声渐渐听不到了,想必是家人过来处理了后事。走廊上来来往往的病号和家属有的指指点点、窃窃私语。我坐累了,就躺在病床上休息,妻子一直坐在我的身旁。不知何时从厕所里走来一位老太太,七十来岁,胖胖的,圆脸,看上去精神不错。她是来陪护她爱人的,知道我们病房有病友去世,上前来和我爱人搭话。听了第一句话之后我直接无语,上来就是:"小姑娘,你把你妈照顾得真好,真孝顺。"妻子听了之后辩解了一句:"我照顾的不是我妈,是我老公。"老太太耳朵不好使,听不清我妻子说的话,继续往下说:"以前看你推着你妈在楼道里走,现在你妈都不用坐轮椅了,可以自己行走了,恢复得真好。"

我躺在床上一声不吭，真不知该如何辩解。和老太太也说不清楚，就由着老太太说吧。唉，老太太不仅耳朵不好使，眼神也不好，居然能把男人看成女人。不过这个我也理解，在这个科室，病号用过化疗药之后，清一色的光头，只看头顶的话也不好分男女。加上我穿了一身红色的女士睡衣，不说话的情况下也容易被认成女人。何况老太太七十来岁，眼神不好，把我当成女人对她来讲也属正常，只是有点哭笑不得。

"抗癌英雄"被抬走之后，我让妻子去找护士给病房消毒。护士问了一下病号们晚上回不回病房里住，说实话大家都不想回病房，毕竟会有心理阴影。只是科室里的病号都住满了，走廊上的加床也全是病号，没有空余的床铺供我们选择，只能再回原病房住。我现在心里有点无所谓的感觉，身边的病号离世穿寿衣也不是第一次遇到。当初选这个病房就是因为这个病房是个大病房，病号多，阳气足。大家都没得选择，都得回病房住。我也不害怕，护士消毒之后，打开窗户和房门，让空气对流一下，散散病房里消毒液的味道。直到晚上十二点时大家才回病房，走进病房那一刻，我还是被吓了一跳。"抗癌英雄"的床铺虽然被收走了，可地上还有他咳出来的血，好大一片。我顿时想到了《射雕英雄传》老叫花北丐洪七公中了欧阳锋的蛇毒之后，运功疗伤，口吐鲜血的样子，太恐怖了。

癌症科室病号无救离世也属于正常现象，只是口吐鲜血，这么恐惧悲壮的情形我还是第一次碰到，一晚上我都不敢看"抗癌英雄"躺过的那张病床。闭上眼睛之后，还是不由自主地想起"抗癌英雄"在病房里的情形，滔滔不绝地讲述他的抗癌历史。我一直在想他最后吃的那顿排骨，两天前已经吃不下东西了。今

四、拨云见日层层起　风吹愁散些几许

天他主动要求女儿专程为他炖排骨，并且吃得很多，今天的状态也比以前都要好，难道这就是老人们说的人死之前的回光返照？临走前吃饱不做饿死鬼，愿"抗癌英雄"在天堂不再有痛苦。

"人生得意须尽欢，莫使金樽空对月。"欣赏李白的洒脱。对于身患癌症的我，经历过生死成败，目睹了病友的痛苦离去，更能体会"人生有酒须当尽，一滴何曾到九泉"！

12月9日的太阳照常升起，这个世界不会因为谁的离去而停止转动。"抗癌英雄"的病床上又安排了新的病号。经过这一段时间的针灸治疗，我的神经有明显的恢复，尤其是眼睛，基本上已经没有重影的感觉。上午薛医生过来扎针时我和她商量，眼部是不是不用再扎针了。她用手指在我眼前测试了一下，我的眼珠随着她的手指转动，还有一点点斜视，需要再针灸两次才能完全恢复。针灸是痛苦的，尤其是扎针通电时，可为了能让神经早日恢复，这是结合治疗最好的方法。没得选择，只能咬紧牙坚持下去。手臂的力度也在逐渐增强，手指除了无名指之外都可以伸展。发抖是神经压迫留下的后遗症，需要更长的时间来恢复，也有可能这辈子都无法完全恢复。

走廊里的病人换了一批又一批，今天又添了新的病号。天天住在这个科室，病号基本上都认识，尽管大多数都叫不出名字，但一看就知道是这个科室的。每天都要巡逻几遍，来的新病号一眼就能认出来。今天来的男病号四十多岁，病房里的病床安排满了，他只能被安排在走廊上的加床。妻子是他的陪护，路过的时候他妻子主动找我说话，也许是看我的装扮特别醒目吧。年龄小也是我的特别之处，他妻子对我的病情很好奇，为什么年纪轻轻就得癌症。聊天时无意中谈到眼睛重影的问题，得知她老公眼睛也有重影的情况，后来我把他称为"重影病人"。我说最近一直在针灸，对眼睛重影治疗效果明显，并把薛医生的联系方式给了她。聊天过程中得知她有两个孩子，都在上初中，我打心眼儿里羡慕。不是羡慕他得这种病，也不是羡慕他有两个孩子，而是羡慕他孩子都已经上初中了。年龄大点好，即使得这种不好的病，孩子也基本上可以照顾自己了，要是现在我的孩子也上初中该多好啊，心里多少有点安慰。想想我的孩子还在幼儿园，还在牙牙学语，心里顿生凄凉之感。人生有太多的不可预料，人生有太多的无法选择。现在我能做的就是努力开心点，让自己的病早日康复。

下午神经康复医生过来检查我的康复情况，对我目前的体力恢复还算满意，神经方面仍需进一步锻炼。他给我指导了目前阶段的康复动作，建议我做臂力恢复训练时加个捆绑沙袋。简单的右臂试举已经满足不了我目前体力恢复需求，之后又指导我半蹲动作，锻炼腿部肌肉。这个动作对我来讲太难了。腿部无力，可以简单做下蹲马步的动作，只是支撑不了多久，半蹲基本上蹲不下去。蹲不下去也得训练，只好扶着床头试着下蹲，累得我浑身是汗。最后又教了我一个躺在床上展臂的动作，平躺在床上，右手放在左边肩膀，用力把右臂举起来，这个动作直到我第一次出院都没能完成。这个动作总是需要分两步，把手臂伸直之后，再举起来，每次我都在颤抖中举起。如果要想一步举起来，就需要陪护帮忙协助，在胳膊快到竖直那一刹那帮我抬一下，就是这一步很难成功。站起来做这个动作没有一点困难，躺下来就使不上力气。

日子就这样一天天过着，有康复训练得满头大汗，也有针灸害怕得不敢观看，还有令人好笑得合不拢嘴。日子虽然清苦，我却过得有滋有味。外面的人是"为名忙为利忙忙里偷闲喝杯茶去"，我是"劳心苦劳力苦苦中作乐拿壶'酒'来"，每当自己有新的突破，心情舒畅时也想效仿乔峰，大碗喝酒。只是化疗损伤了五脏六腑，酒是喝不了了，喝水还差不多。住院期间，我一直当自己是位英雄，一副大义凛然、无所畏惧的样子。也就是这种心态，我的病情恢复得比预想的要快。

再见"重影病人"时已经是12月15日，他搬进了病房，躺在门口的病床上。没有一点精神，半昏迷状态，头上还装有仪器，灯光一闪一闪。他的妻子在旁边也失去了平时的笑容，我也不知说什么才好。他妻子凑近他耳边说："23床那个小兄弟来看你了。"他像应付差事一样"嗯"了一声，眼睛都没有睁开。两个孩子在凳子上静静地坐着，他们知道父亲生病了，具体什么病，以及严重性也许还体会不到。病房外的座椅上坐着他大哥，长相和他确实有几分相像。两个人站在一块，一眼就可以认出是兄弟俩，他眼角红红的还闪着泪花。我本想问问他眼睛重影的问题有没有找我说的针灸医生针灸，没等我说话，他妻子说他的情况不太好，医生也很无奈。我明白了什么意思，就没再往下继续说。之后就没再见过他，他同一房间的病号说他走了。时间太快了，短短的十天光景就夺走了一个人的生命，也不知道他妻子一个人领着两个孩子如何生活。引用列夫·托尔斯泰的一句话："幸福的家庭是一样的，不幸的家庭各有各的不幸。"家家都有难念的经。

长时间的劳累，妻子从来没有休整过。今天是周日，姐姐和妹妹都放假休息，妹妹过来替换一下妻子，让妻子回家洗洗澡，拿一下换洗的衣服。妻子一回去，我总感觉心里空荡荡的，习惯了依赖，即使现在病情明显好转，也离不开她。下午空闲之余，也照例去楼道里走动，也去串门巡查病房，还在老乡屋里打了半下午扑克。虽然阿姨很配合，下午我的手气也不错，一路过关斩将，但总觉得缺少点什么。妻子不在的时候，总是感觉缺乏安全感，万一出现这种情况怎么办？万一出现那种情况怎么办？我打牌时心中仍充满了焦虑，只是闲下来会更焦虑，只能用忙碌、用扑克来麻痹自己，让时间过得快一点儿。天渐渐地暗了下来，透过窗户已经可以看到对面高楼里亮起了灯光。病房里的陪护陆陆续续进出买饭，每当听到推门声，我不由自主地向门口看去，总认为推门进来的是妻子。直到天完全黑下来的时候，妻子推门进来了，一进来就给我一个大大的拥抱。阿姨在一旁打趣："媛媛一走，浩铭打牌都魂不守舍的，时不时地看看门口，生怕你一走不回来呢。"妻子赶忙接话："把谁丢下，我也不能把他丢下不管啊。"直到妻子回来，我们才回病房吃晚饭。

12月17日，我醒来时天还未亮，躺在床上训练着康复医生演示的训练项目：

1. 手臂直举到耳朵边，然后放平且过程中胳膊不能打弯，20个为一组；

2. 胳膊肘打开90°，右手摸左肩膀，然后直立举起，20个为一组，每天坚持做三组，这一项一直达标不了；

3. 伸手握拳每天100下；

4. 拱腰搭桥和屈腿抬肚，要求10秒每次，每天20次。

感觉自己就像健身运动员在健身房里训练一样，一直训练到筋疲力尽才会停下来休息。对床的陪护老大娘觉少，我醒来之后她就醒了。每天都看着我一个人躺在床上伸腿举胳膊做康复训

四、拨云见日层层起　风吹愁散些几许

练，她出门打开水路过我的床铺时，总是热情地赞赏一句："又锻炼呢。"

上午鲁一医生过来查房时，用竹签在我睾丸上划了一下。看过反应之后，很随意地说了一句："今天拔尿管，做尿动力检查。"声音不大，传到我的耳朵里却是晴天霹雳，我没听错吧，我又向他确认了一下："今天拔尿管？做尿动力检查？"

他语气坚定地点头："是！"

我现在都无法想象我当时的表情，哭丧着脸，既无辜又无奈。我知道这是他的最后通牒，我也知道这一天迟早都要来到，只是没想到来得这么突然，让我自己一点心理准备都没有。心里充满了担心、害怕、恐惧……

"假如拔出尿管之后还不会排尿怎么办，又得忍受痛苦再插上？"我内心极不情愿地追问。

"假如拔出尿管之后还不会排尿，"他停顿了一下，态度严肃地说："也不能再插尿管了，现在的情况都需要天天膀胱冲洗，有时一天得冲洗两次。假如膀胱没有收缩排尿功能的话，可能需要考虑膀胱造瘘。"

膀胱造瘘？虽然不知道确切意思，但大概知道是在小腹上开一个口子，用导管直接插进膀胱里面，而不是再用尿管从尿道口插入膀胱。我的眼前有点黑，脑子有点晕，难不成一辈子都要在小腹上开个口子排尿过日子吧，见朋友亲戚时都要带着尿袋。形象不说，那该有多么痛苦，还不如插尿管呢。现在居然说不能再插尿管了，我太害怕了。我不想拔掉尿管去做尿动力检查，我接受不了膀胱造瘘，接受不了一辈子带着尿管过日子的现实！

今天的尿动力检查，做也得做，不做也得做，怕是躲不过去了。怕也没有用，闭着眼睛也得面对。鲁一医生走出病房门之后，我就让妻子给姐夫打电话，说今天做尿动力检查，让他过来。姐夫比我大八岁，从姐夫和姐姐结婚，一直扮演我家长的角色。人生大事，无论中考、高考、上大学，到参加工作，都有姐夫陪同。包括这次生病以来，姐夫简直是忙前忙后，我心里对他产生了依赖。有姐夫和妻子在，我的心里就是踏实的。今天的尿动力检查到底会是什么结果，谁也不知道。有姐夫和妻子在场，起码在心理上能给我壮壮胆。上午输液结束，鲁一医生帮我联系了泌尿科室的主任。陪护去护士站找来轮椅，虽说现在可以走一段路，但尿动力检查在另外一栋大楼。我自认为还没那么大的能耐可以从这栋楼走到另一栋楼，妻子、姐夫、陪护推着我去做尿动力检查。

我的心一直在怦怦地剧烈跳动，心神不宁。姐夫在旁边一副满不在乎的样子，安慰我："肯定没事的，不用多想！"姐夫虽然学历不高，但心理素质很好，第一次开车熟练后就敢直接上路。清晰地记得我高考那两天，从考场下来简直像打了败仗一样，无精打采，吃不下饭。他看着我也心疼，只是他无法理解，不过就是个考试嘛，为什么从考场出来就吃不进东西呢？这就是心理素质好和心理素质差的区别。虽然心里还是忐忑不安，但听了姐夫的话，我多少有点慰藉。

中午外面阳光明媚，看起来挺暖和，但光线不足，寒气重。妻子把我的红色羽绒服往上面拉了拉，将我裹得更严实。快到下班时我赶到了泌尿外科，主任在办公室很热情地接待了我们。说明来意之后，他直接领我们去尿动力检查室。检查室我进得多了，B超检查室、磁共振检查室、CT检查室等等，每次检查都会

四、拨云见日层层起　风吹愁散些几许

紧张，可来做尿动力检查却让我莫名有种毛骨悚然的感觉。我也不知道尿动力检查会不会很痛苦，但我知道如果检查结果不好，我得靠膀胱造瘘排尿，太恐怖了。做尿动力检查可以让家属在屋内陪同，这让我忐忑不安的心稍微放松了一些。

尿动力检查仪器有点像健身房里的健身仪器，看上去也像坐便器。屁股可以露出来，妻子扶我走下轮椅，帮我把裤子脱掉，先躺在旁边的活动病床上拔掉尿管。妻子一直站在病床边握着我的手给我力量和信心，拔尿管倒是没什么痛苦，只是我自己紧张害怕。尿管拔出之后，医生说还要在尿道里插一根管子，类似于尿管，不过比尿管要硬。尿管已经插过四次拔过四次了，也不在乎多插这一次。程序还是按着插尿管的程序，确实比插尿管难受。这个管子像打毛衣用的毛衣针一样，笔直坚硬，看着闪闪发亮的，我估计是不锈钢制作的。

插好之后他扶我坐在检查仪器上，站起来走路时如履薄冰，战战兢兢。虽然我穿着"盔甲"无法低头看，不过往下斜视的时候还是看到了这个管子，长长地露在外面，生怕走路不小心就会碰到。坐在检查仪器上面之后，主任发现管子没插到位，好像我的器官位置有些偏移，可能是神经压迫的缘故吧。他让助手去拿了一套无菌手套，他戴上之后手指从肛门里伸进去，另一只手扶住管子，将其摆正到位。一切就绪之后开始试验，通过刚才插的不锈钢管子向膀胱里注水。注水的时候我能听到水流声，医生让我实在憋不住时再说话。随着注水越来越多，肚子感觉越来越胀，我忍不住叫停。医生操作仪器记录了一下刻度，将注水管拔开之后，水流开始哗哗排出。然后又进行了两次试验确认，试验结束之后才把不锈钢管子拔出来，妻子急切地问医生："检查结果怎么样？"

"膀胱有收缩功能，比常人收缩功能弱一点，储存尿量也比常人少。"

"那拔除尿管之后能不能自行排尿，用不用膀胱造瘘或者再插尿管？"

"从目前的检查情况来看，还算理想，不至于到膀胱造瘘的地步。至于拔出尿管之后会不会自行排尿，只能看接下来的情况了。反正尿管现在已经拔除，先不急着再插，试试会不会自行排尿。"

听到这些，我悬着的心才放到肚子里。虽然结果没有想象的那么好，但也没有想象的那么差。也许不用再插尿管就可以自行排尿，听天由命吧。穿上裤子之后，我开始坐着轮椅乘电梯下楼，出了电梯门不到十米，我感觉到有尿意，想要排尿。让妻子停一停，扶我起来，刚站起来还没等到脱裤子就尿了出来。尿量不多，尿到厚厚的保暖裤里面了，顺着大腿流了下来，湿湿的，凉凉的。听到我说刚才尿出来了，妻子在旁边兴奋得蹦起来拍手，大家都挺高兴，尿裤子也高兴，终于会自行排尿了。

我有点不相信自己可以自行排尿，所以没有表现得异常激动。我按捺住自己内心的兴奋，我在想是不是尿管插的时间太长，把尿道口撑开了，没有什么收缩功能，产生点尿液就会自动流出来。刚才我也没有确切的意识，到底是站起来之后尿液自行流出来，还是膀胱收缩尿了出来。也不知会不会像在外科手术之后那样，前两天会尿，两天之后又不得不再次插上尿管，反正不管怎么说，现在可以排尿是好事。

中午我还是照常坐在床头柜旁边的凳子上吃饭，正吃饭的时

四、拨云见日层层起　风吹愁散些几许

候突然有了尿意，真是一秒都没法憋，让妻子赶快把尿壶拿过来。我都没敢站起来，也就是坐在凳子上时能硬憋几秒钟。妻子把尿壶拿过来之后，我们像跑步比赛抢跑一样，她给我脱下裤子之后，以迅雷不及掩耳之势把尿壶放好，尿液立马出来一点点。也就一口水的量，就这么一点点尿液都憋不住。我还是有点不相信自己会排尿，直到午休起来产生尿意，排出100毫升之后，我才相信自己确实会自行排尿了。内心的兴奋不言而喻，逮到护士我都会告诉她我会排尿了。

"杜鹃，我会排尿了。"

"王明月，我会排尿了。"

"徐慧，我会排尿了。"

"马思涵，我会排尿了。"

……

逮到张腾腾之后，"张腾腾"，张腾腾的嘴快，还没等我往下说，脱口而出一句："你不用说了，我知道你会排尿了。"把我的话堵了回去。

"我会排尿了，我会排尿了，我……会……排……尿……了。"这句话响彻整个楼道。

"神经病！"楼道里的病号家属小声地嘟囔着。

多少人看着我像神经病一样，可谁能理解此时此刻的意义。像跑完了马拉松，如释重负的感觉，我激动得想流泪。四十四天，谁也体会不了四十四天尿不出来插着尿管的感受，插了四次，拔了四次。拔一次不会排尿，再次插上，每天都要做膀胱冲洗，每天都要忍受炎症奇痒难忍的痛苦，每天都要背着尿袋走路……尿尿对常人来讲，是平常得不能再平常的事情，可对我来讲一直是种奢望。多少次梦到自己拔除尿管之后可以自行排尿，也多少次被终生佩戴尿管的噩梦惊醒。

这一刻，我真的太兴奋了，像夺取了奥运金牌。这在我的治疗史上具有划时代的意义。

径直走到阿姨和老乡的病房，我像二十世纪八十年代穿上新衣服给大人展示美感的小姑娘，在屋里的宽敞处转了两圈儿，问阿姨我有什么变化没。她是从头打量到脚，那眼神透露出迷茫和疑惑。我又转了一圈儿，然后提示了她一句："看身上的管子。"

她长"噢"了一声，像是猜谜语知道了谜底一样，还故作卖弄，然后斩钉截铁地来了一句："尿管拔了！"

"对，我现在庄严地宣布，尿管在我身上插了四十四天之后，终于被'光荣'拔除了！"

阿姨、姨夫、老乡、"矍铄老人"都为我竖起大拇指，他们见证了我一步步恢复。阿姨嘴里还在夸我妻子："你能够恢复得这么快，多亏了媛媛的照顾。"是啊，在我生病期间，妻子起到了至关重要的作用，用她自己的话讲是——特一级陪护级别！以我得意忘形人来疯的性格，现在绝对要"斗地主，打双升"，大战三百回合。只是我的脊背前几天打牌硌到之后旧伤未愈，还在擦着药膏，只能作罢。

晚上，精神依旧处于亢奋状态，我突发灵感想写两首诗来抒发一下自己内心的感慨。坐在护士站的工作台前，闭目冥想。从生病入院，到今日的恢复，妻子和姐夫功不可没，也是用言语无法表达的。手持"养正消积胶囊"的赠笔，写了两首：

夫妻情

四、拨云见日层层起　风吹愁散些几许

安乐生活病不期，

忽来晴天响霹雳。

贴身陪护晨与夜，

幸脱险境无为奇。

兄弟义

莫道非兄弟，

休言无血亲。

人生转折处，

总见忙碌影。

这一天晚上终于不用再受炎症的折磨，只是膀胱憋不了太多的尿液，晚上叫醒妻子两三次。苦了她了，在医院陪护从来没有睡过安稳觉。23点20分排尿100毫升，凌晨2点30分排尿180毫升，4点50分排尿130毫升。12月18日，醒来总感觉没有休息好，分析原因：一是尿管拔除之后的激动，二是泌尿科医生开的哈乐药，属于利于排尿的药，是药三分毒，也有影响睡眠的副作用，这些都是推理猜测，我自己认为应该是兴奋过度。

护士按时过来输液，每次输液的时候都要把冲洗膀胱的盐水一并输上。鲁一医生昨天下夜班，下午没在医院，不知道拔除尿管之后我可以自行排尿，还没来得及给我取消膀胱冲洗，护士照章办事。我看着护士按惯例把盐水挂在脚头的输液架上，我心里在暗暗偷笑，有点幸灾乐祸的感觉。小样，我看你的膀胱冲洗液往哪里扎。护士还是小心翼翼地先扎上输液的液体，然后去扎膀胱冲洗的液体，前后左右看了看找不到尿管，迷茫地看了看我。我忍不住哈哈大笑起来："尿管昨天已经拔了，你往哪里扎？全楼道都知道我会排尿了，鲁一医生昨天中午下夜班，没有及时取消，告诉他一声就行，不用再膀胱冲洗了。"护士有点丈二和尚摸不着头脑，而后恍然大悟地回话："哦哦。"之后继续忙她的事情去了，我带着满满的成就感等着鲁一医生。鲁一医生像平常一样走过来，我一直感觉随着病情的好转，他对我没有以前重视。我本想为他没能及时取消膀胱冲洗的事批评他一顿，可看到他时还是按捺不住内心的兴奋，早已把批评这回事抛到九霄云外了。

"我郑重地告诉你一个全楼道都知道，而你还被蒙在鼓里的消息。"我故作卖弄，阴阳怪气地说。

"是不是你会排尿了？"他带有试探的口气问。

"知道还不把膀胱冲洗取消？"语气里带有生气、责怪，倒不是因为他没取消膀胱冲洗，是因为我想表现一下，他剥夺了我的表现机会。

他无奈地呵呵一笑。

不用再插尿管，输完液之后我打算起床上厕所排尿，陪护陪同过去。这是手术之后第一次上厕所排尿。走进厕所那一刻，心旷神怡，厕所里的空气太清新了。看到这句话的人肯定认为我写错了，要不就真是神经病了。厕所是最难闻的地方，你居然说空气太清新了，不是有病是什么？是的，长时间待在病房，空气无法流通，虽然病房的味道不像厕所的臭味，但真是难以忍受。我自己都无法想象当时是怎样天天乐呵着呼吸这乌烟瘴气，居然吃

四、拨云见日层层起　风吹愁散些几许

饭还吃得津津有味。后来再回医院复查，我从来不在医院里吃饭。不是饭食不好，只是待在医院吃饭确实难以下咽，当时实属无奈。为了减少厕所的难闻气味，每天厕所里的窗户都处于打开状态，空气可以对流。所以走进厕所那一刻好似感冒鼻塞的病人鼻孔突然通透一样，神清气爽！我站稳之后，陪护本能地解下自己的裤子准备排尿，而忽略了给我脱裤子，让我哭笑不得。现在我穿着"盔甲"，手臂体力不足，加上无法弯身，只能让陪护帮我宽衣解带。他居然忘了这回事，让我又好笑又可气地催他："快点快点，憋不住了啊。"他才恍然大悟。

　　下午妻子一直坐在床前低头收拾东西，我躺在床上也不知道她在收拾什么。我告诉她现在又出不了院，不用急着收拾，她只是应声，还是没有停下手中的工作。她想收拾就收拾吧，我也没再说什么。晚上等病号就寝之后，我还是去走廊上排便，妻子像往常一样，给我擦过香油之后，挤了三支开塞露。不同的是今天排便排到一半的时候突然感觉排便困难，妻子鼓励我再用劲儿试试，真不行的话再多用一支开塞露。我再次做了尝试，几个回合下来还是不行。妻子在后面偷笑，这让我感觉有点反常，也有点生气，以前从来没有嘲笑过我的，哪怕我像瘫痪一样躺在病床上无法动弹。今天不就是排到一半，没能再往外排便嘛。笑过之后，她道出了真相，原来今晚给我挤的不是开塞露，而是白开水。

　　原来下午低头忙碌并不是在整理病床下的物品，而是把开塞露削开，把里面的开塞露挤出来，然后再慢慢地灌进水。她认为我拔除尿管之后已经可以自行排尿，排便这一块儿应该也没什么问题，只是习惯了开塞露，产生了心理依赖。就像一则故事说的，老太太晚上失眠找医生开安眠药，刚开始的时候，医生每天给老太太开一片安眠药。一段时间之后，医生发现老太太的情况即使离开安眠药也可以入睡，等老太太再来开安眠药的时候，医生给她的是安眠药大小的黄豆。老太太一直以为是安眠药，吃过黄豆照常入睡，妻子也如法炮制。在我的责备下，又重新使用了一支开塞露才顺畅排便。之后妻子抱着哄我，用撒娇的口吻向我道歉，难得她的一片苦心。

12月19日，早晨醒来，精神抖擞，双眼不再有重影。右手的无名指和小指相比较以前能明显伸展，肚子上的麻木感也有减轻，憋尿时间增长。而妻子的身体明显不如以前，有时蹲下来，起身时两眼发黑，并且发黑的时间越来越长，有时甚至一下子无法站立起来。医生说她是这段时间劳累过度，没能及时得到休养，加上饮食不规律，身体极度虚弱。她和我商量过想回去休息一下，我一直没有同意。也许是我太自私了，为了自己的恢复没有考虑到她的身体。她不在我身边，我就像掉到河里不会游泳的孩子，没有安全感。她能深深地理解我这种不安全感，所以一直在咬牙坚持。只是现在她的角色开始转换，由原来的主力选手转变成教练，能让陪护或者家人做的工作，她只负责指挥就行。

晚上实行轮班制，嫂子来值班就像自己上夜班一样，下午提前睡三个小时，傍晚赶到医院。虽然晚上有陪护床，但她总是习惯坐在我的床头，生怕我叫人时她听不到，直到我睡着。当我醒来第一眼看到她时，她还是在床头坐着，时不时也会打盹。我说:"嫂子怎么不去床上睡一会儿?"

她总是笑笑:"在陪护床上睡了会儿,现在醒了。"

至于她去陪护床上睡了没,我也不知道。

妹妹和妹夫过来替班前总会打个电话报告一声,知道医院的饭食不好,我又没胃口,总是要问我想吃什么。能在家里做的话就在家里做,做好之后给我捎过来,不能在家里做的话就在超市买。只要我报出想吃的,他们想尽一切办法都会替我弄来。每次都要捎来好多好多好吃的,每次都要让大家吃到塞不进去为止。陪护很节俭,从不浪费一粒粮食,这次没能吃完的饼或者包子,下次吃饭的时候都会吃完。闲的时候我也会和陪护聊天开玩笑,陪护当时还未结婚,闲谈时会聊到婚事。在医院陪护这么长时间,和护士都熟悉了,没结婚的护士也不占少数,不能说个个闭月羞花,绝对也够得上如花似玉。我问他看上了哪一个。

他的回答让我大失所望。他居然说找老婆不能找护士,然后有条不紊地给我分析原因:

1. 护士每天的工作量很大,晚上下班之后还要整理病例之类的文件,基本上都是下班一个小时之后才能够忙完;

2. 天天面对病人,病人的心情都不好,有时说话很难听,护士也没法反驳,只能忍受,白天受了一肚子气,这肚子气肯定得发泄出来,找护士当老婆,自己不是找气受嘛;

3. 护士还要值夜班,没结婚的还好,要是结过婚有了孩子,很不方便;

4. 医院经常检查工作,还要定期考试,护士的压力太大了。

听起来句句在理，换位思考一下，护士真的挺不容易。人们都需要相互理解，住院时间长，天天看着护士的工作，我深刻理解护士的不易。有时晚上我在护士站写作，下班的护士还没能回家吃饭，我会开玩笑地说一句："现在是你陪我加班还是我陪你加班啊？"加班护士本能地抬头看我一眼，会心一笑，又低下头继续忙自己的工作。

12月20日晚上，我还是按惯例在护士站趴着写字，对面房间的人进进出出，气氛紧张。我一看护士站旁边的公示牌，上面显示这个房间有病危病号，我预感要有事情发生。这位病危病号年龄不大，四十多岁，好像是浙江人。在这边做家具生意，据说生意做得挺大，检查出癌症时已是晚期。屋里有一位漂亮的陪护女子，衣着打扮时髦前卫，至于和病号是什么关系没有问过。她给我的印象很深，因为每次看到她去护士站时都是戴着耳机。病号入院时间不长，病号的家属来来往往，医生护士也都手忙脚乱。看到此情形，我回到自己病房，我的病房和他的病房挨着，虽然关着门，外面的动静还是可以听到。不一会儿就听到外面的啼哭声，还有超度道具发出来的声响，也许是地方习俗不同，他的离去用的是他们当地的习俗。又一位病号走了，生命真的很脆弱。

转眼到了圣诞节，圣诞节是西方人过的节日，我不是太热衷。陪护来的时候还专程给我带来一个又红又大的"平安果"，看到平安果的时候我还是满心欢喜，我要吃平安果，我要平平安安。姐姐来看我的时候也带来了平安果，每个平安果我都尝一块儿，在老家有个习俗：生日的时候要吃面条，俗称长寿面，并且家人和亲朋好友都要吃。说是这样可以分担寿星的灾祸，象征平平安安。我在想：在平安夜，每个人带来的平安果我都吃上一块儿，也会分担我的病症。平安夜收到了同事和朋友的祝福信息，我的病也只有同事和个别好友知道，没有向外透露。对于知道我生病的朋友回复是：谢谢关心，康复很多。肿瘤得到了控制，心态保持得不错，天天傻呵呵的；对于不知道我病情的朋友回复是：圣诞节快乐！

圣诞节之后紧接着就是元旦，我将在元旦之前接受第三周期的化疗。每次化疗前都要做磁共振检查，和上一次检查比对观察肿瘤是否缩小。25日早上医生通知下午做磁共振检查，妻子帮我约好时间之后，通知家人按时赶过来。我和磁共振也算是老朋友了，多次打交道，"敲木杠"的声响不再那么难听。躺在磁共振检查仪上，我会轻轻地把眼睛闭上，联想出院以后的美好生活，有时激动得心怦怦直跳。"想得美"是此时再恰当不过的概括，我喜欢反驳，既然是想，当然要想得美一点儿。蟾蜍虽然长得丑，但有句话叫"癞蛤蟆想吃天鹅肉"，万一一不小心实现了呢？说明癞蛤蟆有理想，青蛙虽然长得标致，最后还不是落了个"井底之蛙"的笑柄。

26日的检查报告结果很满意，肿瘤已经消去五分之三。我在心里盘算了一下进度，两个化疗周期可以消除五分之三，再有两个周期就可以将肿瘤一网打尽。鲁一医生对检查结果也很满意，一切都按照他的预期向好的方向发展。马上进行第三周期的化疗，这期化疗和以往化疗稍有不同。他有一个担心，担心我的白细胞下降太厉害，这样的话有必要去无菌病房。听他的描绘，好像是个四面有帘子、类似于隔离的病房，让我听得心里有点怕怕的。我不想去无菌病房，无菌病房不单单隔离了沟通，更重要的是隔离了心房。

他看出了我的紧张，安慰道："也不一定非要去无菌病房，只是需要提前做好准备，必要时候才会隔离。如果白细胞指标可以扛得住，就不用进。"听了这话我算是稍微放松一些，也许会有更好的结果，我一直对自己的体质很自信。白细胞是每个化疗病人必须面对的问题，就像化疗会掉头发一样。好多病人因为化疗导致白细胞指标降低而暂时中断化疗，需要注射升白针来提高白细胞的指标，之后再继续化疗。有的病人甚至需要多次注射升白针后才能继续。白细胞一旦降低严重，抵抗力免疫力会明显下降，身体扛不住化疗会导致许多并发症。我是幸运的，也许是年轻的缘故，也许是生病前体质好的原因。化疗期间以及放疗过程中，没有出现白细胞降低的情况，促使我的治疗顺利进行。

妻子的身体一天不如一天，站起来之后眼前黑的时间越来越长。医生建议回家休养，她还是坚持留下来陪我度过化疗前两天最痛苦的日子。化疗前两天浑身无力、恶心呕吐、滴水不进。之后的液体用行话来讲都是"解毒"的，化疗是好细胞和坏细胞一并杀死，后期的药物都是保肝、保肾的液体。妻子拖着疲惫不堪的身躯，强撑到我化疗前两天输液结束，她太累了，太虚弱了，长时间的身心煎熬足以把正常人累倒，尤其是在肿瘤科陪护。前

四、拨云见日层层起　风吹愁散些几许

期她长时间咳嗽，以为自己也得了不好的病，非要让鲁一医生给她开个磁共振检查，这让我想起本山大叔小品里的一句话：精神病人好了，大夫疯了！

临走时她抱着我："老公，看到你恢复到现在的样子，我很欣慰。医生当时说你没救时，我压根都不相信。我最幸福的事就是看着你一天比一天好转，从全身瘫痪到可以坐起来。再到能够坐着轮椅去走廊，以及到后来可以自己走路，最后拔除尿管……你的妞儿想陪着你，一直到你出院。不过现在妞儿的身体怕是熬不住了，我回家之后你要照顾好自己。每天按时吃饭吃药，手臂要坚持训练，无名指现在还无法完全伸展，我相信再看到你时，手指都可以完全伸展开来。虽然我不能在医院陪着你，但我的心会一直留在医院、留在你身边、留在你床头，看着你一天天恢复。哪天你难受了，可以给我打电话。哪天你有高兴事也要和我分享。每天的'工作安排'和时间点我都详细记录在护理日志上，不管谁过来陪护，都要让他们认真看下康复记录本，每天的内容都要填写完整。"说完之后，又给陪护细致交代了一番工作，以及各种物件摆放的地方。出门前又回过头来抱了抱我，在我额头上深深吻了一下："老公，照顾好自己！"

我送她去电梯，她一步三回头。她不放心，她把我交给谁照顾都不如她照顾得好，她舍不得，我也舍不得她回去。她一直是我生病以来的主心骨，有她在我身边，我感觉什么都不怕，再黑的路我也能闯过去。现在她不得不回家休养身体，换谁来照顾我都没有她的照顾贴心。从病房到电梯的距离并不远，但是这次走的时间最长。我希望这条路可以无限延伸，我想此刻时间可以静止，这样她就可以一直陪我走着。走到电梯口，她把行李放了下来，再次紧紧地抱着我，直到电梯门打开。她走入电梯，用她那种只有我懂的眼神看着我，"此时无声胜有声"，那眼神已经告诉我全部：没有我在你身边的日子，你要照顾好你自己。要按时吃饭，尽量少吃大米，多吃容易消化的面条，生瓜梨枣要用开水烫热之后再吃。出病房门要捂严实，出一点儿汗没什么，不要让脊背着凉……直到电梯门关严那一刻，我还没能完全读完。

回到家之后她嘴唇发白，浑身发冷，虚汗直冒，当天就去住院了。就这样，我在豫中医院住院，她在老家附近的医院住院。电话那头的声音很低，有气无力。她告诉我不用担心，医生说只是劳累过度，输几天液休养一下就可以了。

元旦前肿瘤科组织了一次肿瘤患者联谊会，张桂芳主任想让我作为代表在台上发言。我简单地整理了一下思路。联谊会是在内科大楼举行的，妹妹和陪护推着我去参加联谊会，会场是一个大型报告厅，座位整整齐齐地摆放着。到会的人员很多，有院领导、有医生护士、有病号、有家属，我作为发言的代表坐在了前排位置，轮椅放在座位旁边。首先是院领导讲话，主持人台风稳健、思维敏捷，台下欢声一片。领导讲话完毕，主持人开始邀请病人发言代表："下面有请肿瘤内二科代表李浩铭发言。"

伴随着热烈的掌声，我激动得站了起来，鸭子式走路，一摇一摇地走上了讲台。站上讲台那一刻，雷鸣般的掌声再次响起，颇有"长江后浪推前浪，一浪更比一浪强"的气势，大概是被我

四、拨云见日层层起　风吹愁散些几许

这男生女装、"铠甲勇士"的行头所震慑住。

今天我能站在这里见到大家,内心五味杂陈,有紧张,有激动,有欢喜,也有无畏。国庆节打球拉伤胳膊,原以为只是简单的肌肉拉伤。后来稀里糊涂的手指开始麻木疼痛,按摩针灸推拿输液无效之后,在疼痛难忍死去活来的时候被检查出恶性肿瘤,俗称癌症。更可恨的是肿瘤居然长在了颈椎的脊柱里,与脊髓只有一膜之隔,导致医生们束手无策。手术风险极大,以致北京的专家都不愿"接活儿"。医生给家人们的结论就是让他们做好后事的心理准备,即使手术,也无法抑制恶性肿瘤的疯长。随着起不来病床、麻木感全身蔓延、手指无法屈伸、神经被压迫无法大小便、一天二十四小时疼痛无法入眠时,家人们被迫默认了医生的临床经验。最后坚信"命运把握在自己手里"的我,想为自己的命运赌一把,主动强烈要求医生做手术。"皇天不负有心人",我成功地下了手术台。病情在短暂的缓解之后急剧恶化,妻子和家人四处求医,在我奄奄一息之际抓住了最后一根救命稻草——找到了靶向治疗药物,手术后第九天强行拆线转科。

今天大家能看到我实属不易,我记得我能够步行走出病房时,一位病号家属说:"现在恢复得真好,前一段见你的时候,还是在轮椅上坐着,今天可以自己行走了。"我是被六名陪护人员抬进肿瘤内二科的。紧接着大强度的化疗治疗,我自己都记不得躺在病床上多少天无法动弹。只知道躺在床上的时间太长,头脑昏沉,那种难受的感觉像脚脖子被拴了绳子倒挂在树上。之后我像新生婴儿一样慢慢学坐立、学站立,可以坐轮椅到能够直立行走。我想说当我可以坐轮椅出病房时,已经是相当了不得了!由于肿瘤压迫了神经,导致肌肉萎缩,无法大小便,尿管不得不在我身上插了四十四天。经过浑身针灸通电刺激神经恢复,终于在插了四次、拔了四次尿管之后能够自行排尿。排尿对大家来讲应该是平常得不能再平常的事情,可对我来讲却是一种奢望。你们知道吗?当我会自行排尿时激动得想哭,内心的兴奋不亚于奥运会夺得金牌。以至于我逢人都讲自己会排尿了,别人以为我是神经病呢。会排尿有什么好兴奋的,搞得像谁不会排尿似的。是的,我以前就不会排尿,不过那只是过去。

我能恢复到现在的样子,非常非常感谢神经外科为我成功做手术的医生,非常非常感谢肿瘤内二科。感谢张桂芳主任,感谢我的主治医生鲁一,以及何秋立医生和医护人员。没有你们的精湛医术,也没有我的今天。你们都是我的恩人,常怀感恩之心,常念相助之人,谢谢你们!在这里我还想感谢我的妻子,以及我的家人们,在我生命奄奄一息之际没有选择放弃。姐夫的四处求医,妻子的晨夜陪护。与时间赛跑,与肿瘤比快,他们心里承受的压力不是我能用语言所描绘出来的。最终我活了下来,妻子却因长时间的劳累病倒了。她太累了,我想告诉她:我会坚强地活下去,我会活得更好!

最后我想给大家说的是,像我这么严重的病情都可以扛过来,你们能跑能跳、能自行排尿的都可以扛过去。面对病魔,我们一起扛,抗癌路上你不会孤单,我祝愿大家早日康复!

谢谢大家!

会场里沸腾了,掌声、欢呼声、尖叫声,他们都在为我鼓掌,都在为我加油……

五、恍如隔世噩梦醒　人生顿悟始来春

2013年已经成为过去，滚蛋吧，肿瘤君！2014年元旦，我将开始新的生活。姐姐在康复记录本上写下：新年新气象，欣欣向荣，身体健康！

一大早我的手机短信声响个不停，各种问候、各种祝福，满满的爱意。我要快快乐乐过元旦，今天最开心的事是：薛医生休息，不用针灸！上午输液的时候我就在考虑中午要吃什么，大米、卤面、面条、米线……数来又数去，还是这几种。化疗没胃口，没有想吃的饭菜，正在苦恼之际，陪护说附近有一家木桶饭餐馆。生病前吃过一次木桶盖饭，把大米直接放在木桶里蒸，蒸熟之后再浇上自己喜欢吃的炒菜。突然让我想起以前吃木桶饭的滋味，就要木桶饭！陪护乐呵呵的，连蹦带跳地去买饭，不怕你吃饭，就怕你不吃饭，一不吃饭大家都苦恼。到了目的地，照例把菜谱从头到尾念了一通，我选了一份酸豆角木桶盖饭。买回来时只看到大米和酸豆角，没看到木桶，人家餐馆自然不会让你把

木桶带走，不过味道还不错。

下午还有一个更开心的消息是：鲁一医生说根据我目前的康复状况，这个化疗周期结束，可以出院回家休息。家人们恐怕是从我住院那天起就盼着哪一天能出院，当我听到这个消息时既喜悦又害怕。喜的是我目前的恢复状况已经达到出院的标准，害怕的是我出院之后无法再进行针灸恢复神经，影响治疗。医生说神经恢复的最佳时间是手术后一个月到三个月，我担心回家之后如果遇到突发情况无法应对。我跟鲁一医生说我不想出院，他用惊讶的眼神看着我，像是想再听一遍，确认一下刚才自己是不是听错了。他听力没有问题，我确实说的是我不想出院。

他疑惑地问："一般人都是着急着出院回家，你这咋还不想出院呢？"

我调皮地回答："我从小学上到大学都在二班，我是二般人！"

说出我的顾虑之后，他明白了我的苦衷，这么多苦，这么多罪都受了，也不在乎提前这十天半个月回家，神经恢复正处于关键时期，错过最佳恢复时期，以后很难恢复。他没有再坚持，只是说和我的针灸医生、神经康复医生会诊之后再决定何时出院。

随着解毒药物的吸收，我渐渐有了胃口，这两天和木桶饭较上劲，天天中午木桶饭，土豆牛腩木桶饭、土豆红烧肉木桶饭，甚至晚上偶尔也吃木桶盖饭。只要消化允许，康复医生建议多吃牛肉，增强体力。

1月5日下午，康复医生过来查看康复训练情况，说大体功能和动作已经恢复，可以出院。剩下的就是精细动作训练，他指导了一下训练动作，并交代回家之后用手捏橡皮泥锻炼。

晚上护士交代12点之后不要饮食喝水，明早抽血化验。我意识到这将是出院前的指标检测，报告出来显示白细胞和血小板指标正常，总体良好，符合出院标准。

1月6日下午，我想去康复科咨询一下我的神经康复状况。鲁一医生对医院的科室熟悉，认识的人也多，想让他提前帮我联系一下康复科的医生。他的回答让我大吃一惊，他居然说他和康复科不熟悉，引用康复科的话来讲："肿瘤科的病号能出来露露头儿就不错了，到不了去康复科做康复训练的程度。"这话听得倒有点悲凉。

下午我还是让姐姐推着我去康复科咨询病情。到了康复科，我的第一感觉像是进了健身房。各种各样的健身锻炼器材，病号正在器材上面做康复训练，有的器材是根据病号病情定制的。我看了一下病号，大多是因为心脑血管疾病导致肢体瘫痪或者半瘫痪情况。我走下轮椅，在器材上活动了一圈儿，姐姐和医生在谈论我的情况是否需要专程来这里做康复训练，医生的原话是："他现在四肢都可以自由活动，只是体能不足而已。我们这里的器材对他来讲算是小儿科，不用专程过来训练，在家里增强体能训练就可以。"我听到这话有点失落，也暗自欣喜。失落的是满怀信心来到这里想学一点东西，或者讲要有收获，结果并没有得到强有力的点化；欣喜的是自己的身体恢复已经超出了康复训练科室的范围，预示着我身体的基本功能都已恢复。

这两天一直在准备出院的事情。1月9日，办理出院手续，我上午忙得不亦乐乎。不是在忙出院的手续，而是忙着和病友见面告别。从10月28日入院到今天第一次出院，整整七十天时间。七十天漫长的煎熬把我熬成了"多朝元老"，病友换了一批又一批，只有我还在坚守阵地。我像一名退伍老兵，见了还在抗癌一

五、恍如隔世噩梦醒　人生顿悟始来春

线奋战的姨夫阿姨,还有我的老乡和"矍铄老人",与我年龄相仿的"小媳妇"和她老公,以及我刚搬到23床时认识的老张……他们都为我高兴,他们都为我加油。他们也见证了我一步步恢复,也祝福我出院之后更好地康复。这只是暂时的分别,我后面还有第四、第五、第六周期的化疗。说实话,真有点舍不得,这里留下了太多的欢声笑语。挺过来之后回头看,发现最难最艰苦的时刻也是最快乐的时光。老张人很随和,也爱开玩笑,虽然比我大二十来岁,但总像个长不大的孩子。今天更逗,拿着床头柜上别人发的宣传单页卷起来,做成话筒的样子,特意为我唱了一首《祝你一路顺风》:

那一天知道你要走

我们一句话也没有说

当午夜的钟声敲痛离别的心门

却打不开我深深的沉默

那一天送你送到最后

我们一句话也没有留

当拥挤的月台挤痛送别的人们

却挤不掉我深深的离愁

我知道你有千言你有万语 却不肯说出口

你知道我好担心我好难过 却不敢说出口

当你背上行囊 卸下那份荣耀

我只能让眼泪留在心底

面带着微微笑 用力地挥挥手

祝你一路顺风

当你踏上月台 从此一个人走
我只能深深地祝福你
深深地祝福你 最亲爱的朋友
祝你一路顺风
……

绝对有功力，唱得特深情、特投入，完全忘记了这是在病房。我也陶醉了，不只是陶醉在歌曲里，更是陶醉在这份情谊里。我们是抗癌一线的难兄难弟，出病房门时还深情地拥抱一下："兄弟，回家好好养病，再见你时要把'盔甲'摘下来，要不抱时不方便。"

出发！回家！

姐夫把车开到住院部楼下，走出医院之后，顿生一种凄凉之感。来时绿树成荫，去时枝叶落尽。路上行驶速度很慢，我在后排坐着，颠簸厉害会感觉脊背疼痛。姐夫小心地开着车，缓缓地在路上行驶着。走进家门那一刻，心里有种说不出的感觉，鼻子酸酸的，仿佛"再回首已百年身"。多么熟悉的环境，一草一木都是离家时的摆设，丝毫没有挪动，看着还是那么亲切。短短两个月，物是人非，差一点我就回不来了。妻子住院十天后出院，早早在家里等着，见到我时飞奔过来抱了一下。父亲和母亲赶快准备好吃的，问我想吃什么饭，我报了现在特想吃的小米粥。里面放一些花生、红枣、葡萄干，简直太好吃了，比在医院喝的那种泛白的小米粥强太多太多了，我一口气喝了两碗。

回到家里以后，我生病的消息传开了。七大姑八大姨，街坊邻居，本家兄弟都来探望，宾客络绎不绝。我站着接待他们，穿着"盔甲"坐着比站着还累,当然累的时候我也会躺到床上休息。他们第一眼看到我时都吓了一跳,这种吃惊对我来讲再正常不过了。要是我去看望病号,猛一眼看到一个人身穿"盔甲"、头发掉光,我也会吃惊。

回到家第二晚就接到朋友的电话,打电话说他在我家附近,让我去外面喝酒。我说我现在出不去,让朋友直接来家里。他看到我时吓了一跳,国庆前还在一起聚餐喝酒,两个月没见,怎么成这样了?世事无常,月有阴晴圆缺,人有旦夕祸福,没想到上次喝酒就是这辈子最后一次和我喝酒(因为医生让戒酒)。

老杜在工地上班,腊月十五放年假回来,他回来的第一件事就是找我聚聚,看到我时也吓了一跳。看着我头发全无,身穿"铠甲",以为是摔伤之类的,他怎么也想不到国庆节一起游玩之后我就住进了医院。一个早睡早起、从不抽烟、偶尔喝酒、经常打球锻炼的人居然会得癌症,后来他没事的时候就来看望我。

腊月十七,最担心的事情还是发生了,真是怕什么来什么。在家里虽然万般小心,还是发烧了,身上感觉燥热,我用温度计一量——38.5℃。家人一下子惊慌失措,急忙给鲁一医生打电话问怎么办,要不要再回医院?鲁一医生淡定地回答:"先按正常人一样去诊所开一些退烧药,看看能不能退烧,如果两天之后还没能退烧再考虑来医院。"谢天谢地,一包退烧药吃下去后有明显好转,两包药后已经稳定了病情。

人生无处不相逢,姐夫去超市买菜时,在路上碰到了我以前的老病友。穿一身厚厚的棉袄,看上去壮壮的,估计身体还未完全恢复,加上冬天天冷,没去上班。他是我在神经外科的邻床病友,当时大脑受损不认识人,姐夫拍了拍他的肩膀:"认识我不?"

他一脸迷茫的表情，惊讶地看着姐夫："不认识！"

他的记忆一直停留在从甲板上摔下的那一刻，住院时属于失忆状态，一直到我转科前才清醒，当然不记得姐夫曾天天逗他，还给他烟抽。

"你忘了在医院住院时，经常抽我的烟？"姐夫追问道。

他更迷茫了，用手挠挠头，眼睛直直地看着姐夫。姐夫没再逗他，给他简单说了一下住院时发生的事情，看他恢复得挺好也祝愿他早日完全康复。

我在家里养病，比在医院舒坦方便很多。不用再整天为买饭发愁，想吃什么就让妻子做什么；不用再为冲一碗鸡蛋水藏烧水壶，想什么时候烧水就可以什么时候烧水；不用再等病号睡下之后拖着坐便器去楼道排便，不用再闻病房里那种包子饭菜脚臭混在一起的气味……

心静下来之后，更有灵感去写作。海南的朋友亮仔打来一个问候电话，亮仔是我大学时的朋友，关系很铁，吃一锅饭睡一个床头的那种。他常年在外打工，多年不回家过年，经历过大病之后我更能体会到亲人相聚的可贵，尤其逢年过节。我替他父母写了一首诗，催他今年一定回家过年：

望儿归

衣朴食素心甚安

无须儿郎半吊钱

每每梦回离别日

一去便是十二年

日子一天天过去，转眼到了年底，第四周期的化疗安排在春节之后。身上埋的 PICC 管需要七天换一次贴膜，年前这次我有意往后拖了两天，下次换贴膜正好可以挨到第四次住院化疗。腊月二十八，妻子早早陪我去医院换贴膜，护士和医生见了我好似见了久别重逢的老朋友。他们看到病号在逐步好转也很开心。换贴膜不比打针，只要将贴膜揭下来，然后把皮肤上遗留下的黏胶用消毒液擦掉，再贴上新贴膜就行。贴膜唯一不舒服的就是贴的时间长了皮肤痒，又没法挠痒，难受。每次换贴膜我都要求护士多用消毒液给我用力擦。换贴膜虽然不疼，但我也不爱看，准确地讲是害怕看。看到那细细的管子穿在身体里面，心里总是毛毛的，所以每次换贴膜我也有意把脸扭向另一边，直到新贴膜换好。

换好之后我的任务算是完成了。来一次医院也不容易，我照例去病房看下老病友，有的回家休养，有的还在坚守阵地。我兴致勃勃地走进阿姨姨夫的病房："阿姨，姨夫的病情怎么样了？"这话说出口之后，我突然意识到这句话好像说得有些唐突，病房里的气氛异常凝重。老乡陪"矍铄老人"回家休养，姨夫静静地躺在床上没有回应，这不是姨夫的一贯作风啊。他不喜欢和别人交流太多，唯独和我能聊得来，算是忘年之交。记得刚认识的时候，他感觉和我很投缘，非要叫我小老弟。那怎么能行，他儿子还比我大一岁呢。

以前每次见到我都是乐呵呵的，今天我叫他也没回应。阿姨和他儿子在病床旁守着，看到阿姨眼角红红的，像是刚哭过。阿姨没有直接和我说话，而是走到姨夫的床头，趴在他耳边说："老宋，浩铭来看你了。"阿姨的这句话说得是那么的温柔，不再是以往的大嗓门，姨夫用低沉的声音"嗯"了一声，便不再说话。我看着他静静地躺在那里，皮肤发黄，黄得让人害怕，眼睛也变色，不再是以前的黑亮，我真的不知该说什么才好。我很想让他坐起来和我打牌，我很想让陪护再去给他买一份张家米线，我很想让他再改一次我写的诗词。哪怕是修改了我的本意，哪怕是语句不通。一切的一切都是幻想，他静静地躺着，静静地……

阿姨送我们走出病房，用很无奈的语气说："医生说他去年就扛不过去了，没想到今年又扛了一年。"她的话似乎没说完，但也没接着往下说。阿姨是个好人，心直口快，大大咧咧，有什么说什么，姨夫总是埋怨她嗓门大。有时我也笑他们两口子，都六十岁的人了，整天还吵吵闹闹，有次还碰到阿姨一个人在走廊上气得哭呢。她自己感觉特委屈，知道病号的心情不好，处处迁就。想吃什么，只要能报出来，哪怕地上驴肉、天上龙肉，她都想办法给姨夫买到。姨夫爱啃猪蹄，阿姨为了给他买他指定的猪蹄，坐公交跑十几站路，换来的还是不理解；姨夫呢，总是嫌她嗓门大，说话压人，就这样缺点把优点全盖完了。有时我在想，如果哪一天姨夫听不到阿姨的大嗓门会不会不适应；要是哪一天阿姨听不到姨夫的唠叨会不会不习惯。那一天真的来临的时候会是怎样的情形？

家里人都在忙着备年货，晚上岳父陪同妻子那边的大叔、婶婶们，还有奶奶过来看望我。我是不想让奶奶爷爷知道的，他们都八十多岁了，再让他们为小辈操心不太好。岳父和大叔一直没跟爷爷奶奶提我生病住院的事情，直到肿瘤得到控制，我出院之后才提起。爷爷奶奶还是不放心，这么冷的天非要来看看我，看到我现在的精神不错才安心。奶奶又把大叔给她说的原话重复了

五、恍如隔世噩梦醒　人生顿悟始来春

一遍:"大叔,你们都去吃饭吧,我没事了。"那是我被推出手术室时说的第一句话。我告诉她:"等立春之后,天气暖和,我的体力再恢复恢复,能出门的时候就去看你。"她欣慰地笑了,那天晚上和我聊了很久,我的经历像播放电视剧一样播放了一遍。

  大年三十,新年的气氛在鞭炮声中显得尤为浓厚,随处可以听到鞭炮声。透过窗户,看到街坊邻居门上红红的福贴,路上匆匆赶路回家的行人,我想写首诗。想了想四句诗词无法完全描绘此情此感,我想尝试写首词。以前从未写过词,怕自己写不好,但也想尝试一次。凡事都有第一次,我也一直在突破,斗胆写了一首《回家过年》:

  炊烟袅袅,
  鞭炮声声,
  乡间小路急行,
  对联工整,
  灯笼高挂,
  孩童街头戏逐。
  堂前长幼团坐,
  菜肴盛丰,
  几多心酸,
  几多感慨,
  一杯薄酒解千愁。
  富也回家,
  穷也回家!

晚上更是炮声不断，烟花满天，红橙黄绿青蓝紫，顽童们在街上一阵又一阵地尖叫。太壮观了，有景必须有诗，心情好时，灵感也好，再作一首《除夕烟花》：

一冲云霄惊天雷，
散在空中耀星辰。
观如白鹭展羽翅，
遨游九州千百回。

至于春节联欢晚会上演什么精彩节目，我全然没有在意，累的时候直接回床休息了。大年初一，我被鞭炮声吵醒。今天是新的一天，对我来讲又是新的起点。我要尝试自己洗脸刷牙，右手不灵活，主要还是使用左手。拧毛巾的时候明显使不上力气，右手感觉仍像机器人的手一样。刷牙拿牙刷也是用左手，虽然别扭，也得努力适应。大年初一，按照习俗，晚辈应该去本家叔叔大伯家拜年，我现在的身体尚未恢复，所以这一年没有出门拜年。

说到我因为身体原因出不了门，最让我遗憾的是大年初二。大年初二是妻子回娘家的日子，结婚六年都是我陪她一起回去，今年让她一个人领着孩子回娘家会是什么样的情景。我自己没有想，也不敢想。初二早上，家人把年礼准备齐全，妻子领着孩子回娘家拜年。我内心强压下的难受不是新年气氛能够冲淡的，吃过午饭妻子就早早领着孩子回来了。她说年礼拿不动，大舅哥陪她去几个叔叔家拜年，在亲戚家没敢坐，只是问候了声新年好，然后把年礼放下就走。她怕她一说话，亲戚就会问到我的病情。一问我的病情，她就控制不住自己的情绪，眼泪就要夺眶而出。

每年大年初二，岳父的两个干闺女也要过来拜年。嫂子每次都要准备一大桌子好菜，有说有笑，热热闹闹喝个痛快。但今年一起吃饭，没有人敢多和她说话，我理解她内心的痛苦，就像我住院时她理解我一样。

新年过得好快，上班的时候一年就盼两个假期。一个春节，一个国庆，这两个假期时间最长。当这两个假期到来时，又感觉时间过得太快。最讨厌的就是初六晚上，其实初六晚上和每一晚上都一样，只是因为初七必须上班，所以才令人讨厌。我很怀念上班的日子，当你有一天身体生病了，不能上班的时候，才会意识到原来能上班也是一种幸福。我想念我的同事，怀念在一起的欢声笑语。

初七，我住院继续第四周期化疗。医院的病号比年前少了很多，估计在家休养的能在家多待一天就在家多待一天。记得小时候说过年住院晦气，现在在我看来，有病趁早治疗才是真理。我现在行动比以前方便许多，无须再让陪护帮忙，妻子一个人就能应付。妻子去帮我办理住院手续，安排床铺。我先整个楼道巡逻一遍，问候问候病友，有的病友还在家里休养。看到老张，我有点兴奋，像是久别重逢的老朋友。我还和他开玩笑："你怎么这么积极，我是刚过完假日就来入院，没想到你比我还提前。"

他苦笑了一下："初三晚上呼吸困难，闷气，就来住院了。"

他原病灶在肾，当年切除一个肾。我转到 23 床时，他癌细胞转移扩散到肺，当时我最羡慕的就是他了，每天上午输液之后，自己开车回家吃午饭，完全不像病号。我出院那天他还为我唱了一首《祝你一路顺风》。现在病情恶化，短短二十天，状态大不如前，看着让人心痛。我问到阿姨姨夫时，他说大年三十的晚上走了，唉，生命如此脆弱！

第四周期化疗进展顺利，只是正常的恶心呕吐，浑身无力。不过现在浑身无力也不至于像以前那般无法下床，我照例每天喜欢去医生办公室的镜子前照照没被化疗药物摧残的几根毛发。这几根毛发就像当年红军两万五千里长征之后留下的革命火种，他日必能燎原！化疗药加上后期的解毒药物一共需要住院七天，我现在是一天都不想在这里多待。准备出院的时候碰到老乡陪着"矍铄老人"过来入院，每个人化疗时间不一样，来住院的时间也不同。我现在终于能像别的病号一样，化疗结束之后直接回家休息。我在家里按照康复医生指导的动作，积极锻炼右手神经和腿部体力，我感觉我的体力在一天天恢复。虽然右手神经不够灵活，其他肢体已经可以做到行动自如。穿戴"盔甲"形同穿衣，三下五除二就可以穿好，不用再像往日那样小心翼翼。我强烈渴望挣脱"盔甲"的束缚，好似小鸟想离开妈妈的辅助独立飞翔一样，只是内心还残存着些许恐惧。

妻子不敢掉以轻心，咨询当时给我做手术的医生以我目前的情况能不能把支具去掉。医生说支具三个月之后就可以取下来，算一下时间从 11 月 4 日做手术到今天 2 月 28 日，已经三个半月，完全符合取下支具的条件。尝试脱掉"盔甲"时我有点犹豫，是坐着把"盔甲"摘掉还是平躺的时候不穿"盔甲"，然后直接把我扶起来。内心经过一番思想斗争之后，我选择了坐在凳子上摘

五、恍如隔世噩梦醒　人生顿悟始来春

掉"盔甲"。妻子小心翼翼地把胶带解开，慢慢地把支具取下来。取下来之后我并没有异常轻松挣脱束缚的感觉，反而感觉脊背发沉，有点不敢站立，生怕后背力量无法支撑身体。我靠着椅背休息了一会儿，等到稍微适应了一些后，尝试着慢慢地起身站立，站起来了，我站起来了！我终于可以解除"盔甲"站起来了，脱掉"盔甲"，我才是真正的勇士！

3月1日是我们这里柳树开始透芽的日子，预示着春天到了。终于盼来了春天，我的人生也进入了春天。天气暖和的时候妻子会陪我出去走走，路过的行人在背后对我指指点点，传到我耳朵里不外乎两种版本。一是冷嘲热讽，一是悲怜同情。还有一种哭笑不得的，有个朋友打电话："兄弟，听说你生病了，很严重，什么时候来找我玩，我请你吃饭。"我放下电话，呵呵一笑。

内心异常平静，也许是经历过生死，一切都看开了。看透了生活百态，也看淡了人生，有的朋友离我而去，也有新的朋友远道而来。我不会因为别人的冷嘲热讽而自暴自弃，也不会因为别人的悲怜同情而停止努力。只要能活着，一切就有希望！我始终坚信：留得青山在，定会有柴烧，再穷无非要饭，不死总会出头！

第五期化疗时无须再佩戴"盔甲"。化疗前按照惯例要接受磁共振检查，检查结果显示肿瘤已经完全消失，用医学用语表示就是已经达到CR级别。病友、医生看到我摘除"盔甲"，都为我高兴。我从此不再是飞行员、不再是忍者神龟、不再是铠甲勇士，走在走廊上我开始变得轻手轻脚。以前穿着"盔甲"时，医生、病号都得给我让路，我说我可以横着走都不夸张。现在摘下

"盔甲"之后，别人不会再主动为我让路，反倒是我得给他们让路。现在体力差，小孩子就可以把我撞倒，我生怕会被他们撞到。

中午可以去医院外就餐，终于结束了在病房里吃饭的日子。我躺在病床上曾无数次想象陪护去后门外为我买饭的情景，也无数次勾勒街上卖小吃的情景。当我走出医院后门时才发现，一切都和我设想的不一样。我看到了我曾吃过的鸡蛋手工面，当时为了加强营养，陪护自带一个鸡蛋过去，这样一份鸡蛋面里就有两个鸡蛋；看到了我没有胃口时喝的莲子羹，还有木桶饭、沙县小吃……要是当时能出来吃饭多好，不用这么麻烦问来问去，我直接想吃什么点什么。我要点一份酸豆角木桶饭，在病房里吃木桶饭就没见过木桶长什么样子，今天我要见识见识。

病友们有的回家休养，有的已经离去。老张的病情不算乐观，和我聊天也少了往日的活力。我们一起去做心电图检查，他的报告显示心律不齐，其他检查显示肾衰竭。他母亲去超市给他买水果，水果的名字我记不清楚，只知道挺贵，大小和苹果差不多，三个居然十九块钱。他母亲礼貌地让了让，老太太跑这么远为儿子买水果，又这么贵，我哪好意思吃呢，婉言拒绝了。老太太坐在凳子上自言自语地说："只要俺儿子想吃，再贵我也会给他买。"每天我都会陪他聊聊天，谈谈电视剧，谈谈电影。还有他爱看的足球赛，虽然我不喜欢足球。

路过医生办公室的时候，看到"小媳妇"和她老公的主治医生在争吵。病号和家属的心情不好可以理解，但和医生争吵确实不对。走到跟前时看到"小媳妇"两眼红红的，挂着泪珠，她老

五、恍如隔世噩梦醒 人生顿悟始来春

公在旁边的病房里躺着。我预感到形势不好,也不知道如何去劝架,争吵了几句之后,"小媳妇"就回病房去。她老公的主治医生给我解说了一下原因:"她老公家里的钱都花光了,病号的病情已经恶化至病危,现在没钱再续住院费。病人的家人已经同意放弃治疗,'小媳妇'还是不愿意让他离开医院。没有医药费怎么用药,医生是负责治疗,不是神仙菩萨,不可能垫钱给病号治病。何况已经没有继续治疗的意义了。"

听到这话我心里酸酸的。"小媳妇"老公的年龄和我年龄相仿,当得知自己老公生病时,她辞掉了北京的工作,用光了自己的积蓄,直到从亲戚朋友那里再也无法借到钱,仍不放弃。现在却只能这样眼睁睁地看着老公从自己面前离去,换了谁都接受不了。当初我的病情严重时,妻子也是伤心得死去活来,要拼尽最后一口气把我拉回来。我无法想象"小媳妇"失去老公之后,背着满身债务,一个人带着孩子如何生活,我只有祝愿她能生活得好一点。

第六期来化疗时,听说老张和"小媳妇"的老公都走了。只能叹世事难料,人生无常。我和"矍铄老人"分到了同一病房,熟识的病友越来越少。现在我在医院也就待一周左右,每天输完液之后都会让妻子陪我去外面走走,或者逛逛街。也没时间和其他病号交流,也没再认识新的朋友,只是同病房的礼貌性地打下招呼。这次再见"矍铄老人"时,"矍铄老人"已不再矍铄。以前他也会背着手在走廊里踱步,现在除了吃饭时坐起来,大多时间都是躺着,他儿子和女儿轮流陪护。晚上的时候,"矍铄老人"会不停地咳嗽,医生给他添加了氧气管,他女儿告诉我他已经是肺癌晚期。肺癌晚期的症状太熟悉了，呼吸困难，平躺着喘不过气，只能侧躺，喉咙有痰咳不出来，以致到最后无法呼吸。这几天把他的陪护累坏了，晚上整夜整夜都无法睡觉，给他拍后背，明明知道痰在喉咙，就是咳不出来，把老人急得脸颊通红。

第六期化疗结束之后，专程去郑州做了 PET-CT 全身检查。PET-CT 是将 PET 与 CT 完美融为一体，由 PET 提供病灶详尽的功能与代谢等分子信息。而 CT 提供病灶的精确解剖定位，一次显像即可获得全身各方位的断层图像，具有灵敏、准确、特异及定位精确等特点，可一目了然地了解全身整体状况，达到早期发现病灶和诊断疾病的目的，堪称"现代医学高科技之冠"。报告册制作精美，猛一看有点结婚照相册的感觉，谢天谢地，检查结果一切正常！

最初的方案设计是按六个化疗周期治疗，考虑到我年轻，鲁一医生建议增加两个化疗周期，以及二十二天放疗巩固。再回到医院接受继续治疗时，"矍铄老人"已经离去，我是幸运的，存活了下来。

放疗对我来讲，并没有描述的那么痛苦。放疗前需要病灶定位，不过在脖子上画线倒是影响了我的帅哥形象。每天真正治疗的时间也就几分钟，躺在仪器上时需要戴上面罩，看着挺像体育比赛击剑的样子。起初几天没有太大的反应，十天之后开始恶心呕吐、喉咙疼痛、嗓子发炎、大便干结，这都是放疗的正常反应。饭食不进，吃消炎药、输液都无法抑制，只能强忍着。整个人都"烤"黑了，像黑炭头，看上去似乎比以前面无血色要更健康，脊背上的皮开始脱落，长出来新皮之后又被烤脱。

2014年6月27日,解放了,我郑重庄严地宣布:"我解放了!"从2013年10月28日入院到2014年6月27日治疗结束,整整八个月。八个月的时间经历了生死考验,从浑身麻木瘫痪,到手术之后大强度化疗放疗,满身针灸通电刺激神经恢复。终于在尿管插了四次、拔了四次之后能自行排尿。经过八个周期化疗,二十二天放疗之后,我活着走出了医院。走出医院大门时,回头看着医院,看着自己住院的大楼,有说不尽的感慨。老路、"抗癌英雄""重影病人"、阿姨姨夫、老张、"小媳妇""矍铄老人"……他们把所有的力量、所有的希望都寄托在我的身上,我会努力地活下去,我会活得更好,活得更精彩!

出院之后,和朋友聊起天,总会被问到经历生死之后有什么人生感悟。我们习惯了平日的忙碌,很少静下心去思考生活,我也是躺在病床上时才去静静的感悟。

生死之外无大事!恐怕是经历过生死的人才最有资格说出。你失恋了,你离婚了,你失业了,你创业失败了……无须抱怨命运的不公,无须抱怨生活的不幸。比起我,你算是幸运的,只要活着,就有希望。再穷无非要饭,不死总会出头!

身体是革命的本钱!这句话是失去健康的人才能真正体会到,但我可以负责任地告诉大家,这句话绝对是真理,任何工作都不要以牺牲健康为代价。当你没有了健康,什么理想,什么宏伟蓝图,一切都是空谈!

常怀感恩之心,常念相助之人!没有人有义务帮助你,我们需要怀着一颗感恩的心,去感恩生命中帮助过我们的人。在这里,我要感恩医生、感恩妻子、感恩家人、感恩陪护、感恩朋友,是你们给了我第二次生命,我会记住你们的好。

能办的事情趁早办。其实来日并不方长,世事难料,人生无常。正如我不知道哪一顿酒是我和朋友的最后一次饮酒,我不知道哪一天我会病倒。假如我还没有结婚,假如我还没有孩子,假如我以后无法再生孩子,假如……我的人生将会留下太多太多的遗憾。

有条件的情况下多生个孩子!作为 80 后的年轻人,我也喜欢追求更高的物质享受,我也想减少孩子给自己带来的负担。可真正躺在病床上无法动弹、翻身需要四个人的那一刻,我才真真切切感悟到人手少确实不行。独生子女,两个人面临的是照顾四个老人。一个老人生病,至少得留下一个人陪护,假如两个老人同时住院,当然也不排除四个老人同时住院的可能。这不是金钱所能解决的问题。

趁自己生病前买份保险!在这里我不是想替保险公司做广告,以前我也是排斥保险,总认为保险是那种钱投进去,生取不来,死带不走的东西。但是现在我很庆幸十年前父亲给我买了一份保险,让我在生病期间得到一份赔偿。保险不能保证你一生不生病,但可以在你生病的时候给你一份财产赔偿。试想,假如你没买保险,病该生还是要生,但没一分钱经济赔偿!

我的人生路还很长,无论荆棘密布,还是云遮归途,我都会大步向前,路漫漫其修远兮,吾将上下而求索!

> 拍拍身上的灰尘
> 振作疲惫的精神

五、恍如隔世噩梦醒 人生顿悟始来春

243

远方也许尽是坎坷路
也许要孤孤单单走一程
莫笑我是多情种
莫以成败论英雄
人的遭遇本不同
但有豪情壮志在我胸

壮志在我心